Aus Freude am Lesen

Es war ihre Hochzeitsreise. Eine Reise, die Yvonne und Peter vor über zwanzig Jahren in den türkischen Küstenort Datça führte. Jetzt ist Yvonne verwitwet. Und die Kinder sind längst erwachsen. In der Hoffnung, die Erinnerung an glücklichere Tage wiederaufleben zu lassen, kehrt Yvonne an jenen bedeutungsvollen Ort zurück. Und sie ist überwältigt von den neuen Eindrücken und den Menschen vor Ort. Ihr Vermieter ist ein begnadeter Frauenverführer. Und dann ist da noch der traurige Junge Ahmet, der für die Touristen nach Muscheln taucht und den Yvonne sofort in ihr Herz schließt. Immer tiefer taucht sie ein in den Alltag der ihr fremden Gemeinschaft. Allmählich beginnt sie, auch ihre eigene Familiengeschichte mit anderen Augen zu sehen. Bis ein schreckliches Ereignis alles verändert.

Vendela Vida, geboren 1972, gilt seit ihrem Debütroman »Und jetzt können Sie gehen« als großes literarisches Talent der amerikanischen Literatur. Sie ist Mitherausgeberin der Literaturzeitschrift »The Believer«. Sie lebt mit ihrem Ehemann, dem Schriftsteller Dave Eggers, in San Francisco.

Vendela Vida bei btb
Weil ich zu spät kam. Roman (74031)

Vendela Vida

Liebende

Roman

Aus dem Amerikanischen
von Lisa Jannach

btb

Die Originalausgabe erschien 2010 unter dem Titel »The Lovers« bei Ecco Press/HarperCollins Publishers, New York.

MIX
Papier aus verantwortungsvollen Quellen
FSC® C083411
FSC
www.fsc.org

Verlagsgruppe Random House FSC-DEU-0100
Das für dieses Buch verwendete
FSC®-zertifizierte Papier *Lux Cream*
liefert Stora Enso, Finnland.

1. Auflage
Deutsche Erstveröffentlichung Juli 2012

Umschlaggestaltung: semper smile, München
Umschlagfoto: Plainpicture
Satz: Uhl + Massopust, Aalen
Druck und Einband: CPI – Clausen & Bosse, Leck
KR · Herstellung: BB
Printed in Germany
ISBN 978-3-442-74423-7

www.btb-verlag.de

Als nach einer halben Stunde noch immer kein weißer Renault zu sehen war, befürchtete Yvonne allmählich, einem Betrüger aufgesessen zu sein. Ihr Flug von Istanbul war der letzte an diesem Tag gewesen, und der kleine Flughafen von Dalaman leerte sich allmählich. Sie stand draußen unter einem rosa geäderten Himmel und hielt nach jemandem Ausschau, der aussah, als würde er nach ihr Ausschau halten. Aber abgesehen von Taxifahrern, die »Ich nehme Sie mit« riefen oder dasselbe mimisch ausdrückten, war niemand zu sehen. Sie kehrte in das Flughafengebäude zurück. Vielleicht hatte sie den Mitarbeiter von Herrn Çelik ja übersehen, der, wie man ihr angekündigt hatte, ein Schild mit ihrem Namen in der Hand halten würde. Aber das einzige sichtbare Schild war ein großes Plakat an der Wand: DIE TÜRKEI – WO OST UND WEST SICH BEGEGNEN. Auf dem Plakat sah man zwei Männer mit Aktenkoffern, die auf einer Brücke aufeinander zugingen.

Yvonne klappte ihren Laptop auf, um die letzte E-Mail von Herrn Çelik noch einmal zu lesen und bereute es sofort. Zwei junge Männer in Jogginganzügen starrten zu ihr herüber. Und nun schaute auch eine Frau, die einen Mopp vor sich herschob, in ihre Richtung. Peter hätte es missbilligt: In ihren sechsundzwanzig Ehejahren hatten sie neun – oder zehn? nein, elf – Länder bereist, und er war immer stolz darauf gewesen, dass sie es schafften, nirgendwo aufzufallen. Dies war ihre erste Reise seit seinem Tod, und schon jetzt brach sie die Regeln.

Der Laptop war ein Geschenk ihres Sohnes und seiner Verlobten. Yvonne bedauerte, dass sie ihn mitgenommen hatte. Sie bedauerte, dass sie ihn besaß. Sie nahm ihn mit auf die Damentoilette, wo sie ihn, nun unbeobachtet, auf die Waschtischplatte stellte. Beunruhigt stellte sie fest, dass sie sich nicht getäuscht hatte: Herr Çelik hatte ihr zuletzt geschrieben, dass einer seiner Mitarbeiter sie am 15. Juni um 19:30 Uhr vor dem Flughafen von Dalaman abholen und dann zum Haus nach Datça bringen würde. In seiner E-Mail hatte er auch die tausend Dollar Anzahlung bestätigt, die sie auf sein Konto überwiesen hatte. Tausend Dollar! Wie dumm sie gewesen war, so viel Geld zu überweisen, um sich eine Ferienwohnung zu sichern, die sie nur auf einer Website gesehen hatte. Sorgfältig notierte sie Ali Çeliks Telefonnummer auf der Rückseite ihrer Bordkarte, schob den Computer wieder in die Reisetasche und verließ die Toilette. Nirgends war eine Telefonzelle zu sehen.

Draußen auf dem schattenlosen Parkplatz stand die Hitze, als hätte sie sich im Lauf des Tages allmählich verdichtet. Um konservative Türken nicht vor den Kopf zu stoßen, war Yvonne mit einer weiten, langärmeligen Bluse und einem fast knöchellangen Rock angereist – ein Outfit, das, wie sie feststellte, viel zu warm und außerdem unnötig war. Auf dem Flug von Istanbul hatte niemand ein Kopftuch getragen. Die Türkinnen, in der Mehrzahl jung und wohlhabend, trugen Jeans, paillettenbestickte T-Shirts und hochhackige Sandalen. Auf den übrigen Plätzen hatten englische Studentinnen in leichten Sommerkleidern, türkische Männer in Bermudashorts und junge Norwegerinnen mit engen, hellen Shirts und farblosen Begleitern gesessen.

Am Rand des Parkplatzes befand sich ein kleines Café mit einem Zeitungskiosk. Yvonne fragte den Kassierer, ob sie telefonieren dürfe. Sie zeigte ihm die Nummer. Er holte ein schwarzes Telefon hinter dem Tresen hervor und begann zu wählen. Eine kleine Geste der Barmherzigkeit: Sie hätte nicht gewusst, welche Ziffern der langen Zahlenreihe sie weglassen musste.

Sie war überrascht, als sich eine Stimme meldete.

»Mr. Çelik?«, fragte sie.

»Gott sei Dank, Sie sind es«, antwortete er. Sein Akzent war vernachlässigbar.

»Ja, ich bin es.«

»Mein Mitarbeiter hat Sie schon gesucht! Wo stecken Sie denn?«

»Direkt vor dem Flughafengebäude. Im Café.«

»Sie sind auf der falschen Seite aus dem Flughafen gekommen.«

»Gibt es denn noch eine andere Seite?«, fragte sie. »Dann gehe ich gleich rüber.«

»Bitte. Nein. Bleiben Sie, wo Sie sind. Ich werde ihn anrufen und sagen, dass er kommen soll.«

»Vielen Dank.« Aber er hatte schon aufgelegt. »Vielen Dank«, wiederholte sie und lachte erleichtert. Sie war keinem Betrüger aufgesessen. Sie war nicht dumm.

Im Flugzeug hatte sich Yvonne vom Anblick des Mittelmeers, das sich wie Chiffon unter ihr ausbreitete, in den Bann ziehen lassen. Es erinnerte sie an ein Theaterstück, in dem ihre Zwillinge mitgespielt hatten, als sie noch klein waren. Aurelia und Matthew hatten jeweils ein Ende eines breiten Streifens aus blau schimmerndem Material festgehalten und ihn mit ihren winzigen Händen abwechselnd auf und ab bewegt. Das Stück hieß *Der Ozean*.

Als Yvonne nun vor dem Café stand, konnte sie das Wasser zwar nicht sehen, aber das Salz in der Luft riechen. Ein weißes Auto fuhr heran, hielt an, und nicht ein Mann, sondern zwei Männer stiegen aus: der eine groß, der andere noch größer. Für das kleine Auto wirkten sie zu massig.

»Hallo!«, sagte sie, als wäre sie diejenige, die sie in ihrem Land willkommen hieß. Beide Männer nickten.

Der Fahrer nahm ihren Koffer, den sie neben sich abgestellt hatte, und verfrachtete ihn auf den Rücksitz. Förmlich hielt er ihr die Tür auf, und sie stieg ein. Der Sitz war warm und klebrig.

»Sie sind zu zweit«, stellte sie fest.

»Er spricht nicht Englisch, deshalb ich übersetze«, erklärte der Mann auf dem Beifahrersitz. »Er arbeitet für Mr. Ali Çelik. Sein Name ist Mehmet.«

Yvonne fragte den Dolmetscher nach seinem Namen, und als sie seine Antwort nicht verstand, fragte sie noch einmal. Dann gab sie es auf. »Wie lange wird die Fahrt dauern?«, erkundigte sie sich stattdessen.

»Drei Stunden, vielleicht nicht ganz. Sie machen die Straßen neu, deshalb vielleicht mehr oder weniger. Wir machen Kaffeepause.«

Das Auto fuhr los. Die Männer unterhielten sich miteinander und lachten, und Yvonne saß auf dem Rücksitz neben Peters altem Samsonite. Der war jetzt ihr Begleiter.

Durch das Fenster sah Yvonne niedrige Palmen, die die Straße säumten, und türkisfarbene Minarette. In Marmaris fuhren sie langsamer; sie kamen an einer schier endlosen Reihe von Bars vorbei, viele mit britischen Flaggen und sonnenverbrannten Touristen, die in Sandalen im Freien saßen und Bier aus schlanken Gläsern tranken.

Hinter Marmaris war auf kurzen Abschnitten hin und wieder Wasser zu sehen, bis die Sonne, die ihren Untergang lange hinausgezögert hatte, schließlich hinter dem Horizont verschwand. Dann gab es nur noch Umrisse, Geräusche – gelegentlich ein Haus, ein bellender Hund. Yvonne und die beiden Männer kamen flott voran: Kaum hatten sie etwas erreicht, ließen sie es auch schon hinter sich. Bei dem Tempo, das die Männer vorlegten, konnte Yvonne sich nur schwer vorstellen, wie die Fahrt überhaupt zwei Stunden dauern sollte. Aber plötzlich, nachdem sie weder eine bestimmte Stadt noch eine Sehenswürdigkeit passiert hatten, war die asphaltierte Straße zu Ende, und sie spürte jede Unebenheit, jeden Kilometer. »Wir sind jetzt auf Halbinsel von Datça«, erklärte der Mann auf dem Beifahrersitz und drehte ihr sein gespaltenes Kinn zu: »Datça, die Stadt, ist fast am Ende.«

Yvonne nickte in die tintenblaue Dunkelheit.

Bald danach bog das Auto in das beleuchtete, hübsch angelegte Areal eines Gartenrestaurants ein. Die Männer bestellten Kaffee und Yvonne eine Orangenlimonade.

»Wie sagt man danke schön?«, fragte sie den Dolmetscher, als sie auf einen Tisch zusteuerten.

»Sagen Sie einfach nur *Teschekür*..«

»Teschekür?«

»Genau«, erwiderte er und lachte.

In der Nähe einer kurzen Brücke, die einen kleinen Teich überspannte, setzten sie sich an einen Picknicktisch. An den runden oder eckigen Nachbartischen saßen verliebte Pärchen und größere Gruppen von Männern. Die Männer lachten und rauchten filterlose Zigaretten. Es roch gleichzeitig abgestanden und würzig.

Mehmet sagte etwas, und sein Freund übersetzte: »Mr. Çelik ist ein sehr mächtiger Mann.«

Yvonne zuckte die Achseln. »Ich weiß nicht viel über ihn.«

Aus dem Blick, den sie ihr zuwarfen, sprach Verwunderung darüber, wie es sein konnte, dass sie keine Ahnung von Herrn Çeliks Macht hatte.

»Was Sie wissen über Türkei?«, fragte Mehmet.

»Nun, ein bisschen weiß ich schon«, sagte sie. »Ich weiß, dass sie eines der schönsten Länder der Welt ist.«

Mehmets Freund lächelte und übersetzte ihre Worte. Mehmet nickte. Auf ihren Reisen hatte Yvonne noch nie jemanden getroffen, der der Behauptung widersprochen hätte, sein Land gehöre zu den schönsten der Welt.

»Was noch?«

»Ich weiß, dass die Türkei nicht in die EU aufgenommen worden ist.«

Als Mehmet EU hörte, begann er eine Diskussion mit seinem Freund, die nach und nach zu einem Streit auszuarten drohte.

»Tut mir leid«, murmelte Yvonne.

»Ist okay«, sagte der Dolmetscher. »Wir haben nur verschiedene Meinung. Ich glaube, wenn die EU uns nicht will, dann soll sie der Teufel holen. Aber Mehmet glaubt, Türkei muss an eigene Geschichte denken. Er glaubt, Türkei darf nicht eigene Geschichte vergessen.«

Die Männer setzten ihre hitzige Diskussion auf Türkisch fort. Yvonne meinte, Armenien herausgehört zu haben, war sich aber nicht sicher. Je mehr der Dolmetscher sich ereiferte, umso schwerer fiel es ihm, Englisch zu sprechen, und seine Bemühungen, Yvonne an der Unterhaltung zu beteiligen, schwanden zusehends.

Außen vor zu bleiben war eine Wohltat. Yvonne krempelte die Ärmel ihrer Bluse hoch, klemmte ihren Rock zwischen die Knie und ließ die warme Luft über ihre Haut streichen. Sie genoss die Rolle als Beobachterin, statt selbst unter Beobachtung zu stehen. Erst jetzt, hier an diesem Tisch im Gartenrestaurant, wurde ihr das volle Ausmaß der Beklemmung bewusst, die sie die beiden letzten Jahre verspürt hatte. Sie hatte unter Beobachtung gestanden, unter einer speziellen Art von Beobachtung, wie sie besonders frisch Verwitweten zuteilwird. Die Lehrerkollegen ihrer Highschool, ihre Schüler, ihre Nachbarn, der Mann von der Reinigung, die Angestellten in der Videothek – ganz besonders die Angestellten – hatten sie genau beobachtet. »Wie geht es Ihnen?«, war keine beiläufige Frage mehr: Eine mehrdeutige Antwort Yvonnes konnte die Gerüchteküche zum Brodeln bringen, und das wiederum zog ungebetene Telefonate und besorgte Besuche nach sich.

In letzter Zeit hatte sie immer zu Notlügen Zuflucht genommen, wenn man sie fragte, wie sie ihr Wochenende verbringen würde. Sie behauptete einfach, ihre Kinder oder irgendein nicht näher genannter Cousin wollten sie besuchen kommen, damit nur ja niemand merkte, dass sie die Zeit allein verbrachte. Burlington, Vermont, wo sie die Hälfte ihres Lebens – die verheiratete Hälfte – zu Hause gewesen war, hatte sich in eine Puppenstube verwandelt: Ohne die vierte Wand waren die leeren, unaufgeräumten Zimmer ihres Single-Daseins allen Blicken preisgegeben. Warum hatte sie so lange gezögert, dem zu entfliehen?

Auf dem zweiten Abschnitt der Fahrt überfiel sie bleierne Müdigkeit, aber die unbefestigte Straße hinderte sie am Einschlafen. Jedes Mal, wenn sie kurz davor war, ließen ein Schlenker oder eine Unebenheit sie wieder aufschrecken. Als sie sich schließlich Datça näherten, war der Gedanke an Schlaf aus ihrem Körper geschüttelt worden, und ihr Kopf fühlte sich zwar dumpf, aber hellwach an. Dieser Zustand erinnerte sie an die Jetlag-Erfahrungen während ihrer Reisen mit Peter und in jüngerer Zeit an den unregelmäßigen Schlafrhythmus, der ihr nach der Beerdigung so zugesetzt hatte. Während jener Monate, in denen sie jede Nacht erschöpft vom vielen Weinen irgendwann in derart tiefen Schlaf gesunken war, dass sie beim Erwachen, berauscht von den Verheißungen eines neuen Tages, ins Licht blinzelte, um erst eine Minute später von der Wirklichkeit – Peter war getötet worden und nicht mehr bei ihr – eingeholt zu werden.

Sobald sie Datça erreicht hatten, bog Mehmet ab und

fuhr zehn Häuserblocks steil bergauf. Vor einem weißen Haus hielt er an. Yvonne erkannte es wieder, wenngleich die Außentreppe viel imposanter, viel breiter wirkte, als auf den Fotos. Die Treppe störte das Gesamtbild des Hauses wie schlechte Zähne ein breites Lächeln. Als Yvonne aus dem Wagen stieg, konnte sie die Konturen blühender Büsche ausmachen, die den Eingangsbereich überwucherten. Auf den Fotos hatte sie gesehen, dass es violette Blüten waren. Bougainvillea.

Yvonne folgte Mehmet die steile Treppe hinauf, und der Dolmetscher kam mit ihrem Koffer und der Tasche hinterher. Durch die Haustür gelangte man in eine geflieste Diele; zur Linken lagen Esszimmer und Küche, zur Rechten das Wohnzimmer. Die Einrichtung war weiß und schwarz mit roten, blauen und gelben Akzenten: Mondrians Farben. Eine breite Wendeltreppe aus rotem Stahl, die an ein Klettergerüst auf einem Kinderspielplatz erinnerte, führte hinauf und hinunter. Yvonne war in die Türkei gekommen, in das Land der Ruinen und Altertümer, um hier in einem modernen Haus zu wohnen.

Mit forschen Schritten erkundeten die Männer das Haus. Sobald sie einen Raum betraten, ging automatisch das Licht an. Zuerst dachte Yvonne, ihre Begleiter wollten nur sicherstellen, dass niemand im Haus war, doch dann wurde ihr klar, dass es ihnen gar nicht so sehr um ihren Schutz ging: Sie waren einfach nur neugierig. Herr Çelik, ihr Chef, war ein wohlhabender Mann, und Yvonne vermutete, dass sie sich zum ersten Mal unbewacht in seinem Haus aufhielten.

»Wo wohnt Mr. Çelik eigentlich, während er dieses

Haus vermietet?«, fragte Yvonne. Sie war ins Wohnzimmer getreten, in dem sich ein großer Fernseher befand und außerdem ein Zebrafell, eine blaue Ledercouch sowie eine abgeschlossene Glasvitrine, in der mehrere alte Gewehre ausgestellt waren.

»Er hat viele Häuser. Er wohnt jetzt auf seinem Weingut«, erklärte der Dolmetscher. Er und Mehmet standen vor der Vitrine mit den Gewehren. Yvonne sah ihnen an, dass sie sich zwar bewundernd, aber bestimmt nicht ohne Neid über Herrn Çeliks Sammlung unterhielten.

Der Dolmetscher trug ihren Koffer die rote Wendeltreppe hinauf ins obere Stockwerk. »In welches Zimmer?«, rief er hinunter.

»Ins Elternschlafzimmer, glaube ich«, sagte Yvonne. »Ins große«, setzte sie hinzu.

»Sie sind allein«, stellte er fest, als er herunterkam.

»Ich warte auf meine Familie.« Ihre Antwort wurde sogleich für Mehmet übersetzt. Beide Männer nickten. Es war zumindest nicht vollends gelogen und hatte außerdem wie die meisten Unwahrheiten den Vorteil, dass alle zufrieden waren.

Dann händigte man ihr die Hausschlüssel und die Autoschlüssel aus – auch darum hatte Herr Çelik sich gekümmert. Als sie ihm schrieb, dass sie sich am Flughafen ein Mietauto nehmen wollte, hatte er prompt zurückgemailt: »Werfen Sie Ihr Geld nicht zum Fenster hinaus. Ich kenne ein paar Leute.«

Yvonne gab Mehmet und seinem Freund ein Trinkgeld. »Teschekür« sagte sie. Sie wirkten zufrieden. Dann wollte Yvonne wissen, wie die beiden wieder den Berg hinunter gelangen wollten. Als Lehrerin und Mutter war sie ständig darum besorgt, wie die Leute heimkamen. Der Dolmetscher deutete auf ein Auto, das sie anscheinend schon früher am Haus abgestellt hatten. Sie nickte, lächelte und verabschiedete sich. Als sie die Haustür hinter ihnen zuzog, versuchte sie den Blütenduft einzuatmen, bis ihr einfiel, dass Bougainvilleen nicht duften.

Nun konnte sie das Haus auf eigene Faust erkunden. Sie stieg die Treppe hinauf in den ersten Stock. Geradezu führte eine Tür in ein geräumiges Badezimmer; der Duschvorhang war mit grünen Fröschen bedruckt, und in einem Regal stapelten sich bunte Strandtücher. Im hinteren Teil des Hauses befanden sich zwei kleine Schlafzimmer, eines mit zwei Einzelbetten, das andere mit einem Einzelbett und einem Bügelbrett, das aufgeklappt auf dünnen Insektenbeinen stand.

Ihr Koffer stand in dem größten Zimmer, das nach vorn lag. Über das Bett war eine dünne, gelbe Tagesdecke gebreitet; an einer Wand reihten sich Bücher. Yvonne zog die Vorhänge zurück. Sie erinnerten sie an ein Häkelkleid, das eine ihrer Schwestern in der Grundschule getragen hatte. Sie drückte ihr Gesicht an die Fensterscheibe. Am Fuß des Abhangs lag das Meer, ruhig und friedlich.

Die zweite Etage war kleiner; dort gab es nur ein Einzelschlafzimmer und einen Balkon. Auf dem Bett lag ein Sportgerät mit schwarzen Gurten und silbernen Ketten. Yvonne hatte keine Ahnung, wozu es diente.

Sie ging drei Treppen hinunter und landete schließlich im Keller. Obwohl das Licht brannte, war es ziemlich düster; überall standen Tische und Lampen herum und in der

Mitte des Raumes eine Couch. Yvonne hatte sich kaum einen Meter von der Treppe entfernt, als sie aus Angst, das Licht könnte sich automatisch ausschalten, wieder ins Erdgeschoss zurückeilte.

Neben der Haustür stand ein Holzbottich, der wie ein Boot aussah und in dem mehrere Damenschuhe lagen. Yvonne schlüpfte aus ihren Schuhen und probierte ein Paar schwarze Sandalen mit flachen Absätzen. Ihre Größe. Sie waren modischer als die Schuhe, die sie normalerweise trug – Callie, der Verlobten ihres Sohnes, hätten sie bestimmt gefallen. Ihre bequemen Schuhe stellte sie in den Bottich. Sie lief mit den Sandalen herum und freute sich über das Geräusch der Absätze auf dem Fliesenboden. *So klingt Eleganz*, dachte sie. So klingt eine Frau, die sich für eine Party feinmacht.

Die nur spärlich eingerichtete Küche wirkte steril. Bis auf eine Flasche Rotwein ohne Etikett waren die Ablageflächen leer. An der Flasche lehnte eine Notiz: »Aus meinem Weinberg. Prost!« An der Kühlschranktür klebten Fotos, Bilder von Menschen auf einer Yacht – alle zwischen Mitte zwanzig und Mitte dreißig, alle mit einem Glas in der Hand. Wer von ihnen war Herr Ali Çelik? Welche der schönen Frauen war seine Gattin? Auf den Magneten, mit denen die Fotos an der Tür befestigt waren, stand »CARPE DIEM!« und »A MAN'S WEALTH IS MEASURED BY THE AMOUNT OF FUN HE HAS!«

Yvonne öffnete den Kühlschrank. In einem silbernen Sieb glänzten Kirschen. Sie probierte zuerst eine, dann noch eine. Sie nahm das Sieb heraus und trug es zusammen mit einer Serviette und einer kleinen Schale für die

Kerne ins Wohnzimmer. Sie hatte ihren Hunger unterschätzt.

Von der Couch aus konnte sie hinter den Fensterscheiben nichts erkennen – nur ihr eigenes Spiegelbild: eine brünette Frau mit blasser Haut und dunklen Augen, die Kirschkerne ausspuckte. Auf den ersten Blick wirkte sie jünger als dreiundfünfzig. Sie wollte sich nichts darauf einbilden, aber ein wenig stolz war sie dennoch. Seit Peters Tod hatte sie zugenommen, und diese zusätzlichen Pfunde füllten ihre Falten aus, ließen ihre Brüste und Hüften voller wirken. Sie stand auf und trat ans Fenster, um sich genauer in Augenschein zu nehmen; dann wich sie schnell einen Schritt zurück und eilte wieder in die Küche: Ihr war plötzlich eingefallen, dass die Nachbarn von der anderen Straßenseite sie vielleicht ebenfalls sehen konnten.

Es war purer Luxus, ein so großes Haus zu mieten, aber es war das einzige noch freie Objekt gewesen, das ihr gefiel, als sie sich zwei Monate zuvor zu dieser Reise entschlossen hatte. Ihr Sohn Matthew hatte zusammen mit Callie und deren Familie eine Yacht von Griechenland in die Türkei gechartert und sie eingeladen mitzukommen. »Pre-Wedding-Kreuzfahrt«, hatte er das in seiner ersten E-Mail an Yvonne genannt. Von so etwas hatte Yvonne noch nie gehört, aber sie hatte auch von vielen anderen Dingen noch nie gehört, die für Callies Familie, die Campbells, zum Alltag gehörten. Während Yvonne in jungen Jahren von Reichtum mehr als beeindruckt gewesen war, versuchte sie nun, bei Leuten mit Geld eher Distanz zu wahren.

»Auf dem Weg nach Troja werden wir ALLE archäologischen Stätten besuchen. Du wirst BEGEISTERT sein,

Mama«, schrieb Matthew. Schon allein die Blockbuchstaben verrieten einen flehentlichen, eindringlichen Unterton. Es hatte einen Augenblick gedauert, bis Yvonne klar wurde, dass er an ihr vermeintliches Interesse an Geschichte appellierte, das Fach, das sie seit dreißig Jahren unterrichtete. Obwohl Matthew es bestimmt gut meinte, hatte er nur ein oberflächliches Bild von ihr. *War das gerecht?*, überlegte sie. Mutter, Lehrerin, Historikerin, Ehefrau. Witwe. Er warf keinen Blick hinter diese Begriffe, hinter diese Rollen. Aber Yvonne hatte das bei ihrer eigenen Mutter auch nicht getan.

»Ich werde es mir überlegen«, schrieb Yvonne als Antwort auf Matthews Einladung, obwohl sie bereits entschlossen war, nicht mitzufahren. Aber dann kam der April, und wieder breitete sich ein leerer, ereignisloser Sommer wie eine endlose Straße vor ihr aus. Sie hatte keine Pläne für die Ferien, hatte drei Monate lang nichts zu tun. Sie überlegte, ob sie an der Sommerschule unterrichten sollte. Das würde gut passen: Ihre Stärken als Lehrerin zeigten sich eindeutig bei Schülern, die Nachhilfe nötig hatten, nicht bei den Einser-Kandidaten. Die Vorzugsschüler waren Peters Stärke gewesen. Wenn er überhaupt einen Makel hatte – sei es als Lehrer oder als Vater –, dann vielleicht den, dass er für alles, was nicht ausgesprochen erstklassig war, nur wenig Geduld aufbrachte. Yvonne hatte George, den Rektor, der während seiner ersten Ehe mindestens einmal im Monat mit Peter und Yvonne zu Abend gegessen hatte, auf die Idee mit der Sommerschule angesprochen. Aber George hatte ihr nahegelegt, eine Unterrichtspause einzulegen: »Nur den Sommer über«, hatte er gesagt und ihr eine Hand auf die Schulter gelegt. In diesem Augenblick war ihr bewusst geworden, dass George ihr am liebsten eine noch längere Auszeit vorgeschlagen hätte.

Sein mangelndes Vertrauen in sie hatte mit Oliver Cromwell zu tun. An einem Freitag im vergangenen Februar hatte sie, wie schon so oft, eine Unterrichtsstunde zum Thema Cromwell und der Organisation des Britischen Commonwealth abgehalten. Nach den ersten paar Minuten war ihr aufgefallen, dass alle, selbst ihre unaufmerksamsten Schüler, sie wie gebannt anstarrten. Als dann einige zu kichern begannen, wurde ihr klar, dass etwas nicht stimmte. Ein paar Stunden später lag eine anonyme Notiz in ihrem Postfach im Lehrerzimmer: »Sie haben in dieser Woche genau den gleichen Vortrag WORT FÜR WORT schon einmal gehalten.« Es war die Handschrift eines ihrer Schüler – sie erkannte sie an den länglichen *Os*. Offenbar hatte Yvonnes Vergesslichkeit in der Schule die Runde gemacht und war auch George zu Ohren gekommen. Die Sommerschule kam nicht mehr in Frage; sie konnte froh sein, wenn sie ihren Job im Herbst noch hatte.

»Mama, bitte komm doch mit«, bettelte Matthew Mitte April während eines Telefonats, bei dem es sonst wenig zu besprechen gab. Yvonne hatte in Gummistiefeln auf der Veranda gestanden. Matthews Einladung hätte ihr geschmeichelt, wenn ihm wirklich an ihrer Anwesenheit gelegen wäre, aber sie wusste, dass er nur den Schein wahren wollte. Wenn Callies Eltern bei der Reise dabei waren, wie sollte er dann die Abwesenheit seiner eigenen Mutter erklären?

»Es sieht ganz danach aus, als kämen Aurelia und Henry ebenfalls mit«, setzte er hinzu.

Die Aussicht auf Aurelias – und insbesondere Henrys – Anwesenheit verlieh der Reise dann doch einen gewissen Reiz. Lange Zeit hatte Yvonne befürchtet, Aurelia könnte die Avancen junger Männer womöglich genauso zurückweisen, wie sie die Zuneigung ihrer Eltern abgewehrt hatte. Und nun freute sich Yvonne jedes Mal insgeheim, wenn Henry den Arm um Aurelia legte und sie es sich gefallen ließ.

»Könnte ich vielleicht nur bei einem Teil dabei sein?«, fragte Yvonne.

Alles war in diesem einen Telefongespräch vereinbart worden. Sobald sie sich darauf geeinigt hatten, dass Yvonne nach der ersten Hälfte des Törns in der Türkei zu Matthew, den Campbells, Aurelia und Henry stoßen würde, stand für sie fest, dass sie die vorangehenden anderthalb Wochen in Datça verbringen würde. Kaum hatte sie diesen Entschluss gefasst, besserte sich ihre Stimmung, und auch der leichte Nieselregen ließ nach. Sie nahm die Lieferservice-Werbezettel, die hinter die Türklinke geklemmt waren, ab und warf sie in den Abfall.

Am selben Abend hatte Yvonne ins Internet geschaut und dieses Haus gefunden. Ein »geschmackvolles Haus«, »nur ein paar Schritte« bis zum Strand, hieß es auf der Website. Sie wollte neun Tage hier verbringen, und anschließend sollte das Boot sie im Hafen von Datça abholen.

In Ali Çeliks Küche aß sie noch mehr Kirschen, bis ihr Bauch voll und ihre Finger dunkelrot waren. Sie räumte auf, wusch sich die Hände, kontrollierte, ob die Tür und die Fenster verriegelt waren und schleppte sich mit schweren Beinen in das große Schlafzimmer hinauf.

Sie zog ihren Pyjama an, putzte sich die Zähne, brauste

ihre geschwollenen Füße in der Dusche ab und ließ sich aufs Bett fallen. Das Kopfteil hatte ihr ein Bett mit doppelt breiter Matratze vorgegaukelt. Aber als Yvonne sich unter der Decke in die Mitte des Bettes rollte, stellte sie fest, dass es sich um zwei einzelne von einem Bettlaken zusammengehaltene Matratzen handelte. Zu Hause schlief sie neuerdings immer in der Mitte ihres französischen Bettes – so kam sie sich weniger verloren und klein vor, als wenn sie auf ihrer oder seiner Seite geschlafen hätte. Aber hier war das nicht möglich. Sie würde sich jede Nacht aufs Neue entscheiden müssen.

Bei eingeschaltetem Licht lag sie im Bett und betrachtete einen Haken in der Zimmerdecke über ihr. Es war die Art von Ösenhaken, die normalerweise dazu verwendet werden, Zimmerpflanzen aufzuhängen. Aber wer hätte dort oben eine Pflanze aufhängen wollen?

Sie konnte nicht einschlafen. Sie stand auf und trat ans Bücherregal. Die meisten Bücher waren türkisch – selbst der *Da Vinci Code*, den Yvonne an seinem unverwechselbaren Umschlagdesign erkannte. Einige Bücher waren deutsch und eines englischsprachig: *The Woman's Guide to Anal Sex*. Sie las den Text auf dem Buchrücken noch einmal, nur um sich zu vergewissern, dass sie sich nicht getäuscht hatte. Sie schlug die Titelseite auf, und ein Bestellbeleg von amazon.com rutschte heraus. Das Buch war an »Manon« adressiert. Yvonne blätterte es durch, hielt bei den Schaubildern kurz inne, legte den Beleg dann wieder ins Buch und stellte es ins Regal zurück. Anscheinend war Herr Çelik nicht mehr dazu gekommen, vor dem Eintreffen seiner Mieterin alles wegzuräumen.

Sie legte sich wieder ins Bett und versuchte, es sich bequem zu machen. Verschiedene Bilder geisterten zusammenhanglos in ihrem Kopf herum: die kurze Mitteilung, die sie nach Peters Beerdigung unter dem Scheibenwischer ihres Autos gefunden hatte: »Merken Sie eigentlich noch, was Sie da tun? Hätten Sie Ihr Auto nur ein paar Zentimeter weiter nach hinten gestellt, hätte noch jemand vor Ihnen parken können. Aber Sie haben es nicht getan. Vielleicht versuchen Sie das nächste Mal, nicht so egoistisch zu sein. Vielleicht denken Sie daran, dass Sie nicht allein auf der Welt sind.« Die Tatsache, dass sie nicht nur in jener Woche, sondern auch in den folgenden Monaten und sogar jetzt noch ständig an diese Zeilen dachte, irritierte und verstörte sie. Eine Bemerkung zu ihrem geparkten Auto! Aber anscheinend enthielt sie alles, was sie in jener Zeit so sehr verabscheute, in jenen Tagen, die von Verpflichtungen und Niederlagen geprägt waren.

Und dann war da noch das Bild von der Frau im grauen Wintermantel, die vor vielen Jahren im Dezember vor ihrer Haustür erschienen war. Yvonne hatte gerade Wasser in den roten Behälter unter dem Weihnachtsbaum gegossen, als sie eine ihr unbekannte Frau die Stufen zum Haus heraufkommen sah. Sogar aus ihrem Gang sprach Wut. Ein lautes, entschlossenes Klopfen. Yvonne öffnete die Tür.

»Sind Sie Aurelias Mutter?«, wollte die Frau wissen. Ihr Gesicht war verzerrt, ihre Augen funkelten.

»Ja«, bestätigte Yvonne.

»Nun«, sagte die Frau, »dann will ich Sie nur davon in Kenntnis setzen, dass meine Tochter wegen ihrer Tochter auf der Intensivstation liegt.«

Wie verblendet Yvonne doch war zu glauben, Aurelia sei damals bereits clean gewesen, zu glauben, es wäre so einfach, aus einer Entzugsklinik in Arizona direkt an die Burlington High School zurückzukehren. Welchen Illusionen hatte sie sich hingegeben, dass sie glaubte, Aurelia würde nicht mit Drogen dealen. Denn genau das hatte man ihr und Peter bei der Familienberatung gesagt, die sie damals aufsuchten: »Alle Kids, die Drogen konsumieren, dealen auch damit.« »Nicht unsere Aurelia«, hatte sie zu Peter gesagt, der ihre Tochter nur widerwillig wieder zu Hause aufnahm. »Nicht unsere Aurelia«, hatte er wiederholt, doch dieselben Worte hatten sich aus seinem Mund ganz anders angehört.

Bald vermischten sich die beiden Episoden, und nun war es die aufgebrachte Mutter, die eine Nachricht an Yvonnes Auto geklemmt hatte. Yvonne schüttelte den Kopf, als könnte sie damit das Bild aus ihren Gedanken reißen. Ihre Haut war feucht, mit Salz bedeckt. Sie stand auf und riss das Fenster auf. Der Wind schlug es sofort wieder zu. Sie schaute auf die Uhr. Drei. Seit zwei Stunden versuchte sie zu schlafen. Sie probierte es in Seitenlage mit einem Kissen zwischen den Beinen, wie damals während der Schwangerschaft. Sie versuchte, auf dem Bauch zu schlafen. Der Kissenbezug scheuerte an ihrem Gesicht. Sie holte ein altes T-Shirt aus dem Koffer und wickelte es um das Kissen.

Als der Morgen anbrach, stellte sie fest, dass die gehäkelten Vorhänge keinen Schutz vor dem Tageslicht boten. Sie stand auf und sah sich nach anderen Schlafmöglichkeiten um. Als sie einen Blick durch die Türen der übrigen

Schlafzimmer warf, musste sie an die Zeit zurückdenken, als sie noch jünger war: Jeden Abend nach dem Zähneputzen hatte sie nach den Zwillingen gesehen. In Matthews Zimmer hatte es nach Buttermilch gerochen – jener schwere Geruch, den nur Jungen ausströmen. Aber Aurelia hatte schon immer unruhig und in den unmöglichsten Positionen geschlafen. Einmal krabbelten ihre Beine die Wand neben ihrem Bett hinauf, und ihr Mund war staunend geöffnet; dann wieder lag sie mit dem Gesicht nach unten auf der Matratze und hatte Arme und Beine wie ein Fallschirmspringer gespreizt.

Nachdem Yvonne bis sechs Uhr früh wie ein Phantom in dem Haus in Datça herumgewandert war, entschied sie sich schließlich für das Zimmer mit den beiden Einzelbetten und den schweren Vorhängen. Sie kroch in das näher zur Tür gelegene Bett. Sie musste unbedingt schlafen; sie wollte am folgenden Tag fit sein. Es war jetzt achtundzwanzig Jahre her, dass sie und Peter ihre Flitterwochen in Datça verlebt hatten. Sie wollte frisch und ausgeruht erwachen.

Ein schriller Ton durchschnitt die Stille des Hauses. Eine Sirene? Ein Luftangriff? Sie rollte aus dem Bett, verfing sich in der Bettdecke und strampelte sich hastig frei. Sie rannte in den Flur und versuchte die Geräuschquelle zu orten. Der Ton kam aus allen Richtungen – von oben, von unten, sogar aus den Wänden. Sie war umzingelt. Sie rannte die Treppe hinunter. Hier schrillte es noch lauter. Im Wohnzimmer stürzte sie sich auf etwas Schwarzes aus

Kunststoff, das neben dem Fernseher stand. Ein Telefon. Sie lauschte wieder, hörte ähnliche Töne von oben und begriff endlich, dass es die anderen Telefone waren.

Sie hob den nächstbesten Hörer ab. Was hieß Hallo auf Türkisch? Sie entschied sich für »Allo.«

»Guten Morgen. Habe ich Sie geweckt? Ich bin's. Ali Çelik!«

»Ich habe noch geschlafen …«

»Sie können doch nicht den ganzen Tag verschlafen!«

Wie spät war es?

»Ich wollte nur hören, wie es Ihnen geht und ob alles in Ordnung ist.«

»Das Haus ist wunderschön«, sagte sie und sah sich im Wohnzimmer um. Jetzt am Vormittag wirkte der Raum eher steril als romantisch. Aber es war zweifellos ein gut gepflegtes, sauberes Haus.

»Das freut mich. Ich würde gern kurz vorbeikommen, um Sie zu begrüßen.«

»Ja«, sagte Yvonne. »Und ich bin Ihnen noch die restliche Kaution schuldig.«

»Ach ja, stimmt«, erwiderte Herr Çelik, als wäre ihm das gerade erst eingefallen. »Ich komme dann, sagen wir, in zwei Stunden vorbei?«

»Gern«, sagte Yvonne. »Wie spät ist es jetzt?«

»Acht Uhr. Zeit aufzustehen!«

Im oberen Stockwerk zog sie ihren Pyjama aus und stellte fest, dass er an den Hosenbeinen verschlissen und völlig verwaschen war. Peter hätte ihr längst einen neuen gekauft. Er war es, der sie darauf aufmerksam gemacht hatte, wenn ihre Schuhabsätze schiefgelaufen waren; er war es, der ihr gesagt hatte, dass es an der Zeit sei, ihren alten Toyota in Zahlung zu geben. Yvonne, die jüngste von drei Töchtern, war es nicht gewohnt, etwas Neues zu kaufen, wenn das alte oder von den älteren Schwestern geerbte Stück noch brauchbar war.

Sie zog einen flotten Rock und ein lila Oberteil an und kämmte sich das Haar. Eine Woche vor der Reise war sie beim Friseur gewesen. Nach einer Stunde Schneiden, Bürsten und Föhnen hatte er Yvonnes Haarschnitt als »jugendlich« bezeichnet. Als sie den Salon verlassen hatte, war sie eine Stunde lang beschwingt und wie auf Wolken durch die Straßen gelaufen, bis ihr irgendwann die Köpfe anderer fünfzig- und sogar sechzigjähriger Damen in Burlington auffielen, die ganz ähnlich frisiert waren. Seither fasste sie ihre Haare so gut es ging am Hinterkopf zu einem kurzen Pferdeschwanz zusammen.

Sie nahm ihre Handtasche mit ins Wohnzimmer, legte sich auf der blauen Couch auf den Rücken, verschränkte die Hände vor der Brust und schlug die Beine auf der Armlehne übereinander. Sie kam sich wie die Parodie eines Patienten bei einem Psychiater vor. Aber hier konnte sie einschlafen und würde trotzdem die Türklingel hören, wenn Herr Çelik kam.

Ein Poltern. Yvonne schreckte aus dem Schlaf und sprang auf, aber niemand war an der Tür. Als sie zur Couch zurückkehrte, stellte sie fest, dass ihre geöffnete Handtasche zu Boden gefallen war und ein Teil des Inhalts verstreut herumlag. Sie kniete sich auf das Zebrafell. Die borstigen Haare kratzten an den Schienbeinen. Unter der Couch entdeckte sie ihr Döschen mit dem Lippenbalsam, die zerdrückten, orangefarbenen Ohrstöpsel, die sie auf dem Flug benutzt hatte, und das kleine Fläschchen Nachtkerzenöl, das sie auf Reisen immer bei sich hatte. Die Kapseln hatten ihr über die Menopause geholfen, und nun mochte sie nicht mehr auf sie verzichten.

Sie schob den Arm unter die Couch und tastete den Fußboden ab, um sicherzugehen, dass sie alles aufgesammelt hatte. Ihr Handgelenk streifte eine kleine Tube Zahnpasta, die ebenfalls aus dem Flugzeug stammte, und dann stieß sie gegen etwas Hartes, Glattes. Sie zog einen großen Bilderrahmen hervor und drehte ihn um.

Herrn Çeliks Frau – Yvonne erkannte sie von den Fotos auf dem Kühlschrank – war nackt, die Beine waren gespreizt, die Schamhaare abrasiert. Ein breites, rotes Band war um ihre Brüste geschlungen; die Schleife baumelte zwischen den Brustwarzen. Sie hielt ein Schild in der Hand, auf dem sieben türkische Worte standen. Yvonne wusste nicht, was sie bedeuteten, erkannte aber am Satzzeichen, dass es sich um eine Frage handelte.

Yvonne schob das Foto wieder an seinen Platz zurück und setzte sich auf die Couch. Sie schraubte das Döschen mit dem Lippenbalsam auf und verteilte ihn mit dem Zeigefinger auf dem Mund. In der vergangenen Nacht, als sie versucht hatte einzuschlafen, war ihr ein flüchtiger Gedanke gekommen. Jetzt erinnerte sie sich wieder daran. Sie stieg die Treppe hinauf in das große Schlafzimmer und stellte sich auf die Matratze. Der Haken in der Zimmerdecke befand sich ungefähr am Fußende des Bettes. Sie steckte einen Finger durch den Ring und zog daran. Er konnte gut und gern hundert Kilo tragen.

Sie strich die Decke glatt und ging ins Schlafzimmer im obersten Stockwerk. Auf dem Bett lag die Vorrichtung. Zwei Jahre zuvor hatte es an der Burlington High School einen Skandal gegeben, in den ein Trainer der Mädchen-Fußballmannschaft und der Kapitän der Jungen-Lacrosse-Mannschaft verwickelt gewesen waren und bei dem auch eine Liebesschaukel eine Rolle gespielt hatte. Obwohl Yvonne nie zuvor ein solches Gerät gesehen hatte, wusste sie, dass das, was hier vor ihr lag, eine Liebesschaukel war. Weshalb war sie nicht zusammen mit dem Nacktfoto und wer weiß, mit was sonst noch, weggeräumt worden? Warum hatte man sie in dieses Zimmer heraufgebracht?

Sie hörte ein schwaches Leuten: Die Türklingel. Sie rannte die Wendeltreppe hinunter, und als sie die Tür erreichte, war sie benommen, fast außer Atem. Sie schob den Riegel zurück, löste die Kette, schloss auf, holte tief Luft und öffnete die Tür.

Herr Çeliks Teint war mediterran, er hatte eine kleine, kindliche Nase und dichtes, schwarzes Haar, das aussah, als habe eine Bürste oder ein starker Wind es aus dem Gesicht gefegt. Vor dem Haus stand ein Cabrio mit offenem Verdeck. Für einen, der so wohlhabend war, wirkte er ziemlich jung.

»Sie sind Yvonne«, stellte er fest, als hätte er ihr soeben diesen Namen verliehen.

Sie lächelte: »Ja.«

»Willkommen in Datça.« Er wies mit den Armen zum Wohnzimmer, zur Küche. »Gefällt Ihnen mein Haus?«

»Ja, es ist wunderschön. Wie lange haben Sie es schon?«

»Zwei Jahre.«

»Und wo wohnen Sie selbst?«

»Ich habe noch ein anderes Haus hier in der Nähe, ein Haus mit Weinbergen. Sie müssen einmal zum Abendessen kommen.«

Sie merkte, dass sie noch immer in der Tür standen. »Darf ich Sie in Ihr Haus bitten?«, fragte sie.

»Gern«, sagte er und streifte seine Sandalen übertrieben gründlich auf der Fußmatte ab. »Heute ist ein wunderschöner Tag.«

Yvonne lächelte. Sie wollte sich nicht anmerken lassen, dass sie noch nicht vor der Tür gewesen war. Sie betraten den Essbereich und stellten sich an den Tisch.

»Ich habe Ihr Geld dabei«, sagte sie.

»Darüber können wir uns später unterhalten.« Er hob eine Hand, als wollte er im Moment nicht an Geld denken. »Wie gefällt Ihnen mein Datça?«

»Es gefällt mir sehr. Ich bin ja schon einmal hier gewesen.«

»Wirklich? Wann denn?«

»Vor ungefähr fünfundzwanzig Jahren«, sagte Yvonne. In Wirklichkeit war es achtundzwanzig Jahre her.

»Dann muss es Ihnen gefallen haben, wenn Sie jetzt wieder zurückgekommen sind, oder?«

»Ich war damals auf Hochzeitsreise«, sagte sie.

»O ja, eine Hochzeitsreise ist für jeden ein schönes Erlebnis.«

Verlegen schaute Yvonne auf den Fußboden. Sie dachte an die Liebesschaukel und das Foto und daran, welche Rolle diese Sachen in *seinen* Flitterwochen gespielt haben mochten.

»Wird Ihr Mann nachkommen?«

»Nein«, sagte Yvonne. »Er ist verstorben.« Bis vor einem Jahr hatte sie immer erzählt, Peter sei getötet worden. Aber wenn die Leute dann herausfanden, dass weder Messer noch Waffen noch Gift im Spiel gewesen waren, schwand ihr Interesse, und sie waren sogar enttäuscht, was Yvonne ihnen übelnahm. Lange Zeit waren Yvonnes Gedanken tagsüber und selbst während der Nacht ausschließlich mit den Umständen seines Todes beschäftigt gewesen.

»Das tut mir leid«, sagte Herr Çelik. »Das tut mir sehr leid.« Dieses Mitgefühl von einem wildfremden Menschen traf sie so unvorbereitet, dass ihre Nase zu kribbeln begann und ihr die Tränen in die Augen stiegen.

»Schon gut«, sagte sie, als wollte sie ihn trösten. Nun war er derjenige, der zu Boden starrte.

»Vielleicht«, begann sie, ohne zu wissen, was sie eigentlich sagen wollte. Sie wollte ihm eine Brücke bauen. »Vielleicht könnten Sie mir ja ein paar gute Restaurants empfehlen? Es ist schon so lange her.«

»Natürlich«, sagte er, und sein Gesicht hellte sich auf. Sie kannte Leute wie ihn: Er gehörte zu der Sorte von Menschen, die am glücklichsten waren, wenn sie eine Aufgabe, ein Ziel hatten. »Ich werde Ihnen einen Stadtplan zeichnen.«

Sie sahen sich nach einem Blatt Papier um. »Vielleicht in dem Schrank dort«, schlug Herr Çelik vor. »Darf ich nachsehen?«

Er entdeckte einen Schreibblock mit dünnem, breit liniertem Papier und zeichnete eine kleine Straßenkarte. »Hier sind wir«, sagte er und malte einen Stern, »und hier kann man gut Fleisch essen, und hier«, er malte noch einen Stern, »ist eine gute Adresse für Fisch.« Die Uhr an seinem Handgelenk war groß, und zu beiden Seiten des Armbands wucherten dichte, schwarze Haare hervor. »Sagen Sie den Leuten, dass Sie in meinem Haus wohnen.«

»Danke.« Sie nahm die Zeichnung in Empfang, obwohl sie bereits wusste, dass dieses Wirrwarr aus krummen Linien und missratenen Sternen nutzlos sein würde.

Sie griff nach ihrer Handtasche, und diesmal hatte Herr Çelik nichts einzuwenden. Sie nahm den weißen Umschlag heraus, den ihr die Frau mit dem Gummifingerhut beim Geldwechseln am Amsterdamer Flughafen gegeben hatte. Herr Çelik hatte in seiner E-Mail zwar geschrieben, dass ihm Euros lieber seien als türkische Lire, aber nun wollte sie sich noch einmal vergewissern.

»Euros, richtig?«

»Ja, besser als Lire. Ich habe mehr Vertrauen zur Wirtschaft der EU.«

»Aber ich habe auch Lire umgetauscht. Wie bezahlt man hier in der Stadt? Mit Lire oder …?«

»Lire sind okay, aber wenn Sie mich fragen, wollen die Leute lieber Euros haben.«

»Gut zu wissen«, murmelte sie und zählte die Scheine langsam auf den Esstisch. Als sie fertig war, zählte Mr. Çelik schnell nach und schob die Banknoten dann zu einem Stapel zusammen. Er war es zweifellos gewohnt, mit Geld umzugehen.

»Wenn ich das nächste Mal vorbeikomme, bringe ich Ihnen eine Quittung mit.«

»Wann wird das sein?«, fragte Yvonne in der Hoffnung,

nicht verzweifelt zu klingen. Erst jetzt, als er sich von ihr verabschiedete, wurde ihr bewusst, wie viele einsame Tage vor ihr lagen. In Burlington, wo sie von Menschen umgeben war, die ihren sozialen Kontakten oder dem Mangel daran allzu viel Aufmerksamkeit schenkten, hatte sie die Isolation als ideales Gegengewicht empfunden. Aber schon jetzt, am ersten Morgen nach ihrer Ankunft in Datça, regten sich erste Zweifel.

»Ich werde rechtzeitig Bescheid sagen«, antwortete Herr Çelik und ging zur Tür. Bildete sie es sich ein oder würdigte er sie nun, wo er ihr Geld hatte, nicht einmal mehr eines Blickes?

»Ach, übrigens«, sagte er und drehte sich um.

»Ja?«

Er streifte ihren Körper mit dem flüchtigen Blick, mit dem ältere Menschen bedacht werden: Yvonne hatte keinen Körper mehr und auch keine Figur. Sie hatte eine Gestalt.

»An welchen Tagen soll die Putzfrau kommen?«

»Die Putzfrau?« Zu Hause hatte sie nie eine Putzfrau gehabt.

»Ja, die ist im Mietpreis inbegriffen. Zweimal, so lange Sie hier sind.«

»Am Mittwoch?« Sie wusste nicht genau, welcher Tag es war. »Und am Samstag.«

»Gut«, sagte er. »Ich werde es ihr ausrichten. Und nicht zu früh. Ich weiß, dass Sie gern ausschlafen.«

Yvonne lächelte und legte eine Hand an die Tür, als er hinaustrat. Sie nickten einander zu, und dann wandte er sich zum Gehen. Sie betrachtete seine Waden, als er die Treppe hinunterlief.

Plötzlich verspürte sie einen Heißhunger. Sie öffnete die Kühlschranktür, als hätte sich dort seit Tagesanbruch etwas materialisiert. Nichts als Kirschen, die jetzt nicht mehr so gut aussahen, wie am Abend zuvor. Sie beschloss, in die Stadt zu gehen, etwas zu essen, Lebensmittel einzukaufen und einen Spaziergang am Strand zu unternehmen. Sie versteckte die Hälfte ihrer restlichen Euros in der Tasche eines Damenregenmantels, den sie im Schrank des großen Schlafzimmers hatte hängen sehen. Dann suchte sie ihre Sachen zusammen – Strohhut, Handtasche und den Schlüsselbund für das Haus, an dem ein schwerer Anhänger in Form eines Bootes befestigt war.

Draußen brannte die Sonne so unbarmherzig, dass Yvonne förmlich glaubte, ihre Strahlen zu sehen, dünn und scharf wie Messerklingen. An der ersten Straße, die den Hang hinunterführte, wandte Yvonne sich nach links und hielt nach einem Straßenschild Ausschau, an dem sie sich auf dem Rückweg orientieren konnte, aber nicht einmal eine Straßenlaterne war zu sehen. Und Gehwege gab es auch keine. Sie hielt sich am Straßenrand und kam an ein paar Hühnern und einer Schar Truthühner vorüber. Sie lächelte erfreut, bis die Tiere näher kamen und sie sah, wie mager und schmutzig sie waren. Zu Thanksgiving würde sie sich wieder an sie erinnern.

Gelbe Häuser, einige baufällig, andere renoviert, standen dicht aneinandergedrängt an der Straße. Ihre roten Ziegeldächer erinnerten an triste Lagerschuppen. Vor den Fenstern unbewohnt wirkender Häuser hingen Schilder mit dem roten Schriftzug SATILIK und einer Telefonnummer, während sich auf den Fensterbänken offenbar bewohnter Häuser große Joghurteimer mit Grünpflanzen reihten. Zwischen den Häusern lag verdorrtes Brachland, das, abgesehen von gescheiterten Versuchen, dort Wein anzubauen, ungenutzt blieb. Die Weinreben waren vertrocknet, nur die hölzernen Rebstöcke ragten noch aus der Erde.

Irgendwo unter ihr schallte der Ruf zum Gebet. Er klang verschwommen, so als käme die Stimme aus dem Megaphon eines Lautsprecherwagens.

Als Peter und sie zum ersten Mal in die Türkei gereist waren, hatten sie eine Nacht in einem Hotel in Istanbul mit Blick auf die Blaue Moschee verbracht. Um vier Uhr früh wurde Yvonne von der Stimme eines Mannes geweckt, der allem Anschein nach direkt unter ihrem Fenster sang. »Sag ihm, dass er aufhören soll«, murmelte sie Peter zu, und er, noch unter der Zeitumstellung leidend, tat ihr den Gefallen. Unter halbgeschlossenen Lidern sah sie, wie sich seine graue Gestalt zum Fenster bewegte, und dann hörte sie ihn lachen.

»Es ist der Ruf zum Gebet«, sagte er. Er kroch wieder ins Bett, und da in Anbetracht der nahen Moschee an Schlaf nicht mehr zu denken war, liebten sie sich, wie Ertrinkende mit Armen und Beinen zwischen den zerwühlten Laken und Decken herumrudernd.

Erst jetzt erinnerte sie sich wieder daran. *Gut*, dachte sie. Es funktioniert also. Nach Peters Tod hatte sie sich in einen Zustand der Entrückung geflüchtet, sich eingesponnen und sich von ihren Kindern, den Schülern und vom Rest der Welt abgekapselt. Aber es tat gut, sich an diese Dinge zu erinnern. Der Himmel und das Meer waren ein

Stück näher gerückt, die Farben wieder leuchtender. Sie merkte, dass sie stehengeblieben war. *Du brauchst nicht stehenzubleiben, um dich zu erinnern*, sagte sie zu sich selbst. Sie setzte ihren Weg fort, an den krummen Häuserzeilen entlang und vorsichtig darauf bedacht, mit ihren Sandalen nicht auszugleiten. Schließlich erreichte sie die Hauptstraße. Mopeds, die sich durch den Verkehr schlängelten und hupende Kleinwagen verstopften die Straße. Die Gehwege waren schmal und mit Tischen vollgestellt, an denen alte Männer mit nacktem Oberkörper Dame spielten. Vor Internetcafés verkauften Teenager Telefonkarten. Yvonne kam an einem Laden vorbei, an dem zu beiden Seiten des Eingangs eingerollte Teppiche aufrecht und stolz wie Säulen standen und in der Hitze einen muffigen Geruch ausströmten.

Sie überquerte die Straße und beschleunigte ihren Schritt, als sie sich dem Wasser näherte. Hier hatten sie und Peter die meisten Abende verbracht. Sie waren über die Promenade gebummelt und hatten sich jeden Abend von einem anderen Kellner in eines der Restaurants locken lassen. Sie hatten sich an einen Tisch im Freien gesetzt und den letzten Sonnenstrahlen zugesehen, die sich als schmales, langes Band über dem spiegelglatten Meer ausbreiteten.

Als Yvonne begann, die Promenade entlangzulaufen, regte sich Hoffnung in ihr, Hoffnung, dass nun die Belohnung für ihre Reise auf sie wartete: Sie würde sich wieder in ihre Flitterwochen zurückversetzt fühlen. Sie würde sich an jedes Gespräch, jeden Witz, jeden Windhauch, jedes Lachen, jede Stille erinnern. Sie würde sich an Peters sonnenwarme Schenkel erinnern, die sich an ihre pressten. Sie hatte das Gefühl, als verfolgte sie den Faden eines abgerollten Garnknäuels bis zu seinem Ursprung zurück. Wie glücklich waren sie anfangs gewesen.

Der Strand war schmutzig. Die Flut hatte kleine, in der Sonne gallertartig glänzende Plastiktüten auf den nassen Sand gespült. Dunkelbraune, abgestorbene Blätter wirbelten herum und sammelten sich an einem Boot, das aussah, als läge es bereits seit fünf Jahren unbenutzt auf dem Strand. Auch das Wasser sah schmutzig aus: Der Schaum der kleinen Wellen, die an den Strand schlugen, hatte die Farbe von Bier. Auf der Promenade selbst herrschte nicht halb so viel Betrieb, wie Yvonne es in Erinnerung hatte. Die niedrigen Bäume, die den Gehweg säumten, boten kaum Schatten und hatten unter dem Asphalt ihre Wurzeln ausgebreitet, die nun Risse und Bodenwellen bildeten. Von irgendwoher aus den Bäumen drang der unheimliche Schrei einer Eule.

Die Hälfte der Restaurants war geschlossen. Vor den geöffneten Lokalen waren kränklich aussehende Fische auf Schichten aus grauem, zerstoßenem Eis gebettet. Kellner verscheuchten mit schmutzigen Lappen ausgemergelte Katzen, die nach Fressbarem suchten. Hier und dort saßen vor den Cafés Deutsch sprechende Touristen, deren sonnenverbrannte Haut in einem seltsamen Orange leuchtete.

In einiger Entfernung entdeckte sie das Strandhotel, in dem sie und Peter damals gewohnt hatten. Als sie näher kam, stellte sie fest, dass alle Balkone unbenutzt waren – keine Raucher, keine Strandtücher zum Trocknen über dem Geländer. Als sie direkt davorstand, sah sie zerbrochene Fensterscheiben, einen verwilderten Rasen und einen Swimmingpool ohne Wasser. Der hellblaue Anstrich auf dem Grund des Pools war rissig und warf Blasen.

Sie schaute sich nach etwas zu essen und einer Möglichkeit zum Hinsetzen um. Vor dem leer stehenden Hotel gab es am Wasser eine kleine Eisdiele mit Terrasse, von der man die hin und her schaukelnden Boote beobachten konnte. Yvonne studierte die Eiskarte und deutete dann auf Pistazie und Himbeere. Der Mann hinter der Theke, dessen Arme mit weißen Flecken übersät waren, schaufelte das Bestellte in eine große Glasschale und reichte ihr dazu einen Löffel sowie eine winzige, nutzlose Serviette.

Sie setzte sich an den Tisch und freute sich auf die Erfrischung, aber alles, was sie schmeckte, war das metallische Aroma des Löffels. Der Löffel schmeckte nach den Zungen unzähliger Menschen, die ihn schon vor ihr in den Mund genommen hatten. Sie legte den Löffel beiseite und schaute der Eiscreme beim Schmelzen zu.

Nach Peters Tod hatte sie ein Jahr lang nur schwer nachvollziehen können, wie jemand überhaupt von etwas anderem sprechen konnte. Als Matthew sie sechs Monate später besuchte – den langen Weg von New York hatte er in nur wenigen Stunden zurückgelegt – und ihr erzählte, dass Callie ihn heiraten wollte, dachte sie bei sich: *Wie kannst du nur über Hochzeiten reden?* »Das sind ja wundervolle Nachrichten, Matthew«, hatte sie geantwortet. »Du und Callie, ihr seid wirklich ein Traumpaar.« Acht Monate nach der Beerdigung rief Aurelia an und erzählte ihr, sie sei nun schon zwei Jahre lang trocken und habe an ebenjenem Nachmittag beim Treffen der Anonymen Alkoholiker ihre zweite Goldplakette bekommen. »Ach, Schatz«, hatte Yvonne geantwortet, »ich bin ja so stolz auf dich.« Yvonne *war* zwar stolz, aber sie war auch verwirrt. Und dann verwirrte es sie, dass sie verwirrt war. Wie hatte Aurelia es geschafft, nach dem Tod ihres Vaters standhaft zu bleiben, wo sie doch früher schon beim geringsten Anlass zum Glas gegriffen hatte? Yvonne wollte nicht, dass ihre Kinder aus der Bahn geworfen wurden, aber genauso wenig sollten sie gestärkt daraus hervorgehen. War es zu viel verlangt, sie noch ein paar Monate länger durchs Leben stolpern zu sehen? Nein. Solche Gedanken konnte sie nicht äußern, jedenfalls nicht laut.

Es war am besten, allein hier zu sein. Hier konnte sie sich erinnern, wie sie früher war, bevor sie so orientierungslos und egoistisch wurde. Hier, zusammen mit Peter, war sie großzügig und weltoffen gewesen. Hier, zusammen mit Peter, war alles wunderbar gewesen. Die Promenade war wunderbar. Das Wasser war wunderbar. Das Essen war wunderbar. Der Regen, die streunenden Katzen, die Schlüssel zu ihrem Hotel, die sie verloren und den ganzen Tag lang gesucht hatten – alles war wunderbar gewesen.

Aber jetzt war es hier nicht wunderbar. Sie hatte sich von ihrem Datça, von ihrem gemeinsamen Datça, mehr versprochen. War die Türkei nicht die Heimat von Troja und Ephesus? Ein Land, das Archäologen bereisten und in dem sie erstaunlicherweise noch ganze Städte so vorfanden, wie sie einst waren? Aber Datça war nicht so geblieben. Die Gezeiten hatten der Stadt zugesetzt, die Touristen und auch die glutheiße Sonne, die die Boote ihrer Farben beraubt hatte. Und nun war Datça das Reiseziel von Italienern und Ungarn, die sich von schlecht informierten Reiseveranstaltern hatten täuschen lassen. Selbst die Engländer in Marmaris kamen nicht bis hierher; sie wussten, weshalb.

Sie kehrte zurück, den Hang hinauf. Ein schwarzer Hund schoss um eine Hausecke und rannte ihr entgegen. Drei Männer liefen brüllend hinter dem Tier her, und fast hätte ein vierter Mann Yvonne über den Haufen gerannt, als er sich ebenfalls an der Jagd beteiligte. Er fing den Hund ein. Ein großer Hund, dachte Yvonne bei sich, bis sie erkannte, dass es eine Ziege war. Die vier Männer umzingelten das arme Tier und hielten es in Schach. An der nächsten Querstraße drehte Yvonne sich um und sah, wie einer der Männer die Ziege auf seine Schultern schwang. Vorder- und Hinterbeine des Tieres waren mit Stricken zusammengebunden, und es drehte ungläubig den Kopf hin und her.

Yvonne war außer Atem, als sie ihre Straße erreichte. Ihr Gesicht brannte vor Hitze, und sie spürte den Schweiß auf ihren Schenkeln. Der Rocksaum schien bei jedem Schritt darüberzuwischen. In der Beschreibung im Internet hieß es, das Haus sei nur fünfhundert Meter vom Meer entfernt, aber auch das entsprach nicht der Wahrheit.

Vor dem Haus blieb sie stehen und kniff die Augen zusammen. Eine Frau stand an der Tür.

»Hallo?«, grüßte Yvonne, als sie die Treppe hinaufstieg.

»Hallo«, erwiderte die Frau. Sie war zierlich und ausgesprochen hübsch. Braunes Haar fiel glatt über ihre Schultern.

»Kann ich etwas für Sie tun?«, fragte Yvonne, als sie auf die Veranda trat.

»Ich bin Özlem, Ali Çeliks Frau.«

»Und ich bin Yvonne. Freut mich, Sie kennenzulernen.« Yvonne streckte die Hand aus. Özlems Händedruck war vogelgleich. Sie lächelte zaghaft und entblößte einen schmalen aber nicht unattraktiven Spalt zwischen den Vorderzähnen.

Özlem musterte Yvonne unverhohlen. Ihr Blick verriet, dass sie etwas über sie herauszufinden versuchte. Aber was? Ob sie wohlhabend war? Ob sie einmal hübsch gewesen war?

»Bitte sehr«, sagte Yvonne und hielt ihr die Tür auf. »Kommen Sie herein.«

Özlem trat zögernd ein. Sie hatte runde, haselnussbraune Augen, die bittend in Yvonnes Augen blickten.

»Möchten Sie sich setzen, Özlem?«, fragte Yvonne und deutete in Richtung Wohnzimmer.

»Vielen Dank«, sagte Özlem.

Sie trug eine durchsichtige, pinkfarbene Bluse, schmale, an den Knöcheln eng zulaufende Jeans und spitze, hochhackige Schuhe. Ihr Outfit hätte besser in einen Nachtclub gepasst als zu einem zwanglosen Besuch in einem Ferienhaus. Yvonne bot ihr etwas zu trinken an – Tee vielleicht? Özlem legte die Hände aneinander, wie um zu applaudieren.

In der Küche stellte Yvonne den Kessel auf den Herd. Sie holte eine kleine Packung Kaffeesahne aus dem Kühlschrank. Als sie die Tür wieder schloss, warf sie einen Blick auf das Foto von Ali Çelik auf dem Boot. Dann schaute sie genauer hin. Sie studierte die Frau, die einen Arm um seine Taille gelegt hatte. Die Frau hatte die gleiche Haarfarbe wie ihre Besucherin, die im Augenblick im Wohnzimmer saß, aber die Nase war schmaler, die Augen mandelförmig und nicht rund. Diese Frau war nicht Özlem.

Als der Kessel zu fauchen begann – die Ouvertüre zum schrillen Pfeifen – drehte Yvonne die Flamme aus. Sie gab Teebeutel in zwei Becher, goss Wasser auf und stellte sie zusammen mit Zucker und Sahne auf ein Tablett.

Yvonne wusste nun, dass Özlem nicht die Frau an der Kühlschranktür war und auch nicht die Frau auf dem Foto unter der Couch. Als sie wieder ins Wohnzimmer zurückkehrte, saß Özlem aufrecht auf der Couch und sah sich mit der Neugier eines Gastes um, der zum ersten Mal zu Besuch kam.

»Danke«, sagte Özlem, als Yvonne das Tablett auf dem Couchtisch vor ihr abstellte.

»Bitte sehr«, erwiderte Yvonne und lächelte.

»Mein Mann hat mir von Ihrem Mann erzählt«, begann Özlem. »Es tut mir leid.«

»Danke«, sagte Yvonne und kam sich sofort dumm vor, dass sie sich dafür bedankte. Aber sie war erleichtert, die Geschichte nicht noch einmal erzählen zu müssen.

»Demnach sind Sie allein hier?«

»Ja. Und in einer Woche treffe ich meinen Sohn. Meinen Sohn mit seiner Verlobten. Und meine Tochter mit ihrem Freund.«

Özlem nickte, wie um damit ihre eigene Frage wieder zurückzuziehen.

»Wie lange sind Sie und Herr – wie lange sind Sie und Ali schon verheiratet?« Yvonne wollte Özlem auf die Probe stellen; sie wusste noch immer nicht, ob sie eine ahnungslose Exehefrau oder eine flunkernde Geliebte war.

»Ja also, wir waren fünf Jahre verheiratet, und jetzt weiß ich nicht … Stört es Sie, wenn ich rauche?«

»Aber nein«, sagte Yvonne. Aurelia hatte angefangen zu rauchen, als sie sich mit sechzehn zum ersten Mal das Trinken abzugewöhnen versuchte, und für Yvonne war es mittlerweile ganz selbstverständlich.

Özlem versuchte dreimal, ihre Zigarette anzuzünden und fluchte bei jedem misslungenen Versuch auf Türkisch. Als es ihr endlich gelang, inhalierte sie tief und warf den Kopf zurück. Sie war eine schöne Frau.

»Wir waren fünf Jahre verheiratet, dann habe ich beschlossen, mich scheiden zu lassen.«

Yvonne nickte. Ihr Beruf als Lehrerin hatte sie zu einer guten Zuhörerin werden lassen. Sie hatte gelernt, weder *Ja* noch *Wie bitte?* zu sagen, noch Überraschung zu zeigen. Sie hatte festgestellt, dass die Leute ihren Gedanken besonders dann freien Lauf ließen,, wenn Yvonne ihr Kinn dabei aufmunternd auf und ab bewegte.

»Na ja, und dann hat er sich eine Freundin zugelegt«, erzählte Özlem. »Das hier ist das Haus der Freundin.«

Yvonne bemühte sich, den Takt ihrer Bewegungen nicht zu steigern. Wie ein Metronom hob und senkte sich ihr Kinn.

Özlem zog erneut an ihrer Zigarette. Es war unklar, ob sie weitersprechen würde.

»Und was ist jetzt mit der Freundin?«, fragte Yvonne.

»Wie meinen Sie das?«

»Ich meine, wo ist sie? Sie ist jedenfalls nicht hier«, stellte Yvonne fest und drehte den Kopf, wie um ihre Worte zu unterstreichen.

»Ihre Mutter ist krank. Sie ist für zwei Monate nach Paris zurückgekehrt.«

»Und nun sind Sie wieder hierhergekommen?«

»Ali meinte, dass jetzt die Gelegenheit günstig wäre und wir probieren sollten, vielleicht doch wieder zusammenzufinden.«

Yvonne nickte. Özlems Geschichte ergab Sinn.

»Ali hat ihr das Haus gekauft«, sagte Özlem und sah sich mit einer Mischung aus Abscheu und Ehrfurcht um.

»Warum brauchte sie ein eigenes Haus?«

»Sie brauchte es nicht. Es war eine seiner großspurigen Gesten. Als wir uns kennenlernten, hat er mir auch ein Haus gekauft. Und ich kann mir gut vorstellen, dass sie dort nicht besonders gern gewohnt hat. Ich habe nämlich meine ganzen Sachen dort. Selbst damals, als ich eine Weile nach Istanbul ging, um über eine Trennung nachzudenken, habe ich alle meine Sachen im Haus gelassen.«

Yvonne beobachtete Özlems Zigarette, die auf dem Aschenbecher balancierte. Die Asche konnte jeden Moment auf den Tisch fallen.

»Warum wollten Sie sich trennen?« Yvonne wusste, dass sie ihre eigenen Regeln brach, aber sie war neugierig, und Özlem machte keinen schüchternen Eindruck.

Özlem nahm einen Zug an ihrer Zigarette, und die Asche fiel auf ihre Jeans. Mit einer ärgerlichen Handbewegung wischte sie sie fort. Dann schaute sie Yvonne direkt in die Augen: »Er hat mich geschlagen«, sagte sie.

»Du liebe Güte«, stieß Yvonne hervor, obwohl die Art, wie Özlem das sagte, für Yvonne in gewisser Weise befremdlich war. »Ach du liebe Güte. Das tut mir aber leid.«

Nun war es Özlem, die nickte und Yvonnes Mitgefühl zu schätzten wusste. »Also bin ich gegangen«, sagte sie. »Ich bin nach Istanbul und habe versucht, wieder als Single zu leben. Ich habe versucht, wieder in meinem alten Beruf Fuß zu fassen.«

»Was für ein Beruf war das?«

»Ich war ein Gesicht für Dove.«

»Wie bitte?«

»Kennen Sie Dove?«

»Nein.«

»Die Seife.«

»Ja doch, die Seife.«

»Ich war eines der Gesichtsmodels von Dove.«

»Na so was«, rief Yvonne aus. Zum ersten Mal hatte sie das Gefühl, dass Özlem glücklich lächelte. »Haben Sie immer schon als Model gearbeitet?«

»Nein. Ich war in der Schweiz auf einer Hotelfachschule. Aber das hat mir überhaupt nicht gefallen. Ich habe das nur gemacht, weil es *die* Gelegenheit war, ins Ausland zu kommen. Aber ich wusste damals schon, dass ich nicht in der Reisebranche arbeiten will.«

»Das kann ich gut verstehen«, sagte Yvonne. Sie empfand es schon als schwer genug, jedes Jahr neue Schüler durch ihre Vorlesungen zu schleusen. Sie konnte sich nicht vorstellen, sich von Woche zu Woche oder gar von einer Nacht auf die andere auf immer neue Gäste einstellen zu müssen.

»Ich wollte mein Leben nicht damit verbringen, für andere Leute zu arbeiten. Immer nett und freundlich sein, auch wenn die Leute noch so unangenehm sind. So etwas fällt mir schwer.«

»Aber Sie haben an der Schule Englisch gelernt?«

»Ja. Ich habe eine schnelle Auffassungsgabe«, sagte sie mit einer Unbescheidenheit, die Yvonne so oft bei Leuten beobachtet hatte, die sich nicht in ihrer Muttersprache ausdrückten.

Özlem holte noch eine Zigarette aus der Packung, schob sie aber wieder in die Packung zurück, als ihr einfiel, dass sie die letzte gerade erst ausgedrückt hatte. Merit Lights.

»Und wie sind Sie dazu gekommen, als Model zu arbeiten?«, fragte Yvonne.

»Das war sehr lustig. Ich war gerade aus der Schweiz zurückgekehrt und mit einer Freundin in einem Einkaufszentrum unterwegs. Ich wollte mir ein Make-up kaufen, und die Frau in der Kosmetikabteilung sagte, dass ich bestimmt etwas bräuchte, um meine Sommersprossen abzudecken. Das hat mich so geärgert, weil sich alle Leute immer über meine Sommersprossen lustig machen. Richtig wütend bin ich durch dieses Einkaufszentrum gelaufen, und plötzlich kommt ein Mann auf meine Freundin und mich zu und sagt, er würde gern ein Foto von mir machen. Ich frage ihn, wofür, und er sagt, dass er Leute für die Dove-Kampagne sucht. Na ja, dann hat er das Foto geschossen, und ich fühlte mich gleich wieder besser, aber ich hätte nie und nimmer gedacht, dass irgendwas draus wird, wissen Sie. Es ist ja ziemlich selten, dass wirklich mal was passiert.«

»Da haben Sie vermutlich recht«, sagte Yvonne und überlegte, ob das so stimmte.

»Aber ein paar Tage später bekomme ich einen Anruf, dass ich zu einem Fototermin kommen soll. Das war so lustig. Die haben mich zurechtgemacht, haben mir ständig Champagner angeboten, und ganz viele Leute haben mir erzählt, wie schön ich bin. ›Ach, Sie sind so schön! So eine Schönheit! Ja, Sie.‹ Es war ein großartiger Tag. Und eine Woche später kam dann die Nachricht, dass sie mich für die Dove-Kampagne in der Türkei haben wollen. Ich sollte das Mädchen mit den Sommersprossen sein.«

»Das Mädchen mit den Sommersprossen?«

»In jedem Land – in Saudi Arabien, in Kuwait – haben sie ein Mädchen mit Sommersprossen in der Kampagne.«

Yvonne legte den Kopf schief, wie immer, wenn sie etwas zu verstehen versuchte.

»Unter meinem Bild heißt es nämlich: ›Ich habe Sommersprossen, aber ich bin trotzdem schön.‹«

»Gelten Sommersprossen hier nicht als schön?«

»Nein, hier findet man sie hässlich. Ist das in Amerika nicht so?«

»Nein«, sagte Yvonne. »Nein.« Sie betrachtete Özlems Gesicht genauer. »Aber so viele Sommersprossen haben Sie ja gar nicht!« Sie zählte vielleicht fünf auf jeder Wange.

»Doch, doch, aber das ist mir inzwischen egal, weil ich schließlich deswegen an diesen Job gekommen bin. Ich war in der ganzen Türkei auf Plakaten, und wenn Sie sich heute eine Seife kaufen, eine Dove-Seife, ist mein Bild auf dem Beipackzettel.«

»Das muss ich mir unbedingt ansehen«, sagte Yvonne und deutete mit dem Kinn zur Treppe.

»Ich glaube nicht, dass Sie hier irgendwo Seife finden werden. Und eine Dove-Seife käme ihr bestimmt überhaupt nicht ins Haus!«, erklärte sie in übertrieben spöttischem Ton.

Özlem drehte den Kopf zum Fenster. »Es war meine erste Kampagne, und gleich danach habe ich Ali kennengelernt. Das war lustig. Er hat das Plakat gesehen. Alle haben das Plakat gesehen – es hing ja überall. Und irgendwann kam er in einem Istanbuler Club – einem sehr schönen Club übrigens, wo er mit ein paar Geschäftsleuten war – auf mich zu und sagte: ›Sie haben Sommersprossen, aber ich finde Sie trotzdem schön.‹«

Özlem lachte. Sie sah fünf Jahre jünger aus, wenn sie lachte. Yvonne schätzte sie auf achtundzwanzig oder neunundzwanzig.

»Und dann sind Sie nach Datça umgezogen?«

»Wir sind eine Weile miteinander gegangen, und dann hat er mich gefragt, ob ich ihn heiraten will. Und dann, ja, dann sind wir hierhergezogen. Allerdings war ich nie glücklich hier. Ich mag diese Stadt nicht. Ich mag mein Haus und den Weinberg, und eigentlich bräuchten wir nicht auszuziehen, aber ich mag diese Stadt nicht.« Sie sah Yvonne an. »Tut mir leid«, sagte sie.

»Kein Problem«, gab Yvonne zurück. »Ich mag sie auch nicht.«

Beide lachten.

»Bedauern Sie es also, dass sie hierhergekommen sind? Wären Sie vielleicht lieber irgendwohin gegangen, wo es schöner ist?«

»Nein, ich bedauere es nicht«, sagte Yvonne. »Ich war schon einmal hier. Vor vielen Jahren.«

Özlem nickte, als wüsste sie das bereits. »Dann muss es Ihnen gefallen haben, wenn Sie wieder hergekommen sind.«

»Stimmt. Es hat mir sogar sehr gut gefallen. Die Stadt war allerdings damals anders.«

»Das sagen alle. Früher war sie besser.« Özlem zupfte einen unsichtbaren Fussel von ihren Jeans. »Darf ich Ihnen eine persönliche Frage stellen?«

Yvonne zögerte. »Warum nicht?«

»Was wollen Sie denn eigentlich hier machen?«

Yvonne lachte. »Ich möchte mich erinnern.«

»Sie möchten sich an Ihre Flitterwochen erinnern?« Ali musste es ihr erzählt haben.

»Ja, an die auch. Ich möchte mich vor allem an meinen Mann erinnern und an die Tage, die wir hier verbracht haben. Sechsundzwanzig Jahre lang haben wir im selben Haus gewohnt, und manchmal, wenn ich zu Hause durch die Zimmer gehe, denke ich: ›Hat er den Holzsplitter damals eigentlich aus dem Fuß meiner Tochter entfernt oder war es *mein* Fuß?‹ Oder: ›Haben wir damals bald ein Jahr lang ständig diese Platte gehört, oder war es jene Platte?‹ Alles gerät durcheinander. Zu viel ist in jedem dieser Zimmer passiert, auf der Treppe, im Garten. Und ich kann ihn nicht fragen.«

»War Ihre Ehe glücklich?«, fragte Özlem.

Yvonne nickte. Sie hatte schon vor langer Zeit beschlossen, dass ihre Ehe glücklich war. Und nach seinem Tod hatte es sich erübrigt, diese Behauptung in Frage zu stellen. Sie hatten sich auf unglaublich romantische Weise kennengelernt. Sie hatten wunderhübsche Zwillinge. Sie hatten ein bequemes Leben in dem bequemen Bundesstaat Vermont geführt, sie hatten gute Jobs als Lehrer an derselben Highschool, sie verreisten gern und oft. Wenn man Aurelia nicht in Betracht zog, was Peter oft getan hatte, war alles perfekt gewesen, oder nicht?

»Wie lange waren Sie zusammen?«

»Wir wollten gerade unseren sechsundzwanzigsten Hochzeitstag feiern, als er starb.«

»Sie feiern den sechsundzwanzigsten Hochzeitstag?«

»Der fünfundzwanzigste ist bei uns untergegangen, weil unsere Tochter damals eine schwierige Phase durchgemacht hat. Deshalb wollten wir unseren sechsundzwanzigsten ...«

»Mit einem Fest?«

»Ja.«

»Einem richtig großen?«, wollte Özlem wissen. Anscheinend gehörte sie zu den Leuten, die gern Feste feierten.

»Ja, vielleicht. Wir sind eigentlich keine großen Partyliebhaber. Ich meine, wir waren nie welche – abgesehen von den Geburtstagen unserer Kinder natürlich. Aber zu unserem Hochzeitstag wollten wir meine Schwestern aus New Mexico und unsere Freunde von überall her einladen und im Garten ein großes Fest veranstalten. Wir wollten eine Piñata besorgen und …«. Yvonne wusste nicht mehr, welche Pläne sie sonst noch geschmiedet hatten. Alle Einzelheiten – die Musik, die Gästeliste, das Essen – waren in den Vorbereitungen für die Beerdigung untergegangen.

»Hört sich gut an«, sagte Özlem und ersparte ihr damit weiteres Nachgrübeln.

»Es wäre bestimmt gut geworden, ja.« Yvonne lächelte. Eine Woche nach seinem Tod – vielleicht sogar eher – hatte sie allerdings ein seltsames Gefühl beschlichen: Erleichterung darüber, dass sie dieses Fest nun nicht mehr ausrichten musste. Das mochte sie allerdings nicht zugeben, genauso wenig wie sie zugeben mochte, dass sie nun gewissen neuen Erfahrungen durchaus etwas abgewinnen konnte – am Abend das zu essen, was andere Leute zum Frühstück aßen, den Schnee eigenhändig von der Eingangstreppe zu schaufeln, nicht mehr mit Peter über Aurelia sprechen oder einem Gespräch mit Peter über Aurelia aus dem Weg gehen zu müssen. Aber nach zwei Jahren war selbst das Neue alt geworden, und die Erkenntnis, dass sie nun tatsächlich Witwe war, hatte sich wie das Knarren der Bodendielen, das nie verschwindet, in ihr festgesetzt. Nein, die Erkenntnis war keine Bodendiele. Sie war ein Haus. Die Trauer brach wie ein einstürzendes Haus über sie herein.

»Hoffentlich habe ich Sie nicht verstimmt.« Özlem streckte die Hände aus, schlanke Hände mit großen, aber geschmackvollen Ringen an drei Fingern.

»Nein«, sagte Yvonne. »Nein.«

»Ich würde Sie gern wieder besuchen, wenn es Ihnen recht ist.«

»Ja, natürlich.«

»Vielleicht morgen?«

Yvonne nickte. Sie freute sich, dass Özlem sie anscheinend ebenso sympathisch fand, wie dies umgekehrt der Fall war.

»Ist es ein komisches Gefühl für Sie, in diesem Haus zu sein?«, fragte Yvonne, als sie sie zur Tür begleitete.

»Ein bisschen schon«, erwiderte Özlem ohne zu zögern. »Vielleicht können Sie mich das nächste Mal ja durch alle Räume führen.«

»Aber natürlich«, lächelte Yvonne, wobei sie sich fragte, ob Özlem möglicherweise doch eher am Haus als an ihr selbst interessiert war.

Sie küssten sich zum Abschied auf beide Wangen, und Yvonne schloss die Tür. Sie brachte die beiden Becher in die Küche, spülte sie, stellte sie verkehrt herum zum Trocknen und setzte sich mit einer Illustrierten, die sie auf die Reise mitgenommen hatte, auf die Veranda. Sie versuchte zu lesen, konnte sich aber nicht konzentrieren. Etwas an Özlems Besuch nagte in ihrem Unterbewusstsein, außerdem knurrte ihr Magen.

Sie hatte keine Lust, wieder zur Promenade und zu den Restaurants von Datça zurückzukehren. Sie setzte sich ins Auto und fuhr durch die Gegend, bis sie einen Supermarkt fand. Sie deckte sich mit Lebensmitteln ein, die sie auch in Burlington hätte kaufen können, zu Hause aber nie aß: Nutella, Crunchy-Müsli, Granatäpfel, Oliven, kleine Äpfel, Tiefkühlpizza und eine Familienpackung Eiscreme mit Nüssen.

Wieder daheim, aß sie auf der Veranda die Pizza und

beobachtete ein junges Pärchen, das mit Koffern die Straße auf und ab lief, die Hausnummern studierte und mit einem Zettel verglich. Nach ein paar Minuten stellten sie offenbar fest, dass sie in der falschen Gegend gelandet waren. Sie verstauten ihr Gepäck im Kofferraum eines Autos und fuhren davon.

Nach dem Abendessen wurde Yvonne bald müde. Als sie in dem Zimmer mit den beiden Einzelbetten allmählich in den Schlaf hinüberglitt, wusste sie plötzlich, was es war, das ihr keine Ruhe ließ. Als Özlem erzählt hatte, Ali habe sie geschlagen, war ihre Miene herausfordernd gewesen und ihre Augen schienen zu sagen: *Wie, Sie glauben mir nicht?* Diesen Gesichtsausdruck hatte sie oft bei Aurelia gesehen, egal ob sie log oder die Wahrheit sagte.

Als Yvonne ihre Tochter zum ersten Mal auf dem Polizeirevier abgeholt hatte – insgesamt war das zweimal vorgekommen –, hatte Aurelia es sich verbeten, ihre Geschichte anzuzweifeln. »Glaubst du wirklich, ich hätte irgend ein Interesse daran, diese Ohrringe zu stehlen? Hast du die Dinger überhaupt gesehen? Die würde allenfalls Becca tragen.« Becca war die damalige Freundin von Matthew – ein rehäugiges Mädchen mit einer Vorliebe für pinkfarbene Hosen und Perlen zu Sweatshirts. Sie verkörperte all das, was Aurelia zu hassen behauptete, wenngleich Yvonne den Verdacht hatte, dass sie insgeheim eifersüchtig war, weil ein anderes Mädchen ihr Matthews Zuwendung entzogen hatte, seine Hilfe bei den Hausaufgaben, seine Fahrdienste zur Schule. »Also echt, Mama! *Überleg* doch mal.«

Yvonne wurde von Geräuschen unten im Haus geweckt. Etwas fiel auf den Fußboden. Die Stimme eines Mannes. Die Stimme einer Frau.

Draußen war es schon hell. Yvonne ging hinunter. »Hallo?«, rief sie. Sie hörte weitere Stimmen. Im Wohnzimmer saßen ein Mann und ein Junge auf der Couch und sahen fern.

»Kann ich Ihnen irgendwie helfen?«, fragte sie. Der Junge sah sie an. Eine Haarlocke in Form eines Kommas teilte seine Stirn in zwei Hälften. Der Mann rief nach jemandem, und einen Augenblick lang bekam Yvonne es mit der Angst zu tun. Was, wenn es eine Einbrecherbande war? Aber weshalb waren sie eingebrochen? Um fernzusehen?

Eine Frau mit Kopftuch und einem Besen in der Hand kam aus der Küche. Das Lächeln, das sie Yvonne schenkte, ließ sie noch trauriger erscheinen. Mit ein paar Gesten mimte sie Kehren und Schrubben. Natürlich, die Putzfrau. Es musste Mittwoch sein.

»Ach, hallo«, sagte Yvonne. Am liebsten hätte sie der Frau den Besen aus der Hand genommen und sie nach Hause geschickt. Yvonne war seit sechsunddreißig Stunden im Haus und hatte kaum Spuren ihrer Anwesenheit hinterlassen. Aber wenn sie die Putzfrau nach Hause schickte, würde sie nicht arbeiten und Herr Çelik würde ihr folglich keinen Lohn zahlen.

Der Junge stand auf der Schwelle zum Wohnzimmer und spähte mit offenem Mund zu Yvonne hinüber.

»Hallo«, begrüßte sie ihn.

»Hallo«, sagte er und kicherte. »Wo du?«, fragte er.

»Woher ich bin?«, fragte Yvonne.

Der Junge sagte nichts.

»Amerika.«

Der Junge lächelte.

»Vermont.«

Der Junge sah sie verständnislos an.

»Komm, ich zeige es dir«, sagte Yvonne. Sie ging ins Wohnzimmer und holte einen Atlas, den sie im Regal entdeckt hatte. Der Vater des Jungen schaute sich eine Art Tanzwettbewerb im Fernsehen an.

Der Atlas klappte auf der Seite der Türkei auf. Sie suchte die Halbinsel in der südwestlichen Ecke des Landes. Datça war ein kleiner, schwarzer Punkt am äußersten Rand, dort, wo die Ägäis beginnt.

Sie blätterte bis zu den Vereinigten Staaten weiter und zeigte dem Jungen Vermont. Sie war immer wieder überrascht, wie weit entfernt sie mittlerweile von New Mexico lebte, wo sie aufgewachsen war. Der Junge betrachtete die Landkarte mit großer Ernsthaftigkeit und trug den Atlas dann zu seinem Vater. Der warf einen Blick auf die Landkarte und sagte dann etwas in strengem Ton zu dem Jungen. Yvonne wusste, dass er seinem Sohn befahl, sie nicht zu belästigen, und sie wusste nicht, wie sie dem Vater klarmachen sollte, dass sie nichts dagegen hatte, dass sie inzwischen einfach die Gegenwart von Kindern vermisste. Der Junge setzte sich auf die Couch, streckte die Beine aus und zupfte an einer Schramme am Ellbogen. Aus der Küche hörte sie das Klappern des von Hand gespülten Geschirrs.

Yvonne musste unbedingt von hier verschwinden. Es war ihr unangenehm, dass sie die Frau ein sauberes Haus putzen ließ, und noch unangenehmer war es ihr, dem Mann beim Fernsehen zuzuschauen, während seine Frau fegte, wischte und alle übrigen Hausarbeiten erledigte.

Yvonne ging wieder ins Schlafzimmer und probierte ihren neuen Badeanzug an. Im Katalog hatte die Farbe wie ein gedecktes Hellgelb ausgesehen. Aber als das Paket zwei Tage vor ihrer Abreise ankam – zu spät für einen Umtausch –, stellte sich heraus, dass das Gelb so grell war wie das auf einem Vorfahrtsschild. Sie rief ihre Nachbarin Anita an, bat sie, herüberzukommen und ihre Meinung dazu abzugeben. Anita, die einen Hut mit Blumenkrempe trug, beurteilte den Badeanzug als »witzig«.

Witzig, wiederholte Yvonne nun, als sie vor dem Spiegel in Datça stand, die Träger des Badeanzugs straffte und den Ausschnitt höher über die Brust zog. Sie streifte ein unförmiges, türkisfarbenes Sommerkleid über, das Aurelia »Missionarsgewand« genannt hatte, packte eine Tasche und stieg ins Auto, ohne ein bestimmtes Ziel vor Augen. Mit aufgedrehter Klimaanlage und heruntergelassenen Seitenfenstern fuhr sie zur Hauptstraße hinunter. Trotz der Episode mit der Putzfrau oder vielleicht auch deshalb, weil sie nun der Putzfrau beim Arbeiten nicht auf die Finger schauen musste, war Yvonne bester Stimmung. Bei näherer Betrachtung führte sie ihre Hochstimmung allerdings zum überwiegenden Teil auf ihre Unterhaltung mit Özlem zurück. Zwar hatte Yvonne den Verdacht, dass Özlem mit ihrer Behauptung, sie sei geschlagen worden, gelogen hatte, aber dadurch erschien sie ihr nur umso interessanter. Yvonne war nicht für Özlem verantwortlich, und so konnte sie zuhören, staunen und Ratschläge erteilen – und das alles, ohne die sich daraus ergebenden Konsequenzen in Betracht ziehen zu müssen.

Seit Peters Tod hatte Yvonne gelernt, Freundschaften höher zu schätzen als Liebesgeschichten. Am Telefon mit alten Schulkameradinnen stellte sie detaillierte Fragen und zeigte weit mehr Interesse am Berufsleben und an den Kindern ihrer Freundinnen als früher. Aber Yvonne war davon überzeugt, dass sie sich nie mehr verlieben und auch nie mehr mit einem Mann schlafen würde. Sie konnte sich keinen anderen Mann als Peter nachts an ihrer Seite vorstellen. Es wäre ihr so natürlich vorgekommen, wie neben einem Bären zu schlafen. Und sie hätte sich auch nicht daran gewöhnen mögen, die Finger eines anderen Mannes auf ihren Brustwarzen zu spüren. Sie würde immer an diese rosaroten Striemen denken, die Peters Slip in seine Haut gedrückt hatte, daran, wie oft er in der Nacht aufgestanden war, um pinkeln zu gehen.

Siebzehn Monate nach Peters Tod hatte sie sich zu einem Rendezvous überreden lassen, das eine Frau für sie eingefädelt hatte, die ein Reformhaus in der Nachbarschaft betrieb. Es war dieselbe Frau, die Yvonne auf eine Website aufmerksam gemacht hatte, deren Abonnenten jeden Morgen ein neues Wort per E-Mail zugeschickt bekamen. Yvonne hatte sich für diesen Service angemeldet, zum einen, weil er kostenlos war und zum anderen, weil ihr der Gedanke an eine vorhersehbare E-Mail in ihrem Posteingang gefiel. Sie konnte nie sicher sein, was in den übrigen E-Mails von längst vergessenen Freunden oder Kollegen stand, die gerade erst von Peters Tod erfahren hatten und nun ihr Beileid bekunden, ihre Floskeln loswerden wollten. Dagegen war das Wort des Tages in seiner Anonymität und Kontinuität unkompliziert.

Edward hatte einen vielversprechenden Eindruck gemacht: Er war ehemaliger Bürgermeister einer kleinen Stadt, hatte breite Schultern und stets frisch gewaschenes Haar. Bald erfuhr Yvonne, dass Edward die E-Mail mit dem Wort des Tages ebenfalls abonniert hatte – vermutlich auch auf Empfehlung der Reformhaus-Inhaberin. Jedes Mal, wenn sie miteinander ausgingen, ob zu einem Sonntagsbrunch, zum Abendessen oder zu einer Abschlussfeier für frisch examinierte Blindenhunde (seine Tochter war Trainerin an dieser Schule), baute er ein aktuelles Wort des Tages in ihre Unterhaltung ein. Zuerst glaubte Yvonne, er würde sich einen Spaß daraus machen und wollte ihre gemeinsame Freundin ein bisschen auf die Schippe nehmen. Aber er machte keinen Spaß. Bei der dritten Verabredung lauschte sie in gespannter Erwartung und mit in die Hüften gestemmten Händen, wie er ihr Gespräch in eine Richtung lenkte, die es ihm erlaubte, den Begriff *Pleonexie* einzubauen. An einer Bushaltestelle setzte sie sich mit ihm auf die Wartebank. »Alles zwischen uns ist ephemer«, sagte sie. Sie wusste, er würde es verstehen. Es war Samstag, und *ephemer* war das Wort vom Donnerstag gewesen.

Yvonne bog in die Hauptstraße ein und ließ Datça schon bald hinter sich, ohne die Geschwindigkeitsbegrenzung zu kennen und ohne zu wissen, wie schnell sie eigentlich fuhr. Sie machte sich nicht die Mühe, die Kilometer in Meilen umzurechnen, und genauso wenig hatte sie Lust, die Temperatur, die digital in Celsius auf dem

Armaturenbrett des Renault angezeigt wurde, in Fahrenheit umzurechnen.

Es dauerte nicht lange, bis das Autoradio anfing zu knistern und zu rauschen: alle Sender, bis auf einen, in dem eine Frau Witze auf Türkisch erzählte. Auf jeden Witz folgte eine Lachkonserve. Die Frau erzählte einen Witz pro Minute, und das Gelächter dauerte sechs Sekunden, niemals länger, niemals kürzer. Dieses Gelächter, so oberflächlich es auch sein mochte, tat Yvonne gut. Sie freute sich, wenn andere Menschen glücklich waren: jetzt mehr denn je. Warum?

Sie flitzte an Tankstellen vorbei – so viele Tankstellen, und an jeder stand der Name des Pächters auf den Preistafeln. Sie fuhr an Olivenbäumen vorbei, an schlafenden Kühen und an Straßenständen, an denen Porzellanschwäne in dichten Reihen standen, die Schnäbel allesamt zur Sonne gerichtet.

Sie wurde von Lastwagen aufgehalten, die vor ihr mit Straßenarbeiten beschäftigt waren. Dem beißenden Geruch nach zu schließen, der ihr in die Nase stieg, teerten sie gerade die Straße. Während sie der langsamen Autoschlange hinterherfuhr, wurde sie immer ungeduldiger. An einer Kreuzung stach ihr ein kleines Hinweisschild ins Auge. KNIDOS 35 KILOMETER stand darauf, und ein Pfeil wies nach links. Sie bog ab.

Knidos. Sie hatte nicht gewusst, dass es so nah war. Sie erinnerte sich an den Namen; sie würde ihn nie vergessen. *Knidos* stand mit Bleistift auf der Rückseite des Fotos, das Peter dort am letzten Tag ihrer Flitterwochen von ihr geschossen hatte. Auf dem Foto trug sie ein luftiges, mit halbierten Granatäpfeln bedrucktes Sommerkleid und lächelte vor einem antiken weißen Amphitheater in die Kamera. Peter hatte das Foto gerahmt und es während seiner gesamten Zeit an der Highschool auf dem Schreibtisch stehen gehabt. Kein Semester war vergangen, ohne dass er ihr von einem seiner Kollegen erzählt hätte, der Yvonnes Schönheit bewunderte, ihre Jugend, die Art, in der das Foto jenes gewisse Etwas einfing, das ihnen bis dahin seltsamerweise entgangen war.

Die erste Viertelstunde auf dem Weg nach Knidos fuhr Yvonne in Serpentinen einen Berg hinauf, dessen Spitze sie nicht sehen konnte. Sie fühlte sich wie ein Zwerg inmitten der Berge, die zum Tal hin vereinzelt mit niedrigen Bäumen bewachsen, weiter oben mit weißen Steinen gesprenkelt und auf den Gipfeln kahl waren.

Bald wurde die Straße noch kurvenreicher, und Yvonne schien es, als würde sie aus den umliegenden Bergen emportauchen. Sie kam an Straßenständen vorbei, an denen Dorffrauen Honig und Mandeln verkauften. Die Frauen trugen Kopftücher und stützten sich auf knorrige Wanderstöcke. Yvonne hielt den Wagen an, um eine Frau die Straße überqueren zu lassen. Der Oberkörper der Frau war von der Hüfte ab waagrecht abgeknickt, ihr Stock kurz. Yvonne hätte ihr auf jeden Fall etwas abgekauft, aber die Frau hatte nichts zu verkaufen.

Auf einem Schild stand YAKAKÖY, und kurz darauf befand sich Yvonne im Herzen der Stadt. Die Straße, zu beiden Seiten von baufälligen, grauen, einstmals weißen Häusern gesäumt, wurde schmal und holperig. Ältere Männer mit Schirmmützen standen im Schatten einer Bar und schauten herüber, als sie vorbeifuhr. Zu beiden Seiten des Autos engten Esel die Fahrspur bedenklich ein, und die alten Frauen, die sich vor den beiden baufälligen Moscheen drängten, machten ein Durchkommen noch schwieriger. Yvonne fuhr so langsam, dass die Räder des Renaults sich gerade noch drehten, und als sie der bedrohlichen Enge der Stadt endlich entkommen war, trat sie wieder aufs Gaspedal.

Die Landschaft wirkte jetzt schroffer, die Berghänge waren felsiger, weißer. Sie spürte, dass sie sich etwas Wundersamem näherte. *Gleich ist es so weit*, dachte sie, und dann lag sie plötzlich ausgebreitet unter ihr und schimmerte in der Sonne: die Ägäis. Nun ging es bergab. An einer Kurve hielt Yvonne und schaute auf Knidos hinunter. Das Land unter ihr hatte die Form einer Sanduhr. Dort, wo es sich in der Mitte verengte, hatte sich zu beiden Seiten ein Hafen gebildet. Der eine Hafen war bis auf ein kleines Fischerboot vollkommen leer. Der andere war breit und majestätisch. Acht oder neun Yachten mit hohen, weißen, beflaggten Masten lagen dort vor Anker. Während sie hinunterschaute, glitt lautlos wie eine Kulisse, die von unsichtbaren Fäden über eine Bühne gezogen wird, ein Holzschiff in die Bucht. Aus dem Radio drang immer noch Gelächter.

Die Straße endete an einem Parkplatz, auf dem nur sechs weitere Autos standen – die meisten Touristen kamen mit kleinen Beibooten, die zu größeren Schiffen gehörten, nach Knidos. Als Yvonne aus dem Auto stieg, stellte sie erleichtert fest, dass trotz der Hitze eine sanfte Brise wehte. Sie freute sich, den Tag hier und nicht in Datça zu verbringen. Mehr als das: Sie war stolz auf sich, hierhergekommen zu sein, stolz darauf, die richtige Straße genommen zu haben. Knidos verkörperte sowohl die Schönheit der alten wie auch der neuen Welt.

Dort lag das Amphitheater, das sich zum Hafen hin öffnete. Zwei Jahre lang hatte sie Alte Geschichte unterrichtet, und nun stellte sie sich Theateraufführungen und gespielte Schlachtenszenen auf dem Wasser vor. Sie kam an einem Restaurant vorbei – dem einzigen Gebäude in Knidos –, vor dem Kellner große Sonnenschirme aufspannten, wie um sie der Sonne zu opfern. Weiter oben in den Ruinen erkannte sie Touristen, die für Fotos posierten. Yvonne wanderte zum Strand, und dann war sie allein.

Sie breitete ihr altes, ausgeblichenes Handtuch aus, das vom vielen Trocknen auf der Wäscheleine ganz rau geworden war. Die Boote im Hafen waren größer und schöner als in Datça. Viele hatten zwei Masten und einen spitzen Bug, das Holz war glatt und poliert und schimmerte dunkel. Auf jedem Boot wehten unterschiedliche Flaggen: die türkische, italienische, deutsche, französische und eine, die Yvonne nicht sicher zuordnen konnte – die montenegrinische?

Die Boote lagen so dicht am Ufer, dass Yvonne auf den Decks braungebrannte Passagiere im Bikini und mit Zeitschriften erkennen konnte – kein Vergleich zu den krebsroten Touristen in Datça. Am Heck der Boote waren vollständig bekleidete Frauen damit beschäftigt, Tische zu decken; Teller, Gläser und das übrige Geschirr funkelten silbrig weiß in der Sonne. Es ging auf die Mittagszeit zu.

Das Meer klang, als atmete es stetig ein und aus. Yvonne

stand auf, zog ihr Kleid aus, tauchte eine Ferse ins Wasser und tastete sich dann mit den Füßen vorsichtig über Steine und Algen, bis ihr das Wasser schließlich bis zur Taille reichte. Die Wassertemperatur war perfekt, kühl genug, um der Hitze des Tages zu entfliehen. Mit geschlossenen Augen tauchte sie unter, machte ein paar Schwimmzüge, drehte sich auf den Rücken und dann auf die Seite. Der Salzgehalt war so hoch, dass sie das Gefühl hatte, als wollte das Meer sie abstoßen, als würde sie sich bald darüber erheben.

Sie klatschte auf das Wasser, beobachtete die kleinen Kräuselwellen und hatte das Gefühl, als sei es Monate, Jahre her, dass sie eine Spur von sich auf dieser Welt hinterlassen hatte. Eine Trauerbegleiterin, die Matthew zu ihr nach Hause geschickt hatte (um nicht selbst kommen zu müssen, wie sie mutmaßte), hatte ihr vorgeworfen, sich unsichtbar machen zu wollen. »Es scheint, als möchten Sie ebenfalls aufhören zu existieren«, hatte die Frau gesagt, kurz bevor Yvonne sie wieder fortschickte.

Yvonne tauchte unter und kam erst wieder an die Oberfläche, als sie Luft holen musste. Als sie auftauchte, sah sie, dass sie sich dem Boot mit der türkischen Flagge genähert hatte. Sie hörte Stimmen, die sich von einem Ende des Bootes zum anderen etwas zuriefen; dann riefen sie in ihre Richtung.

Eine Frau mit einem blendend weißen Kopftuch hängte auf der Längsseite des Bootes Wäsche an die Leine. Sie sprach Yvonne zuerst auf Türkisch, dann auf Englisch an.

»Wie ist das Wasser?«

»Erfrischend«, gab Yvonne zurück.

»Was sagen Sie?«, fragte die Frau.

»Es ist angenehm«, rief Yvonne, und die Frau nickte, als wüsste sie das schon.

»Woher kommen Sie?«, erkundigte sich die Frau. Sie trug eine weiße Bluse, die in weißen, knielangen Shorts steckte. Ein dunkelblauer Gürtel umschloss die Taille.

»Vereinigte Staaten«, sagte Yvonne und schwamm näher ans Boot heran. Gleichzeitig zu schwimmen und zu rufen war anstrengend. Sie verlegte sich wieder aufs Brustschwimmen, um besser sprechen zu können.

»Wo in den USA?«, fragte die Frau. Sie betonte die Buchstaben *U, S* und *A* so, als wollte sie einem Kind ein Wort buchstabieren.

»In der Nähe von New York«, antwortete Yvonne. Sie hatte es aufgegeben, erklären zu wollen, wo Vermont lag.

»Ah«, lachte die Frau. »Ich war einmal in der Nähe. Meine Tochter lebt in Vermont.«

»Genau von dort komme ich!«, rief Yvonne. Es war seltsam wohltuend, auf eine Frau zu treffen, die am anderen Ende der Welt Wäsche aufhängte und etwas über die Gegend wusste, in der sie lebte. Sie hatte das Gefühl, als könnte die Frau sich ihre Wohnzimmercouch vorstellen, ihre Sessel in den unterschiedlichen Grüntönen, die nicht zueinander passten, und auch den Garderobenständer, der wie ein kahler Baum in Yvonnes Flur stand.

»Bitte«, sagte die Frau, »Sie müssen aufs Boot kommen. Bitte, ich lade Sie zu einem Glas Tee mit Eis ein.«

Yvonne blieb keine Wahl. Welche Ausrede hätte sie vorbringen sollen? Dass jemand am Strand auf sie wartete? Sobald sie zu ihrem Handtuch zurückkehrte, würde sie wieder allein sein; davon könnte die Frau in Weiß sich leicht überzeugen.

Yvonne schwamm zum Boot. Die Aluminiumleiter fühlte sich warm an, und als Yvonne an Bord kletterte, hörte sie, wie das Wasser von ihrem Badeanzug auf die Sprossen der Leiter tropfte. Die Frau empfing sie mit einem flauschigen, weißen Handtuch in der Hand. Sie hüllte es um Yvonne wie um eine Leistungsschwimmerin, die gerade einen neuen Rekord aufgestellt hatte. Von Weitem hatte die Frau mit ihrer sportlichen Figur viel jünger gewirkt, aber aus der Nähe sah Yvonne, dass sie fünfundsechzig, vielleicht sogar schon siebzig sein musste.

»Vielen Dank«, sagte Yvonne. Nun, nachdem sie aus dem Wasser gestiegen war, schmeckte sie das Salz auf den Lippen.

»Ich bin Deniz«, sagte die Frau. Ihre Zähne waren gemasert wie Holz, aber ihre Augen hatten einen strahlenden Glanz.

»Hallo Deniz. Ich bin Yvonne.«

Sie lächelten einander zu. Yvonne mochte sie auf Anhieb.

»Kommen Sie, ich stelle Sie meinem Mann vor«, sagte Deniz. »Galip.« Galip stand an einem Tisch am Heck des Bootes und goss Eistee aus einem Krug in ein Glas. Er hatte einen buschigen, grauen Bart und trug eine schwarze Bandana über dem dichten Haarschopf. Sein zerknittertes, weißes Leinenhemd war bis zur Brust aufgeknöpft, die weißen Bermudas reichten bis zu den Knien. Er war ein stämmiger Mann mit kräftigen Beinen, der sich seiner Sportlichkeit und seines verwegenen Äußeren offenbar bewusst war. Um den Hals baumelte eine Oakley-Sonnenbrille.

»Freut mich«, sagte Yvonne.

Galip nickte und hielt ihr den Eistee hin. Es war offensichtlich, dass er kein Englisch verstand.

»Bitte setzen Sie sich«, bat Deniz.

»Ich möchte Sie nicht beim Essen stören.«

»Sie stören nicht. Kapitän Galip isst in einer Stunde. Und ich esse nach zwölf Uhr nicht mehr«, sagte Deniz. Sie schwieg und wartete auf Yvonnes Kommentar, der nicht kam. Sie erklärte: »Wir machen seit Jahren Bootscharter, und ich koche sehr gut. Damit ich nicht dick werde, ich esse nur bis zwölf.«

Zwei Männer von der Besatzung, kaum älter als achtzehn und ebenfalls weiß gekleidet, tauchten hinter Deniz auf. Sie drehte sich zu ihnen um und rief irgendetwas auf Türkisch. Ihre Stimme klang plötzlich unangenehm. Die Konsonanten scharrten bei jedem Wort wie die Zähne eines Reißverschlusses. Die jungen Männer verschwanden auf das Vorschiff.

Deniz drehte sich wieder zu Yvonne um und lächelte ihr liebenswürdig, aber ohne ein Wort der Entschuldigung zu. »Wo wohnen Sie in Vermont?«

»In Burlington.«.

»Ah«, sagte Deniz. »Meine Tochter, sie wohnt in der Hauptstadt.«

»In Montpelier.«

Deniz nickte. »Ihr Mann ist Arzt für den Rücken.«

»Ein Chiropraktiker?«

»Ja. Er ist ein netter Mann. Er muss mir einen Enkel

oder eine Enkelin schenken – es ist egal was. Haben Sie Familie?« Sie hatte die Angewohnheit, nach jeder Frage zu lächeln.

»Ja, ich habe zwei Kinder«, sagte Yvonne. »Zwillinge.«

Deniz gab einen Überraschungslaut von sich, vermutlich die türkische Version von *wow*. Sie übersetzte für Kapitän Galip, der daraufhin den gleichen Laut ausstieß. Ihr ganzes Mutterdasein lang war Yvonne für etwas gelobt worden, wofür sie nichts konnte. In ihrer Familie gab es häufig Zwillingsgeburten.

»Was machen sie, Ihre Kinder?«, wollte Deniz wissen.

»Mein Sohn ist … nun er wird bald eine Stelle in einem Restaurant annehmen. Er ist ein guter Koch, aber eigentlich möchte er Restaurantleiter werden. Er wird nächstes Jahr heiraten.«

»Nächstes Jahr ist ein großartiges Jahr für ihn«, stellte Deniz fest. Yvonne nickte. Sie verschwieg, dass für Matthew jedes Jahr großartig war, ausgefüllt mit Erfolgen und Auszeichnungen. Peter hatte sie oft aufgezählt: Begabtenstipendium, vorzeitige Zulassung zur University of Pennsylvania, zweiter Platz beim regionalen Lacrosse-Turnier, eine hübsche Verlobte, die ihm einen Heiratsantrag gemacht hatte, ein Stellenangebot – im zarten Alter von vierundzwanzig – als stellvertretender Restaurantleiter in einem Lokal, das ständig zwei Wochen im Voraus ausgebucht war. Wäre Matthew nicht ihr Sohn, hätte sie gesagt, dass er es im Leben zu leicht hatte. Eigentlich war sie genau dieser Meinung. Manchmal befürchtete sie, die viele Anerkennung, die ständige Bestätigung von außen könnten ihn innerlich abstumpfen lassen. Er sagte selten etwas Unerwartetes.

»Und Ihre Tochter?«, fragte Deniz. »Ist sie schön wie ihre Mutter?«

Yvonne wusste, dass diese Art von Komplimenten gerade jene Leute zu hören bekamen, die nicht wirklich schön waren. »Vielen Dank«, sagte sie lächelnd. »Wir sehen uns ähnlich, aber sie ist viel hübscher.«

Yvonne hatte viel Zeit damit verbracht, ihrer Tochter zu versichern, wie schön sie war. Sie hatte damit begonnen, als Aurelia noch klein war und die Leute sie immer nur kurz angelächelt hatten, um sich gleich darauf ihrem Zwillingsbruder zuzuwenden, dessen ständig abwesender Blick und leicht selbstgefällig verzogener Mund den Eindruck vermittelten, als hüte er ein Geheimnis, das sie gern erfahren hätten. Die Zwillinge hatten die gleiche Nase, die bei Matthew robust und autoritär wirkte, bei Aurelia aber grob und unförmig. Seit der Geburt der Zwillinge hatte Yvonne immer dafür gesorgt, dass mehr Fotos von Aurelia als von Matthew auf dem Kaminsims, in Fotoalben und auf Urlaubsbildern zu sehen waren. Aurelia ließ nie eine Bemerkung bezüglich dieses Ungleichgewichts fallen, aber Yvonne war sich sicher, dass sie es registrierte. Aurelia registrierte alles.

»Was macht sie, Ihre Tochter?«, fragte Deniz.

»Nun …«, begann Yvonne. Lange Zeit war sie – ebenso wie Peter – allen Fragen zu Aurelia ausgewichen. Das war beinahe schon zu einem Reflex geworden. Im gleichen Moment unterbrach Galip ihre Unterhaltung mit einer Frage, und zum Glück wandte Deniz ihre Aufmerksamkeit nun ihm zu.

Als Aurelia zum ersten Mal in die Entzugsklinik kam, hatten alle gefragt: »Was hat eure Tochter eigentlich für

Pläne?«, weil keiner Bescheid wusste. Bis zu ihrem dritten Reha-Aufenthalt hatte es sich dann herumgesprochen, und wenn die Leute nun fragten, wie es Aurelia ging, geschah es nur, damit sie bei der nächsten Dinnerparty auf dem neuesten Stand waren. An dieser Art von Partys nahmen Peter und Yvonne längst nicht mehr teil. Irgendwann hatte Peter einen Weg gefunden, Aurelias Namen nicht mehr zu erwähnen.

Als Deniz sich wieder Yvonne zuwandte, hatte sie vergessen, worüber sie gerade gesprochen hatten. »Ihr Mann ist am Strand?« Sie richtete den Blick zum Strand, als könnte sie ihn dort entdecken.

»Ich bin Witwe«, erklärte Yvonne. Sie wusste nicht, ob sie es jemals zuvor so ausgedrückt hatte. Normalerweise sagte sie einfach, ihr Mann sei gestorben.

»Was heißt das?«

»Er ist tot«, sagte Yvonne und war von sich selbst überrascht. Die Worte kamen zu selbstverständlich.

»Das tut mir leid«, sagte Deniz. Sie hob eine Hand an den Kopf, als wollte sie versuchen, die Trauer nachzuvollziehen, und nestelte an ihrem Kopftuch. »Ich habe nicht gemerkt, dass ich das noch trage«, sagte sie, nahm es ab und faltete es zu einem kleinen Rechteck zusammen. »Ich trage es beim Kochen. Manche Leute auf dem Boot glauben, es ist für die Religion.«

»Oh«, sagte Yvonne. Sie war ebenfalls davon ausgegangen. »Sie sind also keine Muslima?«

»Schon, aber ich bete auf meine Art. Ich brauche meinen Glauben nicht zu zeigen. Sie wissen, dass die Frau von türkischem Präsidenten Kopftuch trägt?«

Yvonne schüttelte den Kopf.

»Es ist furchtbar. Atatürk hat in diesem Land so schwer gearbeitet für Regierung ohne Religion, und jetzt die Frau von türkischem Präsidenten trägt Kopftuch. Ein großes Problem. Noch etwas Eistee?«

Deniz schenkte ihr nach, und sie saßen schweigend nebeneinander und schauten auf das Wasser. »Ich glaube, es ist Aufgabe von Partner, dass er aufpasst, was Ehemann oder Ehefrau tun«, sagte Deniz. »Der Präsident darf seiner Frau nicht erlauben, dass sie Kopftuch trägt. Ich passe schon lange auf den Kapitän auf. Vor vielen Jahren ich bleibe zu Hause, ziehe meine Kinder groß, und der Kapitän arbeitet für Club Med. Aber dann sage ich: Stopp. Ich gehe einmal auf das Boot und sehe viele Frauen, von Griechenland, von Dänemark, alle ziehen Bluse aus, liegen in die Sonne und essen ohne Bluse, und ich sage zu Kapitän: Es reicht. Ich gehe mit dir und passe auf dich auf.«

Yvonne schwieg. Sie wusste, dass Frauen sich über solche Themen unterhielten, aber sie war nicht mehr in Übung. Seit Peters Tod hatten alle Freundinnen es vermieden, über ihre eigenen Ehen zu sprechen. Beim Mittagessen mit fünf oder sechs Kolleginnen wurde das Wort *Ehemann* nicht in den Mund genommen. Durch Weglassen eines Wortes schufen sie eine imaginäre Welt ohne Männer.

»Wissen Sie, es ist wichtig für die Ehe, das zu tun.«

Yvonne nickte halbherzig. In letzter Zeit hatte sie ihre früheren Ansichten über die Ehe neu überdacht.

Auf einem Nachbarboot drehte jemand einen Augenblick lang einen ABBA-Song auf volle Lautstärke und stellte dann wieder leiser. Yvonne und Deniz wandten ihre Köpfe in die Richtung, aus der die Musik gekommen war, als könnten sie auf diese Weise verhindern, dass sich das Ganze wiederholte.

»Das ist ein schönes Boot«, sagte Yvonne.

»Das ist ein *Gulet*. Typisch für die Türkei. Mehr Platz an Deck zum Essen und zum Sonnenbaden.«

»Hat es einen Namen?«

»*Deniz II*«, sagte Deniz. »Es ist nach mir genannt.«

»Demnach hat es auch vorher schon eine *Deniz* gegeben?«

»Ja, kommen Sie. Ich zeige Ihnen.« Sie stand auf, sagte etwas zu Kapitän Galip, der wieder aufgetaucht war, und zu dritt stiegen sie die steile Treppe hinunter zur Kombüse, in deren engem Durchgang gerahmte Schwarzweißfotos von der ersten *Deniz*, einem kleineren Boot, dicht an dicht nebeneinander hingen. Deniz und Galip deuteten auf die Fotos und zählten die Namen von Personen und Firmen auf. Schon bald merkte Yvonne, dass sie von ihr erwarteten, deren ehemalige Chartergäste zu kennen. Obwohl Yvonne keiner der Namen geläufig war, nickte sie, um zu zeigen, wie beeindruckt sie von den illustren Gästen der *Deniz I* war.

»Ich schwimme jetzt lieber wieder zurück«, sagte Yvonne zu Deniz, als sie wieder an Deck waren. Sie hatte schon zwei Gläser Eistee getrunken, und sich auf Englisch zu unterhalten, wurde für beide allmählich zur Last.

»Wenn Sie wollen, kommen Sie uns wieder besuchen«, sagte Deniz, als sie Yvonne zur Badeleiter begleitete.

»Wie lange bleiben Sie denn hier?«, fragte Yvonne.

»Zwei Tage«, erwiderte Deniz. »Wir machen jeden Tag Bootsausflüge, wissen Sie? Morgen wir fahren mit deutscher Gruppe nach Rhodos, nächsten Tag wir machen Ausflug zu Kleopatra-Insel. Sehr schöner Sand dort. Wir haben zwei amerikanische Gäste. Nur zwei. Bitte, kommen Sie auch.«

»Gut«, lächelte Yvonne, »sehr gerne. Dann komme ich also übermorgen – am Freitag – mit zur Kleopatra-Insel.«

»Wir fahren von Knidos um zehn ab, einverstanden?«

»Gut.« Plötzlich war Yvonne begeistert. Sie hatte das Gefühl, von Deniz einiges über das Leben als ältere Frau lernen zu können. Außerdem war Yvonne früher jemand gewesen, der das Abenteuer gesucht hatte, und zu dieser Frau wollte sie wieder werden.

»Schön«, sagte Deniz. »Ich bin sehr glücklich.«

»Ich auch«, sagte Yvonne.

Als Yvonne die Leiter hinunterstieg, drückten die Sprossen unangenehm in ihre Fußsohlen. Ihr Blick fiel auf die Wäsche, die Deniz gerade an der Bootsreling aufgehängt hatte, als sie miteinander ins Gespräch gekommen waren. Zwischen den Socken, Hemden und Handtüchern hing eine Boxershort von Galip, die vermutlich einmal weiß gewesen war und nun so grau und abgegriffen aussah wie ein billiges Taschenbuch. Es gibt nichts Trostloseres, als den Anblick der Unterhose eines alten Mannes, dachte Yvonne.

Von der letzten Treppensprosse aus sprang sie ins Wasser und spürte die Muskelspannung in ihren Waden. So weit draußen fühlte sich das Wasser kühler an. Bald hatte sie sich an die Temperatur gewöhnt und ließ sich Zeit, zum Strand zurückzuschwimmen.

Den größten Teil ihres Lebens war es Yvonne leicht gefallen, Freundschaften zu schließen. Sie schrieb das dem Umstand zu, dass sie auf einer Skala verschiedener Eigenschaften immer den mittleren Bereich abdeckte: Was das äußere Erscheinungsbild betraf, so waren ihre Gesichtszüge weder schön noch herb. Ihre Grübchen – sie hatte immer noch Grübchen – ließen sie zu den Attraktiveren unter den Gewöhnlichen zählen. Sie beteiligte sich an Gesprächen, ohne zu viel oder zu wenig zu sagen, und sie war klug, ohne dominant zu wirken. Wenn sie einen Raum betrat, erwartete sie immer nur freundliche Reaktionen, was dazu führte, dass die Menschen ihr unvoreingenommen und mit großer Offenheit begegneten.

In den letzten zwei Jahren hatte sie sich verändert. Sie hatte an nichts mehr Freude gehabt, hatte sich sogar eine andere Körperhaltung angeeignet: immer einen Arm vor dem Körper, wie um eine potentielle Umarmung oder einen potentiellen Angriff abzuwehren. Auch ihr Gesicht hatte sich verändert: es drückte, wenn auch unbeabsichtigt, Missbilligung aus. Eine Zeit lang hatte sie befürchtet, ihr hafte auf Schritt und Tritt der muffige Geruch des Todes an, weshalb sie es sich angewöhnt hatte, eine nach Geißblatt duftende Lotion auf Arme und Hals aufzutragen.

Aber Deniz' Liebenswürdigkeit, ihr Interesse an Yvonnes Gesellschaft hatten ihr Mut gemacht. Das schien Beweis genug dafür, dass diese Reise eine gute Idee gewesen war und dass Yvonne nur ihren Trauermantel abzulegen brauchte, um wieder die zu sein, die sie früher einmal war.

In Strandnähe war das Wasser trüber, und als Yvonne einen Fuß ausstreckte, um zu ertasten, ob sie schon stehen konnte, hätte sie sich beinahe die Knie auf dem steinigen Boden aufgeschürft. Unsicher stolperte sie aus dem Wasser und versuchte, sich auf dem unebenen Grund einen Weg zwischen dem Seegras und den unerklärlicherweise herumtreibenden Holzstücken zu bahnen. Sie fröstelte, als sie aus dem Wasser stieg, aber schon bald umhüllte sie die warme Luft.

Auf dem Strand breitete ein etwa zehnjähriger Junge irgendetwas auf dem Sand aus. Jungen haben überall auf der Welt den gleichen Körperbau, dachte sie – schmaler Brustkorb mit sich abzeichnenden Rippen und ein winziges Bäuchlein. Er ähnelte Matthew, als der im gleichen Alter war.

Yvonne lief an dem Jungen vorbei und bemerkte, dass er Muschelschalen sortierte. Er ordnete sie mit größter Sorgfalt an, so wie eine Dame der Gesellschaft Teller und Tassen für eine Kaffeetafel arrangiert.

»Was für schöne Muscheln«, sagte sie und blieb davor stehen. Einen Augenblick lang hatte sie vergessen, dass sie in der Türkei war. Der Junge drehte sich zu ihr um. Er hatte breite, rosige Lippen, eine gerade Nase und dunkle, feucht glänzende Augen, als hätte er vor kurzem geweint.

Yvonne deutete auf die Muscheln und lächelte, und zu ihrem Erstaunen lächelte er nicht zurück. Sie kannte Schüler wie diesen Jungen, Schüler, die nicht sofort auf sie reagierten. Es waren die Zurückhaltenden, um deren Respekt oder Aufmerksamkeit sie sich besonders bemühte.

Sie nahm eine Muschelschale in die Hand und stellte fest, dass sie an der Seite angeschlagen war.

»Hübsch«, sagte sie und lächelte.

Der Junge sagte etwas und schüttelte den Kopf. Er richtete sich auf und zeigte auf die Schadstelle.

»Ach so ja«, sagte sie mit der Muschel in der Hand und tat so, als hätte sie es noch nicht bemerkt.

Der Junge sagte noch etwas.

Es war ihr peinlich, dass sie kein bisschen Türkisch gelernt hatte, bevor sie hergekommen war. Sie und Peter hatten sich eigentlich immer mit den wichtigsten Redewendungen vertraut gemacht, bevor sie in ein Land reisten – *Hallo, danke, entschuldigen Sie bitte, wo ist...?*

»Wie bitte?«

Der Junge hielt die Finger hoch. Zwei.

Natürlich – er verkaufte die Muscheln. Das sorgfältige Arrangement auf dem Strand war seine Schaufensterauslage.

Yvonne klopfte sich auf die Hüften – wobei ihre Hände den Beinausschnitt des Badeanzugs berührten –, um ihm zu verdeutlichen, dass sie kein Geld bei sich hatte.

Der Junge starrte sie an. *Ich bin doch blöd*, dachte sie. Sie hatte das Gefühl, dass der Junge mit den dunklen Augen das Gleiche dachte.

Sie zeigte auf ihr Handtuch am Strand, auf ihre kleine Tasche, und ging hinüber. Dabei fiel ihr ein, dass sie ihre Habseligkeiten – die Autoschlüssel, das Geld – am Strand liegen gelassen hatte, während sie auf dem Boot war. Sie rannte zu ihren Sachen, als könnte sie durch schnelles Laufen noch nachträglich einen Diebstahl verhindern.

Alles lag so da, wie sie es zurückgelassen hatte. Sie drehte sich zu dem Jungen um und lächelte ihm zu, denn sie hatte das Gefühl, es irgendwie ihm zu verdanken. Weder hatte er etwas von ihren Sachen genommen, noch hatte er zugelassen, dass ein anderer es tat. Sie fischte einen Fünf-Lira-Schein aus ihrer Geldbörse und reichte ihm das Geld.

Nun war er es, der sich auf die Hüften schlug: Machte er sich über sie lustig? Er winkte sie zurück zu seinem Muschelschaufenster und begann erneut, Türkisch zu sprechen, als würde sie schon lernen ihn zu verstehen, solange er nur in seiner Sprache auf sie einredete.

Immerhin verstand Yvonne so viel, dass sie an diesem Tag seine erste Kundin war. Und weil er noch kein Wechselgeld hatte, sollte sie sich dafür noch eine andere Muschel aussuchen. Sie zeigte auf ein Stück, das einem Sanddollar ähnelte, und er nickte zustimmend. Er kniete sich hin, wischte den Sand mit einer karierten Stoffserviette von der Muschel und hielt sie ihr hin.

»Danke«, sagte sie. »Teschekür.«

Yvonne kehrte zu ihrem Strandtuch zurück. Als sie sich hinsetzte, spürte sie abermals, wie rau es war. Sie legte sich auf den Rücken in die Sonne und schloss die Augen. Ihre Gedanken wanderten zu einem Streit mit Aurelia, als diese noch ein Teenager war. Aurelia hatte behauptet, Yvonne würde sie so lieben wie jeden beliebigen ihrer Schüler, selbst dann, wenn sie hyperaktiv oder gar geistig minderbemittelt wäre.

»Das stimmt«, sagte Yvonne. »Schließlich bin ich deine Mutter.«

»Aber ich will, dass du mich deshalb liebst, weil ich so bin, wie ich bin«, sagte Aurelia.

»Nun, und wie bist du so?«, fragte Yvonne.

»Da siehst du's! Du weißt es nicht einmal!«

Yvonne spürte Tränen in den Augenwinkeln. Sie wischte sie mit ihren feuchten, sandigen Händen fort.

Sie hörte jemanden lachen und öffnete die Augen. Der Junge. Er stand vor ihr. Die Muscheln hatte er in sein Handtuch eingewickelt und über die Schulter geworfen. Anscheinend war er an Yvonne vorbeigelaufen und stehen geblieben, weil sie etwas getan hatte, was ihn zum Lachen reizte.

»Was ist?«, fragte sie.

Der Junge zeigte auf ihr Gesicht. Dann grub er mit der Hand im Sand, bis er ein paar Zentimeter unter der Oberfläche auf eine dunklere Schicht stieß. Er steckte den Zeigefinger hinein, zog ihn dann wieder hervor und malte mit dem nassen Sand Streifen auf sein Gesicht, die an den Augen begannen und von dort abwärtsliefen.

Yvonne verstand. Sie nahm einen Zipfel ihres Handtuchs und wischte sich den Sand von den Wangen. »Alles weg?«, fragte sie. »Besser?«

Der Junge nickte. Alles war in Ordnung.

»Danke«, sagte Yvonne. Der Junge ordnete die Enden seines Handtuchs neu und warf sich das improvisierte Bündel über die andere Schulter. Er winkte Yvonne zu und lief weiter. *Geh nicht*, dachte sie. Sie starrte auf seinen Rücken, seine kleinen, schmalen Schultern, und sie wünschte sich, er würde kehrtmachen. Aber er lief weiter, und Yvonne blieb allein zurück.

Sie drückte einen Finger auf ihren Arm. Rosa, wie das Innere einer Muschel. Es war lange her, dass sie sich so ausgiebig der Sonne ausgesetzt hatte. Nachdem sie ein letztes Bad im Meer genommen hatte, um ihre Haut abzukühlen, trocknete sie sich sorgfältig ab und machte sich auf den Weg zurück zum Parkplatz.

Als sie am Restaurant vorbeikam, warf ihr der Kellner einen, wie ihr schien, ziemlich unfreundlichen Blick zu. War das möglich? *Nein*, sagte sie sich. Sie fuhr über Yakaköy zurück und hielt diesmal am Straßenrand, wo eine alte Frau auf einem niedrigen Schemel saß und auf einem kleinen Holzklotz Nüsse knackte. Yvonne ließ das Fenster herunter. Die Frau stand auf und hielt ihr eine große Plastiktüte mit Mandeln hin. Ihre Hände berührten sich, als sie Geld und Ware austauschten. Sie nickten einander zu, bevor Yvonne weiterfuhr. Sie biss in eine große Mandel und schmeckte Sonne und Staub. Sie aß noch eine, dann noch eine und nahm sich fest vor, auf ihrem Weg nach Knidos jedes Mal einer anderen Frau am Straßenrand Mandeln abzukaufen, denn sie wusste bereits, dass sie ihre restlichen Urlaubstage in Knidos und ihre Nächte in Datça verbringen würde.

Bald war niemand mehr auf der Straße, und die Berge um sie herum kamen ihr mit einem Mal höher und weiter entfernt vor. Sie spürte, wie sich ein Gefühl der Einsamkeit in ihrem Bauch, in ihrer Brust ausbreitete, und sie versuchte dagegen anzukämpfen. Bald würde sie Özlem und Deniz wiedersehen, sagte sie sich, und prompt wurde sie mit dem kleinen Nervenkitzel belohnt, der sich bei aufkeimenden Freundschaften, beim Austausch von Lebensgeschichten einstellt. Es war immer Peter gewesen, der die interessanten Geschichten erzählen musste, und nun konnte Yvonne es plötzlich kaum erwarten, sie selbst zu erzählen. Oder besser gesagt, sie konnte es kaum erwarten festzustellen, ob sie die Geschichten anders erzählen würde.

»Yvonne und ich haben uns dank der italienischen Post ineinander verliebt«, erzählte Peter allen, die danach fragten. Und in den ersten fünfzehn Jahren ihrer Ehe fragten die Leute ständig danach. *Wie habt ihr euch kennengelernt?* Sie wollten daran glauben, dass sich das Geheimnis einer glücklichen Ehe wie ein Rezept oder ein Medikament weitergegeben lasse. Yvonne konnte sich nicht mehr daran erinnern, wann sie zum letzten Mal aus ihrer Sicht erzählt hatte, wie sie sich kennenlernten. Vielleicht stellte sich bei allen Ehepaaren mit den Jahren die gleiche Routine ein: Anekdoten, Familiengeschichten und Witze werden wie Hausarbeiten untereinander aufgeteilt und Peter war dafür zuständig gewesen, *ihre* Geschichte zu erzählen.

Damals war Yvonne einundzwanzig und mit einem anderen zusammen. Lawrence. Peter ließ diesen Namen, *Lawrence,* in seinen Erzählungen häufig unerwähnt. Tatsächlich ließ er alles unerwähnt, was mit Lawrence zu tun hatte und begann seine Geschichte erst mittendrin – nachdem Yvonne und Lawrence ihre Beziehung beendet hatten. Wenn Yvonne die Gelegenheit bekäme, die Geschichte selbst zu erzählen, würde sie am Anfang beginnen.

Lawrence und Yvonne hatten sich in Stanford kennengelernt. Yvonne hatte dort ein Stipendium; sie war die erste in ihrer Familie, die auf die Universität ging. Er war dort, weil alle seine Verwandten Stanford-Absolventen waren. Zwei der Gebäude trugen den Namen seiner Familie. Sie lernten sich beim studentischen Radiosender kennen – er hatte einen Sendeplatz von vier bis sechs Uhr früh und spielte lateinamerikanische Tanzmusik; sie las um sechs die Nachrichten, die von der Associated Press hereinkamen. Mit der Zeit kam sie immer früher in den Sender, und er wartete, bis sie ihre halbstündige Nachrichtensendung gelesen hatte, um anschließend gemeinsam mit ihr frühstücken zu können.

Ein paarmal waren sie ins Zweit- oder Dritthaus seiner Eltern gefahren, das in einer Weingegend lag. Sie hatten sich zwar geküsst, aber immer in getrennten Zimmern geschlafen – das war Teil ihrer Geschichte. Nun erinnerte Yvonne sich wieder an einzelne Begebenheiten während dieser Wochenenden im Landhaus. An die vielen Zeitungen – die Familie hatte sechs Abonnements für alle lokalen und überregionalen Sonntagszeitungen, damit sich niemand um die Zeitung zu streiten brauchte. Und an die alten Coladosen in den Küchenschränken. Es hatte so ausgesehen, als wären sie zehn Jahre zuvor für eine Party eingekauft aber nie getrunken worden. Alle Getränke schmeckten schal, und die Dosen hatten einen Aufdruck, der längst nicht mehr aktuell war.

Nach Abschluss ihres Studiums lud Lawrence sie zu einer gemeinsamen Europareise ein. Europa! Ihre Schwestern waren noch nie dort gewesen und brachten Monate damit zu, ihre Garderobe für die Champs-Élysées, für den Prado und für lauschige Abendessen am Canal Grande in Venedig zusammenzustellen. Sie schickte ihren Schwestern Ansichtskarten aus jeder Stadt, die sie besuchten. »Es ist großartig hier!«, schrieb sie zum Beispiel. Mehr schrieb sie nicht: Alles andere hätte verraten, dass sie log. Sie verbrachte die meiste Zeit allein. Lawrence wollte an den

Nachmittagen ohne sie losziehen: »Ein bisschen Freiraum tut uns beiden gut«, pflegte er zu sagen. Und dann geschahen merkwürdige Dinge. Jeden Tag kam er später ins Hotel zurück, und immer hatte er eine Entschuldigung für seine Verspätung parat: Man hatte ihn ausgeraubt, er hatte sich verlaufen, er hatte zufällig einen alten Freund aus Andover getroffen.

Yvonne hörte sich seine Entschuldigungen an, äußerte ihren Unmut, ihr Bedauern, und er lenkte ein: »Komm, Liebling, jetzt führe ich dich zum Essen aus.« Sie tranken Rotwein, Weißwein oder Champagner, bestellten ein dreigängiges Menü, plauderten, lachten und flirteten. Bevor sie sich dann an der Tür zu ihrem Hotelzimmer trennten, drückte er ihr einen energischen, aber durchaus liebevollen Kuss auf die Lippen.

Ach, sie hatte geglaubt, sie müsse dankbar dafür sein, dass er so ein Gentleman war. Ihre Schwestern hatten prophezeit, dass er, da sie ja für die Reise in seiner Schuld stand, jede Nacht eine Gegenleistung erwarten würde. Aber in Wahrheit erwartete Yvonne das auch. Sie liebte Lawrence dafür, dass er sie nicht ganz und gar wollte, und ihre daraus resultierende Verzweiflung und Verwirrung missdeutete sie damals, jung wie sie war, als Leidenschaft. So wusch sie sich eines Abends in ihrem Hotel in Florenz in der Nähe der Uffizien mit der rosaroten, muschelförmigen Seife, die er ihr an jenem Tag gekauft hatte, und streifte das Negligé über, das ihre Schwestern für sie ausgesucht hatten. Mit dem hoteleigenen Bademantel und den hoteleigenen Pantoffeln lief sie über den Flur zu seinem Zimmer. Sie redete sich ein, nur eine Rolle zu spielen, die Rolle einer Frau, die zum ersten Mal für ihren Auserwählten die Hüllen fallen lässt.

Sie hörte etwas hinter der Tür, Musik und Gelächter, und sie trat einen Schritt zurück, um sich zu vergewissern, dass sie vor der richtigen Tür stand. Es war Zimmer 19, sein Zimmer. Sie klopfte leise und dann nachdrücklicher. Ein seltsam beklommenes Gefühl kroch wie eine Schlingpflanze ihre Beine hinauf. Lawrence öffnete die Tür, er trug kein Hemd, und Yvonne vergaß, sich der neuen Situation anzupassen. Sie öffnete den Bademantel und ließ ihn hinter sich zu Boden fallen. Dann sah sie, dass Lawrence nicht allein war. Eigentlich hätte sie das gleich bemerken müssen – er schien nicht gerade erfreut über ihren Besuch. Hinter ihm sah sie, wie ein Mann einen Bademantel um seinen nackten Körper zog. Der gleiche hoteleigene Bademantel, der gerade von Yvonnes Schultern geglitten war, mit einer eingestickten, goldenen Florentiner Lilie auf der Brusttasche direkt über dem Herzen. Ein Laut entfuhr ihrer Kehle, löste sich von ihren Lippen, bevor sie ihn zurückhalten konnte. Sie rannte zurück in ihr Zimmer, wo sie sich Wasser ins Gesicht spritzte und sich dann auf den Balkon setzte, um eine Stunde lang immer und immer wieder die Brücken über den Arno zu zählen, bis das Klopfen an ihrer Tür endlich verstummt war.

Am nächsten Morgen sah sie ihn beim Frühstück.

»Es tut mir leid, dass du uns gesehen hast.«

»Es tut dir leid, dass ich dich gesehen habe, aber das, was du getan hast, tut dir nicht leid.«

»Wir hätten eine schöne Reise haben können.«

Sie sagte ihm nicht, dass ihre Eltern fest damit rechneten, dass sie von der Europareise, die seine Familie bezahlt hatte, als Verlobte zurückkämen. Yvonne und ihre Schwestern hatten sich im Haus ihrer Eltern ein Kinderzimmer geteilt, und als die Schwestern vergangene Weihnachten in Albuquerque wieder zusammengekommen waren, hatten sie in ihrem alten Zimmer in ihren alten Betten geschlafen, mit all den Fotos von Klassenpartys und Achterbahnfahrten und den Einladungskarten für die Highschoolabschlussfeiern, die noch immer mit Reißzwecken an der großen, porösen Korktafel an der Wand hingen. Und dort, in diesem Zimmer mit all den Fotos hatten die Schwestern ihre Hochzeit geplant: die Eiswürfel, jeder mit einem eingefrorenen Minzblatt, die Dahlien, die Millionen winziger Silbersternchen, die statt Reis geworfen werden sollten. Yvonne war überrascht, wie bereitwillig sie sich deren Überzeugung zu eigen gemacht hatte, sie und Lawrence würden heiraten.

Sie suchte in seinem Gesicht nach einer Spur des Bedauerns und entdeckte sie in seinen Augen und an den Wangen, die über Nacht ihre Spannkraft verloren hatten und nun schlaff herabhingen. Er bedauerte eine ganze Menge, aber sein Bedauern galt nur sich selbst. Er bedauerte, dass er sie mitgenommen hatte. Ein anderes Mädchen hätte den Deal akzeptiert, dankbar akzeptiert.

»Wie leid du mir tust«, sagte sie, und erst als er zu weinen begann, merkte sie, dass er ihr tatsächlich leidtat.

Den Rest des Tages saßen sie in ihren getrennten Zimmern und schrieben einander Nachrichten auf dem hoteleigenen Briefpapier. Sie schrieb ihm einen dreiseitigen Brief, faltete ihn zweimal und schob ihn durch den Türspalt seines Zimmers. Dann lief sie unruhig um ihr Bett herum, ließ sich ein Schaumbad ein (schließlich konnte sie genauso gut in einer Badewanne sitzen, solange sie auf seine Reaktion wartete), bis seine Antwort unter ihrer Tür durchgeschoben wurde. Seine Briefe waren ungefaltete, einzelne Blätter.

Als der Tag zu Ende ging, hatten sie eine Entscheidung getroffen. Er würde die Reise ohne sie fortsetzen, und sie würde bis zu ihrem gebuchten Rückflug in drei Wochen in Florenz bleiben. Sie wollte nicht früher nach Hause fliegen; sie wusste noch nicht, wie sie es ihrer Familie erklären sollte. Und sie war auch nicht daran interessiert, die Reise nach Plan fortzusetzen, wie er vorgeschlagen hatte. Sollte er sich die Schweiz mit ihren Bergen und Österreich mit seinen weißen Pferden doch ohne sie ansehen.

Als er am folgenden Tag an ihre Tür klopfte, um sich von ihr zu verabschieden, wirkte er wie jemand, den man von einer Last befreit hatte. Als sie ihn betrachtete, fiel ihr das Bild eines Hobbymalers ein, das sie einmal gesehen hatte: eine sitzende Figur, die keinen Schatten warf und keinerlei Verbindung zu dem Boden unter sich hatte.

»Ich werde dir schreiben«, sagte er.

»Ich werde nicht hier wohnen bleiben«, sagte sie und deutete hinter sich auf den Läufer des Hotelzimmers, als würde sie auf diesem kleinen Läufer ihre Zeit verbringen.

»Dann werde ich dir *poste restante* schreiben.«

»Gut«, sagte sie, als wüsste sie, was er damit meinte.

»Das ist ein Postfach, das es in jedem Hauptpostamt gibt. Da du nicht weißt, wo du wohnen wirst …«

»Gut«, wiederholte sie.

Sie trennten sich, ohne einander zu berühren. Zum Abschied schenkte er ihr eine purpurrote Geldbörse mit goldenem Bügel. Sie war nicht überrascht, als sie die Börse später öffnete und Geld darin fand. Genug für die verbleibenden drei Wochen in Florenz.

An der Rezeption verlängerte sie ihren Aufenthalt um eine weitere Nacht und begab sich dann auf die Suche nach einer günstigeren Bleibe. Am folgenden Tag fand sie ein Zimmer in einer Wohnung über einer Bäckerei, die sich zwei Frauen in ihrem Alter teilten. Sie waren angehende Restauratorinnen, eine Deutsche und eine Italienerin, beide ernst, aber herzlich. Sie zahlte die Miete einen Monat im Voraus.

Blieb nur noch die Frage, was sie mit sich anfangen sollte. Die ersten paar Tage unternahm sie kurze Ausflüge: nach Bologna, wo sie auf dem Gemüsemarkt Paprika kaufte, nach Arezzo, wo sie in einem Garten hoch über der Stadt Salami und Focaccia aß. Von dort aus bot sich ihr ein wunderbarer Blick auf die Glockentürme der Stadt, die nie zur gleichen Zeit die Stunde schlugen. Aber nachdem sie drei Tage lang herumgefahren war, fühlte sie sich müde und blieb in der Wohnung, in die der Duft von frisch gebackenem Brot aus der Bäckerei wehte.

Am fünften Tag nahm sie die Einladung ihrer Mitbewohnerinnen an, sie in der Akademie zu besuchen und ihnen über die Schulter zu schauen. Sie kam am Vormittag und sah ihnen zu, wie sie in dem großen, fensterlosen Raum an verschiedenen Leinwänden arbeiteten. Sie bei der Arbeit zu beobachten, war nicht besonders aufregend; auch nach zwei Stunden konnte sie kaum Fortschritte erkennen. Aber der Saal mit den vielen Frauen – es gab kaum männliche Studenten – gefiel ihr. Sie restaurierten Bilder, die unter Feuchtigkeit, Rauch oder Transport gelitten hatten. *Ja, das ist Frauenarbeit*, kam es ihr in den Sinn, *wir restaurieren Dinge, wir richten sie wieder her*.

Als sie am späten Nachmittag aus der Schule kam, ging sie zum Hauptpostamt, um nachzusehen, ob Lawrence geschrieben hatte.

»*Poste restante*«, sagte Yvonne zu der Frau hinter dem Schalter. Die Frau zog eine große Blechkiste hervor und bat Yvonne, ein wenig beiseitezurücken und die Briefe durchzusehen, derweil sie selbst sich um den nächsten Kunden kümmerte.

Die Kiste war kalt. Sie fühlte sich an wie eine Gießkanne und war weitaus ungeordneter, als Yvonne erwartet hatte. Mindestens hundert Briefkuverts und Postkarten aus aller Herren Länder lagen darin, viele davon zerknittert oder an den Rändern eingerissen. Sie wühlte sich durch Postkarten aus Tasmanien und Neufundland, Briefe mit Poststempeln von Amsterdam und Stockholm, Atlanta und Kapstadt, aber sie fand nichts, was von Lawrence an sie adressiert war. Inzwischen war fast eine Woche vergangen, und sie hätte eigentlich längst von ihm hören müssen. Und sei es nur in Form einer weiteren Entschuldigung.

Als sie den Boden der Kiste erreicht hatte, drehte sie die letzte Postkarte um: Vielleicht war das ja die Nachricht von Lawrence. Die Karte war an eine Frau namens Frederica gerichtet und auf Englisch geschrieben. Eine so ungewöhnliche, extrem nach rechts geneigte Handschrift hatte sie noch nie gesehen. Sie las den Text:

Liebe Frederica,

nur noch zwei Wochen, bis ich Dich wiedersehe. Du kannst Dir nicht vorstellen, wie sehr ich mich darauf freue. Nachdem Du fort warst, wurde der Unterricht, der mir früher, wie Du weißt, ein Vergnügen war, zur Last. Die Schüler sind lieb. »Wo ist Ms. Frederica?«, wollen sie wissen. Sie necken mich, weil ich verliebt bin. Was soll ich dagegen tun? Ich kann sie nicht anlügen.

Dein Peter

Yvonne drehte die Karte um. Sie zeigte die Bibliothek von Alexandria, Ägypten.

Yvonne verließ das Postamt; an ihren Händen hafteten Spuren verschmierter Tinte und noch immer der feuchte Metallgeruch der Kiste. Sie kam an Touristen vorüber, die hinter Fremdenführern mit grellbunten Sonnenschirmen herliefen, und an Verkäuferinnen, die gelangweilt vor ihren Schaufenstern herumstanden.

Am folgenden Nachmittag ging Yvonne abermals zum Postamt. Von Peter mit der schrägen Handschrift war eine weitere Postkarte eingetrudelt.

Liebe Frederica,

Ich habe gerade heute Deinen Brief bekommen, und bin sehr durcheinander. Was meinst Du damit, dass ich ein ferner Fixpunkt in Deinem Leben bin? Es ist doch erst einen Monat her. Du weißt nicht, in welcher Verfassung ich mich befinde. Ich werde nicht schlafen, ehe ich Dich wiedersehe.

Bitte, wenn Du Dich falsch ausgedrückt hast oder einfach schlecht aufgelegt warst, schreib mir so schnell wie möglich. Ich kann dieses Warten, diese Worte kaum ertragen.

Dein Peter

Yvonne drehte die Postkarte um – wieder ein Foto der Bibliothek in Alexandria, diesmal von innen. Sie blätterte die restliche Post in der Kiste durch. Sie war weniger daran interessiert, ob Lawrence ihr geschrieben hatte, als daran, ob Frederica Peters letzte Postkarte herausgenommen hatte. Sie war noch da. Yvonne las sie erneut und legte sie dann ganz vorn in die Kiste, wo sie sicher jeder finden würde, der danach suchte.

Die ganze Woche über konnte sie an nichts anderes denken als an das Postamt. Der Sonntag, an dem es geschlossen hatte, kam ihr endlos vor. Sie schlenderte durch Florenz, betrachtete die Markierungen an den Hauswänden, die den Wasserstand des Flusses während des Hochwassers von 1333 anzeigten.

Am Montag zwang sie sich, zunächst den Bus nach Fiesole zu nehmen und erst anschließend zum Postamt zu gehen. Denn wenn sie die Post gleich am Morgen durchgesehen hätte, wäre ihr der Rest des Tages allzu lang vorgekommen. Zufällig spielte ein Streichquartett in einer kleinen Kirche. Sie schloss die Augen und lauschte. Kaum war das Konzert zu Ende, nahm sie den nächsten Bus zurück nach Florenz. Als sie auf den Eingang des Postamts zustürzte, wäre sie beinahe von einem Motorroller angefahren worden.

Eilig blätterte sie die neu eingegangene Post durch, auf der Suche nach einer Nachricht aus Ägypten. Die Kiste war an diesem Tag weniger voll, und sie stellte fest, dass Paolo endlich die Briefe abgeholt hatte, die für ihn aus Spanien angekommen waren, und dass Ann und Erica die Geburtstagswünsche aus Amerika herausgenommen hatten. Etwa in der Mitte des Stapels fand sie eine neue Postkarte von Peter. Seine Handschrift war diesmal sogar noch schräger und drohte förmlich über den Rand der Karte zu stürzen.

Liebe Frederica,

Nächsten Dienstag komme ich nach Florenz. Ich habe keine andere Möglichkeit, Dich zu erreichen, deshalb hoffe ich, dass Du diese Nachricht noch rechtzeitig bekommst. Ab zwölf Uhr Mittag werde ich im Boboli-Garten vor der Grotta del Buontalenti auf Dich warten. Ich habe hier in der Bibliothek ein Foto davon gesehen. Ich hoffe sehr, dass Du kommst, und wenn auch nur, um mir Lebewohl zu sagen.

Dein Peter

Am nächsten Tag würde Peter also an der Grotta del Buontalenti warten. Yvonnes Herz raste. Sie wusste, dass sie hingehen und ihn aus der Ferne beobachten würde, schon deshalb, um herauszufinden, ob Frederica sich blicken ließ.

Yvonne erwachte am Dienstagmorgen vom Lärm der Tauben, die sich vor ihrem Fenster stritten. Sie plante den Tag mit großer Sorgfalt – eine Stunde zum Duschen und

Anziehen, eine Stunde fürs Frühstück. Zwar hätte ihr eine Viertelstunde zum Anziehen und Frühstücken ohne Weiteres genügt, aber dann hätte sie noch mehr Zeit mit Warten verbringen müssen.

Um halb zwölf machte sie sich auf den Weg zum Boboli-Garten. Im Wörterbuch hatte sie gelesen, dass *grotta* Grotte hieß, aber die Grotta del Buontalenti hatte sie bislang weder gesehen, noch davon gehört, und entsprechend schwierig war es, sie zu finden. Um zwölf Uhr geriet sie allmählich in Panik. Sie fragte alle möglichen Leute nach dem Weg. Aber sie war nur von Touristen umgeben, die den gleichen Reiseführer wie sie hatten. Und auf dem Plan war die Grotta nicht verzeichnet. Sie schwitzte, als sie den Garten im Laufschritt von Ost nach West und dann von Nord nach Süd durchkämmte. Anschließend lief sie im Zickzack, bis sie schließlich an einem Ende des Gartens nahe am Eingang ein Hinweisschild zur Grotta del Buontalenti entdeckte. Sie war so verdattert, dass sie einen Moment lang vor dem Pfeil innehielt, als wäre dieses Hinweisschild das Ziel ihrer Suche.

Als sie sich der Grotta näherte, beschleunigte sie ihren Schritt. Niemand war zu sehen, und einen Augenblick lang befürchtete sie schon, Peter verpasst zu haben. Aber noch stärker befürchtete sie, dass sie beide verpasst haben könnte, dass Frederica an diesem Morgen die *poste-restante*-Kiste durchgesehen und sich hierherbegeben hatte, um ihn wiederzusehen. Das alles hätte Yvonne dann verpasst.

Sie trat näher an die Grotta heran, deren Zugang mit einem Gitter versperrt war. Auf einem Schild las sie, dass die Grotte von Menschenhand geschaffen und von

Bernardo Buontalenti im sechzehnten Jahrhundert ausgestaltet worden war. Die Grotte bestand aus vier Räumen, von denen nur der erste direkt einsehbar war. Yvonne ließ den Blick wandern. An den düsteren Wänden entdeckte sie Skulpturen von Sklaven, die offenbar versuchten, sich freizukämpfen. Hinter dem ersten Raum befand sich ein weiterer, in dessen Mitte eine Skulptur stand: ein Mann und eine Frau mit ineinander verschlungenen Körpern. Ein Liebespaar.

Gerade überlegte sie, ob sie nach Einbruch der Dunkelheit wiederkommen und sich Zugang verschaffen sollte, um tiefer in die Grotte zu den anderen Räumen vorzudringen, als sie eine Hand auf ihrer Schulter spürte. Sie zuckte zusammen. Ein Aufseher, dachte sie, der ihre verbotenen Gedanken erraten hatte.

Aber nein, es war ein junger Mann von vierundzwanzig oder fünfundzwanzig Jahren, nur wenig älter als sie. Er war hochgewachsen, hatte blondes Haar, ein gebräuntes Gesicht und sandfarbene Sommersprossen, die seine leicht zusammengekniffenen, grünen Augen umrahmten.

»Entschuldigen Sie«, sagte der Mann auf Englisch. »Ich dachte …«

»Sie dachten, ich sei jemand anders«, lächelte Yvonne.

Der Mann nickte, und Yvonne sah einen seltsamen Ausdruck über sein Gesicht huschen: Statt enttäuscht zu sein, wirkte er erleichtert. Nur seine Augen waren noch immer zusammengekniffen, und ihr wurde klar, dass es sein normaler Blick war, der ihm den Anschein gab, als beobachtete er ständig etwas durch ein Mikroskop. Aber die Hand, die immer noch auf ihrer Schulter lag, entspannte sich.

»Verzeihung«, sagte er und zog die Hand weg.

»Keine Ursache.«

»Ich bin Peter«, stellte er sich vor.

Sie nickte. Das wusste sie schon.

»Und Sie sind?«, fragte er.

»Yvonne«, sagte sie. »Aus New Mexico.«

Er drehte sich um und warf einen Blick in die Grotta del Buontalenti. »Am liebsten würde ich über das Gitter klettern und mir den zweiten Raum ansehen.«

»Ich hatte schon überlegt, heute Nacht wiederzukommen«, gestand Yvonne.

»Da komme ich mit«, sagte er zu beider Überraschung. »Entschuldigen Sie. Das war wohl ziemlich dreist. Ich komme gerade aus Ägypten und bin ein bisschen … durcheinander.«

Yvonne biss sich auf die Lippen. Sie hatte Angst, etwas zu sagen, was sie verraten hätte. Ihr war aufgefallen, dass er Alexandria mit keinem Wort erwähnt hatte. Sie musste aufpassen, dass es ihr nicht herausrutschte. Sie setzten sich auf eine Bank vor der Grotte.

»Was haben Sie dort gemacht?«, erkundigte sie sich. »In Ägypten?«

»Englisch unterrichtet«, sagte er und setzte ein schiefes Lächeln auf. »Und was machen Sie in Florenz?«

»Italienisch lernen.«

Sie unterhielten sich ungezwungen, ohne Gesprächspausen, und sie rechnete es ihm hoch an, dass er sich nicht ständig umsah und ihr nicht sagte, dass er genau hier auf jemanden wartete. Falls er enttäuscht war, ließ er es sich jedenfalls nicht anmerken.

Nachdem drei oder vielleicht auch mehr Stunden vergangen waren, stand er auf, nahm ihre Hände und half ihr auf die Beine. »Was machen wir jetzt?«, fragte er, wobei er sie so nahe zu sich heranzog, dass sich ihre Lippen fast berührten.

Als Yvonne die Hauptstraße erreicht hatte, die nach Datça führte, gab sie Gas. Sie war erleichtert, die vielen Kurven und das ewige Bergauf und Bergab hinter sich zu lassen. Die übrigen Verkehrsteilnehmer fuhren allerdings deutlich unter dem Tempolimit, als hätten sie sich verfahren und suchten nach dem Weg. Bald fuhr sie schneller als alle anderen Autos, die an den Straßenrand auswichen, um sie vorbeizulassen. Sie hupten und gaben ihr Lichtsignale, als wollten sie ihre Bewunderung dafür ausdrücken, dass sie so flott unterwegs war. Sie fühlte sich mutig und stark. Farben und Formen prallten ihr durch die Windschutzscheibe entgegen.

Sie ließ das Fenster herunter, um den Fahrtwind auf ihrer Haut zu spüren, und sofort stieg ihr ein bitterer, verbrannter Geruch in die Nase. Teer.

Yvonne verlangsamte das Tempo und bemerkte nun, dass die Straße frisch geteert worden war. Erst jetzt fielen ihr wieder die Lastwagen ein, hinter denen sie am Morgen hergefahren war und die den Verkehr aufgehalten hatten. Sie fuhr an den Straßenrand und zögerte einen Augenblick, bevor sie ausstieg. Umso schockierter war sie, als sie sich endlich dazu entschloss. Der einstmals weiße Wagen war von einer dunkelbraunen Schicht überzogen, die in der Sonne schwarz, ja beinahe violett schimmerte. Sie legte einen Finger auf die Kühlerhaube. Der Teer war zäh, die Oberfläche noch weich, doch die unteren Schichten schienen schon getrocknet zu sein.

Nun stand sie erneut vor einem Berg von Fragen, die diesmal allerdings praktischer Art waren: *Wie sollte sie den Teer entfernen? Was würde das kosten? Wie bekam sie den Teer wieder von ihrem Finger ab? Wie hatte sie nur so dumm sein können?*

Yvonne fuhr langsam zum Haus zurück, was bei näherer Betrachtung allerdings unnötig war: Der Schaden war bereits angerichtet. Aber sie hatte keine Lust, sich noch einmal den Hupkonzerten und Lichtsignalen der anderen Autofahrer aussetzen, zumal sie jetzt wusste, was sie ihr damit eigentlich hatten sagen wollen: *Haben Sie den Verstand verloren, gute Frau?*

Sie stellte das Auto vor dem Haus ab, ließ den Motor laufen, stieg aus und ging zur Garage. Sie versuchte, das Garagentor an dem silberfarbenen Griff anzuheben. Es rührte sich nicht. Nacheinander probierte sie alle Schlüssel an ihrem Schlüsselbund aus. Keiner passte. Sie musste das ruinierte Auto also wohl oder übel auf der Straße parken, bis sie entschieden hatte, was zu tun war.

Die Putzfrau und ihre Familie waren fort – zum Glück. Sie wollte nicht, dass die Frau das Auto sah, und versuchte, es zu putzen. Yvonne wanderte durch die Zimmer – die sauberen Fußböden waren gewischt, das saubere Geschirr gespült. Oben war das Doppelbett neu bezogen: Die Kissen, die am Kopfteil lehnten, hatten blaue Bezüge mit gelben Vögeln. Die Putzfrau konnte nicht ahnen, dass Yvonne nicht in diesem Zimmer schlief. Das Einzelbett, in dem sie tatsächlich geschlafen hatte, war nicht frisch bezogen.

Yvonne wusch sich die Hände und klappte dann den Laptop auf, den Matthew und Callie ihr geschenkt hatten. Seit ihrer Ankunft in der Türkei hatte sie es vermieden, ihre E-Mails zu lesen; sie wollte sich möglichst nicht mit Nachrichten von Aurelia konfrontieren. Bei Aurelia war jederzeit damit zu rechnen, dass jemand sie auf der Straße angepöbelt hatte, dass sie gefeuert worden war oder dass sie an unerträglichen Ohrenschmerzen, an Migräne, an einer Augenentzündung oder einer Lebensmittelvergiftung litt.

Die Netzverbindung war hervorragend. Yvonne fiel ein, dass »Internet« ebenfalls auf der Liste der im Mietpreis inbegriffen Leistungen gestanden hatte, und sie startete eine Suche nach *Teer* und *Auto*. Sie fand eine ganze Reihe von Lösungsvorschlägen. Der erste bestand darin, das Auto mit Erdnussbutter einzureiben, vierundzwanzig Stunden zu warten und dann alles wieder abzuwischen. Sollte das nichts bringen, wurde WD-40-Multifunktionsöl empfohlen, allerdings mit dem Hinweis auf das Risiko von Lackschäden.

Zu Fuß war es zu weit zum Supermarkt, und so nahm Yvonne widerstrebend das Auto. Aus Angst, mit irgendjemandem in Blickkontakt zu treten, starrte sie gebannt auf die Straße vor sich. *Lächerlich*, sagte sie sich. *Kein Mensch hier weiß, wer ich bin. Ich bin eine Unbekannte.* Aber dann korrigierte sie sich: Niemand, der ein mit Teer überzogenes Auto fährt, bleibt unbekannt.

Sie drückte sich tiefer in den Sitz und musste dabei an

Matthew denken, als er noch keine sechs Jahre alt war. Yvonne und Peter hatten ihn immer wieder unter dem Couchtisch oder unter der Gartenbank entdeckt, wo er heimlich in der Nase bohrte oder sich die Unterhose auszog. »Hier kann Gott mich nicht sehen«, erklärte er. Das war kurz bevor sie aufhörten, regelmäßig in die Kirche zu gehen.

Im Supermarkt suchte Yvonne nach Erdnussbutter, fand aber keine. Anscheinend aß niemand in der Türkei Erdnussbutter. Dann hielt sie nach WD-40 Ausschau, und als sie auch das nicht fand, nahm sie ein Mittel, das dem Gewünschten am ehesten zu entsprechen schien und sich *Power Creme* nannte. Eimer und Putzlappen waren leicht zu finden und ebenso einfache Papiertücher. Die Großpackung enthielt aus unerfindlichen Gründen einen kleinen ausgestopften, weißen Elefanten als Dreingabe. Sie entschied sich für diese Packung, obwohl es zwölf Rollen waren und damit mehr, als sie jemals verbrauchen konnte. Den Elefanten würde sie dem Jungen in Knidos schenken.

Nachdem sie das Auto vor dem Haus abgestellt hatte, unterzog sie den von ihr angerichteten Schaden einer genaueren Inspektion. Nun, da sie einen Plan entwickelt hatte, um ihr Missgeschick auszubügeln, konnte sie sich dem Fahrzeug widmen, ohne den Blick abwenden zu müssen. Der Wagen sah aus, als hätte ihn jemand in einen Bottich mit Schokolade getaucht. Sie nahm die Plastiktüten heraus, die auf dem Beifahrersitz lagen. Die Griffe dehnten sich unter dem Gewicht der Reinigungsutensilien und schnitten schmerzhaft in die zarte Haut ihrer Handflächen.

Yvonne trank fast nie Alkohol, wenn sie allein war. Aber als sie nun ins Haus trat und die Weinflasche auf der Anrichte in der Küche stehen sah, machte sie sich auf die Suche nach einem Korkenzieher. Sie fand gleich drei davon in einer Besteckschublade. Der Korken löste sich mit einem Geräusch aus der Flasche, das an das Schmatzen eines theatralischen Kusses erinnerte.

Das Geräusch des Korkenziehens störte Yvonne seit jener Nacht, in der sie und Peter mit dem Wagen aus der ersten von unzähligen Entzugskliniken, in die sie Aurelia einliefern mussten, zurückgekehrt waren. (Als Aurelias Abhängigkeit schlimmer wurde, brachten sie sie per Flugzeug in Einrichtungen nach Minnesota und schließlich nach Arizona, als würden sich ihre Heilungschancen mit zunehmender Entfernung verbessern.) Kaum waren sie aus dem Auto gestiegen und ins Haus getreten, eilte Peter in die Küche und entkorkte eine Flasche Wein.

»Was machst du da?«, fragte sie ihn.

Peter trank einen Schluck, bevor er antwortete. »Ich brauche jetzt etwas zu trinken«, sagte er.

»Ich weiß nicht, ob das so angebracht ist«, gab Yvonne zu bedenken.

»Sie ist diejenige, die ein Problem hat. Du und ich hatten in dieser Richtung noch nie irgendwas.«

»Aber aus Rücksicht …«

»Rücksicht?«, platzte er heraus. Einen Moment lang sah es aus, als bekäme er einen Lachanfall, doch dann trat ein gequälter Ausdruck in sein Gesicht. »Hätte sie Rücksicht auf unsere Familie genommen, wäre es nie so weit gekommen. Sie schert sich um überhaupt nichts!«

»Schrei mich nicht so an.«

»Entschuldige bitte«, murmelte Peter. »Entschuldige.«

»Es stimmt nicht, dass sie sich um nichts schert«, sagte Yvonne. »Sie macht sich um alles Gedanken. Jede Bemerkung, die an sie gerichtet ist, geht ihr unter die Haut. Sie versucht nur, sich gegen den Schmerz abzuhärten.«

»Immerhin hat sie ja eine *Leidenschaft.*« Peter spuckte dieses Wort geradezu aus.

»Was meinst du damit?«

»Du bist doch diejenige, die immer gesagt hat, es sei dir egal, ob die Kinder Sport treiben, Klavier spielen oder – was weiß ich – Gärten anlegen, solange sie es nur mit Leidenschaft tun.«

»Davon bin ich nach wie vor überzeugt«, sagte Yvonne.

»Nun, dann sieh dir doch mal an, welche Leidenschaft deine Tochter entwickelt hat.«

»Willst du damit sagen, dass die Selbstmedikation mein Fehler ist? Dass ihre Sucht … Bitte sag mir, was du damit meinst.«

Unterhaltungen wie diese hatten sie schon öfters geführt, doch diesmal hörte Peter nicht zu. »Armer Matthew«, sagte er.

»Armer Matthew? Arme Aurelia«, verbesserte Yvonne ihn. »Es ist nicht einfach für sie, seine Schwester zu sein. Das wäre für niemanden einfach.«

Am liebsten hätte sie hinzugefügt: *Obwohl ich weiß, dass es für dich einfach ist, sein Vater zu sein.* Aber sie tat es nicht. Es war nicht der richtige Zeitpunkt, auch wenn sie sich darüber ärgerte, wie Peter seinen Stolz auf Matthew demonstrierte, wie er nach einem Lacrosse-Match auf dem Weg zum Auto den Arm um ihn legte, als wollte er allen verkünden: *Jawohl. Dieser Star gehört mir.* Wie Peter in Matthews Gegenwart zu laut sprach, damit alle Umstehenden – sei es auf einem Straßenfest, an einem Pool oder am Flughafen – nur ja mitbekamen, dass sie zusammengehörten, eine Einheit bildeten. Doch wenn Peter mit Aurelia zusammen war, senkte er seine Stimme oft zu einem Flüstern. »Was hast du gesagt?«, schrie Aurelia dann. Sie wusste es. Sie wusste es immer. »Ich kann dich nicht hören.«

Matthew war nie garstig zu seiner Schwester, was diese, wie Yvonne vermutete, nur noch mehr in Rage brachte. Aurelia wollte, dass er unfair zu ihr war, so hätte sie sich über ihn beschweren können. Sie wollte, dass er sie von seinen Partys ausschloss, dass er nicht zusammen mit ihr am Tisch sitzen mochte, damit sie ihn dafür hassen konnte. Aber er tat nichts dergleichen. Als Mutter der Zwillinge erkannte Yvonne als Einzige, was in Wahrheit dahintersteckte: Dass es ihm auf seine Art vor der Schwester graute. Er behandelte sie so, als sei sie bereits aus dem Leben gegangen. Er sprach von ihr mit Respekt und Mitgefühl, wie von einer Toten.

Yvonne stand vor der Anrichte in der Küche des Ferienhauses in Datça und trank in großen Schlucken Herrn Çeliks Wein. Ein Teufelszeug: herb und süß zugleich, wie Kirschsaft. Ihre Schenkel schmerzten plötzlich und begannen zu zitterten. Ihr Körper war vom Schwimmen, von der Sonne und vom Autofahren müde; die physische Erschöpfung erinnerte sie ein weiteres Mal daran, dass sie nicht mehr jung war. Sie füllte erneut ihr Glas.

Es klingelte an der Tür. Bestimmt ein Nachbar, der sich über den Schandfleck vor der Tür beschweren wollte, dachte Yvonne. Leicht beschwingt und mit kurzen Schritten ging sie zur Tür. Özlem. Yvonne war so erleichtert, Özlem zu sehen, dass sie ihr in die Arme fiel.

»Was ist passiert?«, fragte Özlem. »Erzählen Sie schon.« In ihrer Stimme lag eine Dringlichkeit, als wäre Yvonne gerade ausgeraubt worden und es bestünde noch eine Chance, den Dieb zu fangen.

Yvonne brachte kein Wort heraus. Als sie sich aus der Umarmung löste, sah sie, dass Özlems Kleid an der Schulter, dort, wo Yvonnes Wange gelegen hatte, feucht war. Erst als sie ihr Gesicht mit den Fingern betastete, merkte sie, dass sie geweint hatte.

»Haben Sie das Auto draußen gesehen?«

Özlem schüttelte den Kopf. »Hatten Sie einen Unfall?«

Yvonne schüttelte ebenfalls den Kopf. »Ich hab nur … Es tut mir so leid.«

Özlem ging zum Fenster und schaute hinaus. »Ich verstehe. Sollen wir das Auto saubermachen?«

Yvonne war so dankbar, dass Özlem die Initiative ergriff, dass sie in der Wir-Form sprach. Sie folgte ihr in die Küche und rief sich dabei ins Gedächtnis, dass es nicht Özlems Küche war, sondern die der Freundin ihres Mannes. Özlem nahm eine Küchenrolle, runzelte die Stirn, verzog den Mund und schaute sich offenbar nach etwas anderem um.

»Ich bringe das schon mal hinaus«, sagte Yvonne und

griff nach der Power Creme. Özlem hob fragend die Augenbrauen.

»Aus dem Internet«, erklärte Yvonne. »Die haben das empfohlen.«

Schweigend gingen die beiden Frauen hinaus. Nur das Klappern von Özlems Sandalen auf den Stufen war zu hören.

»Keine Sorge. Das kriegen wir hin«, sagte Özlem.

Yvonne schraubte die Power Creme auf. Der Geruch war scharf und brannte in den Augen.

Özlem trug ein braun-weiß kariertes Etuikleid, das bis zur Mitte des Oberschenkels reichte. Als sie die Arme hob, hob sich auch das Kleid und bedeckte gerade noch ihren Slip. Trotzdem machte sie sich sofort an die Arbeit, nahm Papiertücher zur Hand und rieb mit ihren dünnen Armen das Auto ab. Dabei stieß sie ein paar kurze, urtümliche Laute aus, ähnlich einem Tennisspieler, der einen Aufschlag retourniert.

Yvonne bearbeitete die eine, Özlem die andere Seite des Fahrzeugs. Die Power Creme schien zu wirken. Die benutzten Papiertücher warfen sie auf einen Haufen am Straßenrand. Schließlich kam Özlem auf die Idee, ins Haus zu gehen und Müllsäcke zu holen. Yvonne beobachtete sie, als sie zurückkam. Sie eilte nicht lässig die Stufen hinab, wie Yvonne es in ihrem Alter getan hätte, sondern schritt mit stolzer Haltung die Treppe hinunter, als nähme sie an einem Schönheitswettbewerb im Badeanzug teil. Dann widmeten sie sich wieder dem Auto.

»Das geht ganz schön in die Arme«, ächzte Yvonne. »Wie sieht's bei Ihnen aus?«

»Ich mag es, wenn es weh tut«, sagte Özlem. »Dann weiß ich wenigstens, dass ich etwas getan habe.«

Yvonne fragte sich, wie Özlem wohl ihre Tage verbrachte. »Ich weiß gar nicht, wie ich Ihnen für Ihre Hilfe danken soll«, sagte sie. »Das wäre wirklich nicht nötig gewesen.«

»Kein Problem«, lächelte Özlem und wischte sich mit dem Unterarm über die Stirn.

»Wir sind fast fertig«, sagte Yvonne, als sie den Müll die Straße hinunter zu den großen Mülltonnen trugen. Eine gestreifte Katze hockte auf dem Rand einer der Tonnen und spähte hinein. Die beiden Frauen standen nebeneinander und begutachteten ihre Arbeit aus der Ferne.

»Perfekt«, stellte Özlem fest.

Yvonne lachte. Es war nicht einmal annähernd perfekt.

»Wollen wir feiern?«, fragte Özlem.

»Was? Dass wir mit dem Auto fertig sind?«

»Nein, das Leben!« Der verbissene Enthusiasmus, mit dem Özlem das sagte, legte nahe, dass auch sie eine schwierige Phase durchmachte.

Im Haus brachte Yvonne ein Glas Wein zu Özlem ins Wohnzimmer. Sie saß auf der Couch, und Yvonne schämte sich, dass sie das Bild von Alis nackter Geliebter unter der Couch noch nicht weggeräumt hatte.

»Ich habe Ihnen etwas mitgebracht«, sagte Özlem und kramte in ihrer Handtasche.

»Danke.«

»Sie wissen ja noch gar nicht, was es ist.« Özlem gab Yvonne ein Buch. »Da können Sie alles hineinschreiben, woran Sie sich gerne erinnern. Die Leute von Dove haben mir ein paar von den Dingern geschenkt. Ich mag nicht so tun, als hätte ich es gekauft.«

»Danke«, sagte Yvonne und betrachtete es. Auf dem Buchumschlag war ein Spiegel. »Auf jeden Fall ist es ein netter Gedanke, ob Sie es nun gekauft haben oder nicht.«

Sie saßen einen Augenblick schweigend zusammen.

»Darf ich Sie etwas fragen?«, begann Yvonne.

»Ja.«

»Es ist wegen des Autos… Ich kann nicht von Ihnen verlangen, etwas vor Ihrem Mann geheim zu halten, aber könnten Sie sich vorstellen, ihm nichts davon zu erzählen?«

Özlem lachte. Vermutlich hatte ihr jemand gesagt, dass sie ein hübsches Lachen hatte, denn es war ihr offenbar bewusst. Sie lachte ein paar Sekunden länger als nötig.

»Das Auto gehört nicht meinem Mann. Ich glaube, er hat nur einen seiner Bekannten gefragt, der Autos vermietet. Warum sollte ich es ihm erzählen? Abgesehen davon habe ich noch ganz andere Geheimnisse vor ihm.«

»Was meinen Sie damit?«, fragte Yvonne.

Özlem gab ihr zu verstehen, dass sie es mit der Beantwortung dieser Frage nicht allzu eilig hatte. Allmählich schien selbst die Luft zwischen ihnen anzufangen zu knistern und nur darauf zu warten, dass die Spannung sich löste.

Dann begann Özlem zu sprechen. »Ich habe es heute erfahren. Ich bin schwanger.«

Yvonne forschte in Özlems Gesicht nach einem Hinweis darauf, wie sie dazu stand. Yvonne wusste selbst nicht, was sie davon halten sollte. »Gratuliere!«, sagte sie.

Özlem nickte.

»Ich habe in Istanbul jemanden kennengelernt. Es könnte von ihm sein. Ich weiß es nicht.«

Yvonne gab sich alle Mühe, nicht schockiert zu wirken. »Weiß Ali von dem Mann in Istanbul?"

»Nein«, sagte Özlem, und dann wiederholte sie es. Sie schob das Weinglas von sich. »Ich weiß noch nicht, was ich machen werde. Was meinen Sie?«

»Ich meine, Sie sollten ihm die Wahrheit sagen«, erwiderte Yvonne. »Früher oder später werden Sie es tun müssen.«

»Aber vielleicht merkt er ja gar nicht, dass es nicht von ihm ist.«

»Würden Sie ihm denn sagen, dass es von ihm ist, auch wenn es gar nicht stimmt?«, fragte Yvonne.

»Wenn ich Ali die Wahrheit sage, verlässt er mich«, sagte Özlem, als sei es ihr gerade erst eingefallen.

»Haben Sie ihn denn nicht schon verlassen?«, fragte Yvonne verwirrt. Liebesgeschichten junger Leute empfand sie ziemlich schnell als ermüdend.

»Sie haben Ihrem Ehemann wahrscheinlich nie etwas verheimlicht«, sagte Özlem.

»Das stimmt nicht«, widersprach Yvonne und schwieg dann.

Özlem sah sie erwartungsvoll an. »Erzählen Sie.«

Nun hatte Yvonne Gelegenheit, jemandem, der Peter nicht gekannt hatte, eine Geschichte zu erzählen. Sie überlegte, welches Beispiel sie nehmen, wo sie anfangen sollte. Als die Zwillinge sechzehn Jahre alt waren, gab es eine Phase in ihrer Ehe, in der beide nicht mit offenen Karten gespielt hatten.

»Wollen Sie wirklich ausgerechnet jetzt etwas über meine Ehe erfahren?«

Özlem nickte heftig.

»Es ist ungefähr acht Jahre her«, begann Yvonne, bevor sie überhaupt wusste, welche Geschichte sie erzählen wollte. »Ich war mit meinen Schülern auf einer Exkursion in D.C. Auf einer Bildungsreise nach Washington D.C. Dort, wo das Weiße Haus steht, wissen Sie?«

Özlem schloss die Augen, als wollte sie klarstellen, dass sie das wusste, dass sie das natürlich wusste und dass sie über diese Beleidigung hinwegsehen würde, wenn Yvonne schnell zum Kern der Sache käme.

»Dort gibt es unzählige Museen, die ich mit meinen Schülern aus den höheren Klassen besucht habe. Ich bin nämlich Geschichtslehrerin. Ein anderer Lehrer, der damals an unserer Highschool in einer der Parallelklassen unterrichtete, war als zweite Aufsichtsperson bei dieser Exkursion dabei. Er sollte sich darum kümmern, dass die Jungs keine Dummheiten anstellen. Er hieß Joseph. Peter behauptete mehrfach, Joseph habe ein Auge auf mich geworfen. Ich habe das immer abgetan und ihn für verrückt erklärt, obwohl ich wusste, dass er recht hatte. Ich hatte längst bemerkt, dass Joseph mich ständig anstarrte. Einmal, kurz bevor wir bei einer Tasse Kaffee den Lehrplan durchsprechen wollten, habe ich ihn dabei beobachtet, wie er sich vor dem Außenspiegel seines Autos die Haare kämmte.

»Mochten Sie ihn denn?«, fragte Özlem.

»Er war charmant. Er kam aus Neuseeland und hatte einen netten Akzent. Er gab mir das Gefühl, dass alles, was ich sagte, sehr, sehr wichtig war.«

»Und Sie waren gemeinsam auf einer Reise?«

»Nun, wir beide und zweiundzwanzig Schüler«, präzisierte Yvonne. »Aber in jener Nacht hat um vier Uhr früh das Telefon in meinem Hotel geklingelt. Zuerst dachte ich, es sei ein Notfall und einer der Schüler stecke in Schwierigkeiten. Aber als ich den Hörer abhob, meldete sich niemand. Nur ein Klicken, als aufgelegt wurde. Danach konnte ich nicht mehr einschlafen.«

»War es Joseph?«

Yvonne schüttelte den Kopf. »Ich habe gewartet, ob das Telefon vielleicht noch einmal klingelt, aber es blieb stumm. Als ich Sonntagabend wieder nach Hause kam, erzählte ich Peter beim Abendessen, dass mich das Telefon um vier Uhr früh aus dem Schlaf gerissen hatte und ich danach nicht mehr einschlafen konnte. Er meinte, dass sich einer der Schüler vielleicht einen Scherz erlaubt hätte. Aber irgendwas an der Art, wie er das sagte, wie schnell er eine Erklärung parat hatte, brachte mich auf Gedanken, die ich gar nicht haben wollte.«

Yvonne nippte nachdenklich an ihrem Wein.

»Ein paar Wochen später kam die Telefonrechnung, und aus einem Impuls heraus habe ich mir die Ferngespräche von jenem Wochenende angesehen, an dem ich in Washington war. Ich hoffte, es nicht zu sehen, aber dort stand es schwarz auf weiß. Peter hatte um vier Uhr früh im Hotel angerufen und ohne sich zu melden einfach aufgelegt. Ich konnte es nicht fassen: Immerhin bin ich seine Frau.«

»Wollte er sich vergewissern, ob Sie in Ihrem Zimmer waren?«, fragte Özlem.

»Er wollte sichergehen, dass ich nicht mit Joseph zusammen war.«

»Und Sie haben ihm nie erzählt, dass Sie wussten, wer es war?«

»Nein. Er hatte aus Eifersucht gehandelt, und es hätte ihn bestimmt beschämt zu erfahren, dass ich das wusste.«

»Haben Sie ihn denn jemals betrogen? Warum hat er Ihnen misstraut?«

»Nein, niemals«, antwortete Yvonne. Sie überlegte, ob sie Özlem erzählen sollte, dass Peter angesichts der Tatsache, dass sie sich über den Poste-Restante-Service kennengelernt hatten, befürchtete, Yvonne könne sich vielleicht aus einer Laune heraus heimlich in jemand anderen verlieben.

Sie entschied sich für eine einfachere Erklärung. »Unsere Tochter hat damals eine schwierige Phase durchgemacht und uns oft belogen. Und Peter folgerte daraus, dass vielleicht alle ihn belügen könnten. Ich weiß, das ist nicht wirklich logisch, aber Misstrauen … ist wie ein Virus.«

»Das ist schon logisch«, sagte Özlem. »Ich finde schon.«

Yvonne zuckte die Achseln, wie um zu sagen, *Alles, was zu sagen ist, ist gesagt worden.* »Was werden Sie jetzt tun?«, fragte sie, entschlossen, die Gesprächsführung wieder an Özlem zu übertragen.

»Weiß ich noch nicht«, murmelte Özlem.

Yvonne nickte und trank dann ihren Wein aus. »Ich komme morgen wieder vorbei«, versprach Özlem und verschwand.

Innerhalb kurzer Zeit hatten sie Vertraulichkeiten ausgetauscht, Geheimnisse preisgegeben – Özlem große, Yvonne kleine –, und nun waren beide begierig darauf, den Ort zu verlassen, an dem diese ungleich verteilten Beichten abgelegt worden waren.

Yvonne schob eine Tiefkühlpizza fürs Abendessen in den Ofen. Während sie darauf wartete, dass der Pizzaboden knusprig braun wurde, trank sie den Wein aus, der noch in Özlems Glas war. Er schmeckte nicht gut, aber sie genoss ihn trotzdem. Was für eine dumme, unbedeutende Geschichte hatte sie da ausgewählt. Sie hätte einer neuen, unbefangenen Zuhörerin jede beliebige Geschichte erzählen können, und ausgerechnet für diese hatte sie sich entschieden?

Sie setzte sich zum Essen auf die Terrasse und schlug die erste Seite ihres Romans auf. Es war ein dünnes Buch, das sie vor vielen Jahren schon einmal gelesen hatte. Es ging um die Liebesbeziehung zwischen einem älteren Mann und einer Frau, als diese noch ein Teenager war.

Eines Tages, ich war schon alt …

Yvonne las die Zeile drei Mal. Sie kam sich viel älter vor, als sie tatsächlich war. Das Alter hatte sich nicht allmählich bemerkbar gemacht, sondern sich vielmehr plötzlich wie ein Netz über sie gelegt. Nicht sofort nach Peters Tod, wie sie vielleicht erwartet hätte. Nein, in den Wochen danach hatte sie Aufgaben zu erledigen. Sie musste sich um die Beerdigung kümmern, um die Anwälte, um die Versicherungsvertreter, die ihr nutzlose Ratschläge erteilten: »Natürlich ist es jetzt zu spät dafür, aber wenn Sie das nächste Mal eine Autoversicherung abschließen, sollten Sie auf keinen Fall an der Insassenversicherung sparen.«

Allein schon der Gedanke, die Post zu öffnen, kostete sie Überwindung. Die Beileidskarten mit traurigen Blumen und grauen Wolken: Wofür standen sie? Für den Himmel? Für ein Gewitter? Und dann die banalen Texte: »Wir sind in Gedanken bei dir.« »Mit großer Anteilnahme.« Mit großer Anteilnahme! Sie hätten lieber schreiben sollen: »Mit großer Furcht«, oder »Mit großer Erleichterung.« Yvonne wusste wohl, dass alle, die ihr geschrieben hatten, heilfroh waren, kein Mitglied ihrer eigenen Familie oder ihren eigenen Ehepartner verloren zu haben. Waren nicht alle Menschen Spieler, rechnete sich nicht jeder sein Glück aus? Die Tatsache, dass Peter getötet worden war, verringerte die Wahrscheinlichkeit, ihre eigenen Ehemänner, Frauen oder Kinder zu verlieren.

Yvonne hatte sich fest vorgenommen, bei der Trauerfeier nicht zu weinen. Sie hatte den ganzen Morgen zuvor geweint und weinte wieder, nachdem alle nach Hause gegangen waren. Aber sie wollte nicht weinen, während sie das Gedicht von W.H. Auden verlas, das Peter so geliebt hatte und das nun so passend schien; sie wollte nicht weinen, wenn den anderen bei ihrem Anblick die Tränen in die Augen stiegen. Tränen waren ihre Privatangelegenheit – sie waren nur für ihn bestimmt, nicht für die Öffentlichkeit.

Adjektive beherrschten den Tag der Trauerfeier, Adjektive über Peters Leben: wunderbarer Vater, liebender Gatte, begnadeter Lehrer. Und dann über Yvonne: Wie tapfer!, sagten sie. Wie stark! Bewundernswert! Was für ein lebenslustiges und doch hingebungsvolles Ehepaar sie gewesen seien, wie viele Schüler sie gefördert und ihnen zu einer anständigen Ausbildung verholfen hatten. Die Schüler auf der Beerdigung starrten jedes Mal, wenn sie erwähnt wurden, auf ihre Hände, als versuchten sie abzuwägen, wie sich der Tod ihres Lehrers wohl auf ihr eigenes Leben auswirken könnte.

Yvonne verabscheute diese nichtssagenden Adjektive, ihre Beliebigkeit und Austauschbarkeit. Wie wunderbar und stark war ihre Liebe gewesen! Wie unbeschwert und einzigartig ihre Ehe! Was für ein hingebungsvoller Ehemann, liebender Vater, wundervoller Lehrer. Mit jedem Händedruck, jedem vielsagenden Blick, den man ihr schenkte, wurden die Worte bedeutungsloser. *Bitte hört auf*, hätte sie die Leute am liebsten angefleht. *Bitte hört auf zu reden. Das hilft alles nichts.*

Nach der Trauerfeier, als alle gegangen waren, blickte sie in einer Damentoilette zufällig in den Spiegel und war verblüfft, wie jung sie aussah. Wie eine Achtzehnjährige. Ihr Gesicht war glatt und straff, ihre Augen leuchteten. Drei Monate später, nachdem sie mit den Anwälten verhandelt und Danksagungen für die Blumen verschickt hatte, kam es ihr vor, als wate sie durchs Wasser, und plötzlich sacke der Meeresboden unter ihr ab: Sie blickte in den Spiegel und war nur noch alt, alt, alt.

Yvonne stieg die Wendeltreppe mit dem roten Geländer nach oben. Die Luft, die zum Abend hin normalerweise abkühlte, fühlte sich noch immer heiß an. Sie öffnete das Fenster im Schlafzimmer, das sofort wieder zuschlug.

Sie erinnerte sich, dass sie in der oberen Etage eine

Schiebetür zum Balkon gesehen hatte. Die ließ sich öffnen, ohne gleich wieder zuzuschlagen. Sie lief die Treppe hinauf und sah die Vorrichtung immer noch ausgebreitet auf dem Bett liegen. Aber das Zimmermädchen hatte sie anscheinend zurechtgerückt: Nun sah sie wie ein Galgenmännchen aus. Yvonne hob sie auf – sie war erstaunlich schwer –, legte sie zu einem unförmigen Bündel zusammen und schob das Ganze unters Bett. Es stach immer noch ins Auge. Am Fußende des Bettes stand eine Truhe, die mit einer bunten, eine Fuchsjagd darstellenden Szene bemalt war. Yvonne klappte sie vorsichtig auf und war erleichtert, nur Decken und Laken vorzufinden. Sie legte die Vorrichtung in die Truhe und klappte den Deckel wieder zu.

Sie schob die Tür zum Balkon auf. Die Nachtluft war warm. Yvonne blieb einen Augenblick stehen und betrachtete die roten Dächer unter ihr, die im Mondlicht rosa schimmerten. Datça wirkte jetzt hübscher; die blaue Nacht verbarg alle Schönheitsfehler.

Unten wusch sie sich das Gesicht, und als sie am Waschbecken stand, spürte sie urplötzlich den Wein. Sie hangelte sich an den Wänden entlang zum Bett. Als sie auf der Matratze landete, seufzte sie, froh darüber, nicht mehr stehen zu müssen.

Ihre Augen waren geschlossen, und in ihrem Kopf drehte sich alles. Sie klammerte sich an der Matratze fest, um wieder Halt zu gewinnen. *Ich sollte Wasser trinken*, dachte sie, wusste aber, dass sie umfallen würde, wenn sie versuchte aufzustehen. Und so blieb sie auf dem Bett liegen, und ihre Gedanken drehten sich im Kreis.

Aurelia war zehn oder elf gewesen. Sie hatte auf der Hochzeitsfeier eines Nachbarn zwei Stück Kuchen gegessen und war von dem vielen Zucker so aufgedreht, dass sie unbedingt tanzen wollte. Yvonne war mit ihr auf die improvisierte Tanzfläche gegangen. Sie hielten einander an den Händen, und Aurelia begann wortlos mit ihren Bewegungen. Beide hoben einen Arm über den Kopf und drehten sich voneinander weg, ohne ihre Hände zu lösen; dann drehten sie sich wieder einander zu. Rechter Arm hoch, linker Arm hoch. Immer wieder drehten sie sich um ihre eigene Achse, und jedes Mal, wenn ihre Blicke sich trafen, sah Yvonne, dass es stimmte, was die anderen behaupteten: Aurelia hatte tatsächlich Yvonnes Augen – sie waren verhangen und undurchdringlich, von der Farbe einer Substanz, die sich, schwerer als alles andere, auf dem Boden eines Glases absetzt. Rechter Arm, linker Arm. Vom ständigen Herumdrehen, vom Wunder der Genetik – der Geburt! – war Yvonne leicht ums Herz gewesen, und dennoch hatte sie ein nagendes Gefühl der Verantwortung empfunden, dass sie dieses Mädchen in die Welt gesetzt hatte. Während nur eines Tanzes war sie Zeugin der Verletzlichkeit und Liebenswürdigkeit Aurelias geworden. Und der enorme Gefühlsreichtum ihrer Tochter – die Zerbrechlichkeit ihres Glücks, die Gewalt ihrer Seelenqualen – hatte Yvonne mit einer solchen Wucht getroffen, dass sie nicht mehr weitertanzen konnte und so beiläufig wie möglich sagte: »So. Das reicht jetzt.«

Yvonne erwachte am Morgen, das Gesicht in der Armbeuge vergraben. Der schwere Wein war mittlerweile durch ihr Blut gewandert und sauer geworden. Ihre Haut roch wie eine alte Rüstung.

Sie stieg die Treppe hinunter und hielt sich dabei am Geländer fest. Sie war unsicher auf den Beinen, und ihre Hände fühlten sich klamm an. Unter ihren Füßen spürte sie den kalten Marmor. Als sie sich dem Erdgeschoss näherte, wurde die Kraft des Sonnenlichts beängstigend. Auf dem Esstisch lag das Dove-Buch, das Özlem ihr mitgebracht hatte. Der Spiegel auf dem Umschlag diente vermutlich dazu, jedem, der das Büchlein zur Hand nahm, die eigene Schönheit vor Augen zu führen. Als Yvonne ihr Spiegelbild sah, zuckte sie zusammen.

Sie taumelte in die Küche, füllte Kaffeepulver in den Filter der Kaffeemaschine, tat Wasser dazu und schaute zu, wie das Gerät geräuschvoll zum Leben erwachte. Die Kaffeemaschine stand in der Ecke der Küche neben der Spüle, und plötzlich stieg Yvonne ein strenger Geruch in die Nase. Müll? Sie sah nach: Der Abfalleimer war fast leer. Sie warf einen Blick in die Spüle. Ein Stückchen Wurst von ihrer Pizza, das heruntergefallen war, als sie den Teller gespült hatte. Sonst nichts.

Sie holte einen Becher aus dem Küchenschrank, sah die Aufschrift TURKEY IS FOR LOVERS, stellte ihn zurück und nahm eine kleinere Tasse heraus, die abgesehen von einem türkisfarbenen Rand vollkommen schlicht war. Sie ging zum Esstisch und hatte ständig das Gefühl, beobachtet zu werden. Als sie sich umdrehte, stach ihr etwas ins Auge. In der obersten Ecke der Küche, genau über der Kaffeemaschine, sah sie etwas Braunes, Gefiedertes, Ovales. Eine Eule.

Yvonne hätte sich beinahe übergeben. Der Geruch – dieser fleischige, muffige Geruch – musste von dem Vogel kommen. War er tot? Nein, er schlief. Eine braune Eule, deren Federn sich wie ein Cape um den Körper legten. Sie könnte Herrn Çelik anrufen, der ihr allerdings jetzt, nachdem sie so einiges über ihn erfahren hatte, nicht mehr ganz geheuer war. Würde die Eule hinausfliegen, wenn sie das Fenster öffnete? Sollte sie sie mit einem Besen hinausjagen? Wie war sie überhaupt hereingekommen? Yvonne fiel ein, dass sie am Abend zuvor die Schiebetür des Zimmers im obersten Stockwerk offen gelassen hatte.

Sie erhob sich langsam, ohne die offenbar schlafende Eule aus den Augen zu lassen. Rückwärts lief sie zur Treppe, eilte dann schnell nach oben, zog ihren gelben Badeanzug und ein Strandkleid an und packte alles zusammen, was sie für den Tag brauchte. Sie wollte das Haus der Eule überlassen und hoffte, sie würde von allein verschwinden. Als sie vorsichtig die Treppe herunterkam, hockte das Tier immer noch da und schlief. Sie öffnete die Haustür und verkeilte sie, damit die Eule den Himmel sehen und selbst den Weg hinausfinden konnte. Das Tor am Fuß der Treppe sperrte sie ab.

Sie hatte das Auto, den Teer und die Power Creme schon fast vergessen. Vom Tor aus sah der Renault gut aus, wie früher. Aber als sie näher kam, bemerkte sie, dass der Lack an verschiedenen Stellen gelitten hatte. Hier und da wirkte die Oberfläche blassgelb und durchscheinend wie die Blütenblätter eines Gänseblümchens, das jemand gegen das Licht hält.

Sie dachte an die Kosten. Sie hatte nicht die leiseste Ahnung, was es kosten würde, den Schaden zu beheben. Vielleicht, so überlegte sie, sollte sie den Wagen am Abend zurückgeben, wenn die Schadstellen weniger auffielen.

Sorgfältig breitete sie das Strandtuch über den aufgeheizten Fahrersitz und fuhr in die Stadt. Sie parkte an einem kleinen Eckladen und kaufte an der zur Straße gelegenen Verkaufstheke zwei große Brotkringel, eine Packung Orangensaft und die größte Flasche Wasser, die es gab.

Mit der beschlagenen Wasserflasche zwischen den Beinen und beiden Händen am Lenkrad fuhr sie über die Landstraße nach Knidos. Der Weg kam ihr diesmal länger und kurvenreicher vor. Sie spürte jede Bodenwelle. Die Berge sahen aus, als hätte es über Nacht gebrannt.

Als sie Yakaköy erreichte, entdeckte sie auf einer Anhöhe zu ihrer Rechten ein Hotel, ein farbenfrohes Schlösschen mit Sonnenschirmen, die auf einen Swimmingpool schließen ließen. Sie hatte gute Lust, sich dort für den Rest der Woche einzumieten. Dann hätte sie sich nicht länger mit der Eule und der Liebesschaukel, mit dem Buch über Analsex und dem Doppelbett auseinanderzusetzen brauchen. Andererseits war da Özlem. Und die Kaution. Darauf konnte sie nicht verzichten. Leichtfertige Ideen wie diese passten nicht zu ihr.

Während sie durch die Ortschaft fuhr, sah sie zu den alten Frauen hinüber, die am Straßenrand vor ihren Holztischchen saßen und mit kleinen Hämmern Nüsse knackten. Yvonne dachte an ihren Vorsatz, jeden Tag einer anderen Frau etwas abzukaufen, aber sie hatte vergessen, wie die Frau vom Vortag ausgesehen hatte.

Sie hielt an und kaufte bei einer Frau eine Tüte Mandeln, war aber nicht sicher, ob es nicht dieselbe wie am Tag zuvor war. Um auf Nummer sicher zu gehen und ihren eigenen Vorsatz nicht zunichtezumachen, hielt sie hundert Meter weiter noch einmal an und kaufte bei einer anderen Frau ein Glas Honig. Alle Geschäfte wurden durch das geöffnete Wagenfenster auf der Fahrerseite abgewickelt. Die Frauen wirkten dankbar, aber Yvonne kam sich dumm vor. Was sollte sie am Strand mit einem Glas Honig anfangen?

Auf dem Parkplatz von Knidos gab es keinen Schatten, und die Hitze legte sich sie wie ein Flanellmantel um sie. Sie kam am Restaurant vorbei und lief mit kurzen Schritten zum Strand hinunter – sogar das Gehen war anstrengend. Sie setzte sich mit der Flasche Wasser und dem Brot auf den Sand und hielt nach dem Jungen mit den Muscheln Ausschau. Er war nirgends zu sehen, und zu ihrer eigenen Überraschung war Yvonne enttäuscht.

Sie brach kleine Stückchen Brot ab und aß langsam. Die Hitze des Tages machte ihr zunehmend zu schaffen, und sie nahm den schalen Geruch von Wein auf ihrer Haut wahr. Yvonne trank die Flasche Wasser leer und ächzte, als sie sich aufrappelte, um zum Wasser zu gehen. Sie tauchte die Zehen in die kleine Welle, die sich im Sand verlor. Die Kühle. Die Wärme. Sie watete ins Meer.

Als ihr das Wasser bis zur Hüfte ging, tauchte sie unter und probierte alle Schwimmarten aus, die sie kannte. Mit kräftigen Beinschlägen schwamm sie ohne ein bestimmtes Ziel hinaus. Linker Hand erspähte sie in einiger Entfernung etwas Weißes. Sie änderte die Richtung. Es war ein Schwimmbrett, das im Wasser schaukelte; sonst war niemand zu sehen. Es hob und senkte sich mit jeder Welle, und Yvonne schwamm darauf zu. Als sie das nächste Mal aufblickte, sah sie einen Jungen, der sich auf das Brett hievte. Es war ihr Junge. Sie winkte mit den Armen, als wollte sie ein Flugzeug in der Luft auf sich aufmerksam machen.

Der Junge blickte in ihre Richtung, hob eine Hand und zeigte zum Strand. Yvonne war als Erste da, stellte sich ans Ufer und wartete auf ihn. Sie sah die Muscheln, die er gefunden hatte, vorn auf dem Schwimmbrett liegen. Er strampelte von hinten mit den Beinen und hielt mit dem Oberkörper das Brett in der Balance. Die Muscheln klapperten, fielen aber nicht hinunter. Als das Wasser seichter wurde, glitt er vorsichtig vom Brett und hielt es wie ein Tablett vor sich. Alles, was er tat, wie er schwamm, wie er aus dem Wasser kam, wirkte bei ihm so mühelos und selbstsicher. Er kam auf Yvonne zu und schenkte ihr ein breites, weißes, strahlendes Lächeln. Eine andere Möglichkeit sich zu begrüßen, hatten sie nicht: ein breites Lächeln, ein Nicken. Er begann nun, die Muscheln in akkuraten Reihen vor ihr auszulegen.

»Hübsch«, sagte sie und inspizierte die Muschel, die am schönsten glänzte. »Schön, dich zu sehen«, setzte sie hinzu. Sie musste es einfach sagen: Sie war so froh, ihn wiederzutreffen.

»Schön, dich zu sehen«, plapperte er ihr nach.

Eine Weile schwiegen sie und betrachteten nur die ausgebreiteten Muscheln.

»Ach übrigens«, sagte sie schließlich: »Ich habe dir etwas mitgebracht.« Sie hielt ihm den Elefanten hin, den sie zusammen mit den Papiertüchern bekommen hatte. Sie hatte ihn in ihre Tasche gepackt. Er schaute das Tier wenig begeistert an, und als er es in der Hand hielt, kam ihr zu Bewusstsein, wie lächerlich ihr Geschenk war. Ein Babyspielzeug. Sie nahm ihm den Elefanten wieder ab und streckte ihm die Tüte mit den Mandeln hin, über die er sich anscheinend freute.

Um das Schweigen zu brechen, erzählte sie ihm von der Eule in ihrem Haus. Es kümmerte sie nicht, dass er vermutlich nichts von dem verstand, was sie sagte: Er war ein aufmerksamer Zuhörer. Möglich, dachte sie, dass ihm der Klang ihrer Stimme gefiel. Sie hatte eine angenehme Sprechstimme – Peter hatte sie beruhigend genannt –, und dass sie sich für den Lehrberuf entschieden hatte, lag auch ein wenig daran, wie andere Leute reagierten, wenn sie sprach. Warum sollte ihre Stimme für jemanden, der nicht verstand, was sie sagte, nicht ebenso angenehm klingen? Vielleicht klang sie ja sogar besser.

Während sie redete, aß der Junge ihre Mandeln, immer eine nach der anderen, bedächtig, selbstlos, ganz und gar nicht wie ein typischer Junge.

»Darf ich dich zum Mittagessen einladen?«, fragte Yvonne. »Ich habe einen Riesenhunger«, setzte sie hinzu. Nachdem sich der Wein in ihrem Körper verflüchtigt hatte, verspürte sie das Bedürfnis nach Nahrung, nach Gemüse und Reis. »Mittagessen?«, wiederholte sie und zeigte zuerst zum Restaurant und dann auf ihren Bauch.

Der Junge nickte. Er trug lange, blaue Surfershorts. Er

streifte sich ein Tanktop über, sah an sich hinunter auf den Schriftzug MIAMI: CATCH A FISH, und hoffte vermutlich, dass Yvonne nichts dagegen einzuwenden hatte. Sie lächelte, und zufrieden zog er seine Sandalen an. Sie waren blau, und auf den breiten Plastikriemen, die seine Füße umspannten, stand ROOSTER. Der Junge gab ihr zu verstehen, dass er die Muscheln in ihre Tasche packen wollte.

»Aber natürlich«, sagte sie und öffnete die Tasche. Behutsam legte er eine nach der anderen hinein. Es gefiel ihr, dass sie mittlerweile nicht nur seine Kundin, sondern auch seine Partnerin war. Er vertraute ihr den Transport seiner Fracht an.

Gemeinsam machten sie sich auf den Weg zum Restaurant, das sich gerade erst zu füllen begann. Für die Leute von den Yachten war es noch zu früh zum Mittagessen. Der Kellner, ein kleiner Mann mit einem engen, weißen T-Shirt, grinste spöttisch, als er sie zu einem Tisch neben der Toilette führte. Es war derselbe Kellner, der ihr schon an ihrem ersten Tag in Knidos einen unfreundlichen Blick zugeworfen hatte.

»Sprechen Sie Türkisch?«, fragte der Kellner Yvonne, obwohl er genau wusste, dass sie es nicht tat.

Yvonne schüttelte den Kopf.

»Sie wissen, dass er der Enkel der Witwe ist.« Sein Englisch war gut, sein Benehmen unfreundlich.

Yvonne wusste nichts über die Familie des Jungen. »Wie bitte? Ich weiß nicht, wer …«

»Der Witwe gehört das Schloss auf dem Hügel«, sagte der Kellner.

»Das Haus, das aussieht wie ein französisches Château? Das oben an der Straße?«

Der Kellner nickte. »Der Junge ist in den Sommerferien immer bei ihr zu Besuch.«

»Und wo ist er zu Hause?«, erkundigte sie sich.

»In Kappadokien«, sagte er.

Der Junge hob den Blick und sagte etwas – vermutlich bestätigte er, dass er dort wohnte. Der Kellner antwortete ihm.

»Wo liegt Kappadokien?«, fragte Yvonne.

»Dort, wo Mevlana herkommt«, gab der Kellner zur Antwort.

Yvonne schüttelte verständnislos den Kopf.

»Aber Sie müssen doch Mevlana kennen.« Der Kellner verzog sein Gesicht.

Sie schüttelte abermals den Kopf und schaute dann in die Speisekarte. Sie wünschte sich nur noch, dass er das Essen bringen und sie mit dem Jungen allein lassen möge.

»Nichts zu trinken?«, fragte der Kellner. Anscheinend verdiente er sein Geld normalerweise damit, den Europäern, die von ihren Yachten an den Strand kamen, Getränke zu servieren.

»Nur Kaffee«, sagte Yvonne.

»Nescafé«, brummte der Kellner.

»Ja, bitte«, sagte Yvonne. Der Junge bestellte eine Fanta.

Der Junge – sie wusste gar nicht, wie er hieß. Sie wollte ihn danach fragen, sobald der Kellner verschwunden war. Auf einmal war ihre Neugier so groß, dass sie spürte, wie sie ihr unter der Zunge, unter den Nägeln brannte. Wie war sein Name? Wie mochte er heißen?

Ein paar Sekunden später kam der Kellner mit den Getränken und einem Tablett mit kleinen, in Frischhaltefolie verpackten Speisen. Yvonne wählte Joghurt, Spinat, Dolmades und Auberginen. Der Junge entschied sich für ein paar Gemüsesorten, die Yvonne nicht kannte. Der Kellner stellte alles auf den Tisch, nahm die Frischhaltefolie von den Tellern und knüllte jede einzelne Folie zu einer kleinen, festen Kugel zusammen.

»Guten Appetit«, sagte er zu Yvonne und stieß dann, an den Jungen gewandt, ein paar unfreundliche Worte aus, die dieser unbeantwortet ließ. Der Kellner stolzierte davon.

»Wie heißt du?«, fragte Yvonne.

Der Junge sah sie verwirrt an.

»Ich heiße Yvonne«, sagte sie und deutete auf sich selbst.

Der Junge wiederholte ihren Namen. Es gefiel ihr, wie er ihn aussprach. *Iv-on.* Er betonte das Wort auf der falschen Silbe, und so bekam ihr Namen für sie einen ganz neuen Klang.

»Und du heißt …«, fragte Yvonne.

»Ahmet«, sagte er und drückte den Daumen auf seine knabenhafte Brust. Yvonne starrte auf die Stelle, auf der sein Daumen lag, direkt unter »Miami« und über »Catch a Fish.« Es kam ihr vor, als wäre alles, was er über sich sagte, auf diesen Punkt zentriert, als strahlte alles von dieser Stelle aus.

»Freut mich«, lächelte Yvonne.

»Freut mich«, antwortete Ahmet.

Yvonne wusste nicht, ob er besser Englisch sprach, als er vorgab, oder ob er ihr nur nachplapperte. Sie versuchte vergeblich, sich mit einer laminierten Getränkekarte, die noch auf dem Tisch lag, etwas Luft zuzufächeln.

In Ahmets Blickrichtung lagen die Ruinen von Knidos, und seine dunklen Augen wanderten hinauf zum höchsten Punkt der Anhöhe. Yvonne folgte seinem Blick, um zu erfahren, was seine Aufmerksamkeit erregt hatte: Ein Mann und eine Frau, die an einer zerbrochenen ionischen Säule standen und versuchten, Passagieren auf einem Boot unter ihnen zuzuwinken.

»Warst du schon einmal da oben?«, fragte sie Ahmet.

Der Junge zuckte die Achseln.

Yvonne wiederholte die Frage, diesmal langsamer und deutete hinauf.

Der Junge schüttelte den Kopf. Nun hatte er verstanden.

Yvonne wollte nicht auf seine Gesellschaft verzichten. Sie wollte nicht den Nachmittag allein mit einem Buch am Strand verbringen.

»Wollen wir nach dem Essen hingehen, du und ich?«, fragte sie, zeigte auf sich und ihn und dann in Richtung Ausgrabungsstätte.

»Ja?«, sagte der Junge.

»Ja.«

Das Essen war gut, und Yvonne lobte Ahmet für seine Wahl. Beim Essen waren sie hauptsächlich damit beschäftigt, die Paare an den benachbarten Tischen zu beobachten, aufs Meer und in den Himmel zu schauen.

Kaum hatte sie Gabel und Messer nebeneinander auf den Teller gelegt, brachte der Kellner auch schon die Rechnung.

Der Junge sagte etwas zu ihm, woraufhin sich der Kellner mit erstaunt zusammengekniffenen Augen an Yvonne wandte: »Sie gehen also mit ihm zu den Ruinen.«

»Er war noch nie dort«, sagte Yvonne.

»Sie wissen, dass früher einmal die Statue der Aphrodite dort oben war.«

»Wirklich?«, staunte Yvonne.

»Ein paar Museen haben eine Kopie der Aphrodite von Knidos. Aber kein Museum hat das Original. Es wurde bei einem Brand zerstört.«

»Wie schade«, sagte Yvonne.

»Ja«, bestätigte der Kellner. »Ich bin sicher, sie hätte Ihnen gefallen.«

Yvonne lächelte. Sie wusste nicht, was sie sagen sollte. Sie mochte diesen Mann nicht.

»Sie sind allein hier in der Türkei?«

»Ja.«

»Ist das bei amerikanischen Frauen so üblich? Sie reisen allein in ein fernes Land?«

Yvonne dachte über seine Frage nach. Sie konnte sich nicht erinnern, dass eine ihrer Freundinnen je eine solche Reise unternommen hatte. Die Frauen, die sie kannte, reisten mit ihrem Ehemann, einer Freundin oder einer Reisegesellschaft. »Aber natürlich«, sagte sie.

Er blieb zu lange vor ihnen stehen; offensichtlich überlegte er, was er noch sagen konnte. Schließlich wählte er seine Worte: »Leute wie Sie kenne ich«, sagte er.

»Und ich kenne Leute wie Sie«, gab Yvonne zurück. Dabei musste sie an den Schüler denken, der die Notiz zu Cromwell geschrieben hatte. Aus seinen ovalen Os hatte eine solche Wut, ein solcher Hass gesprochen. Der Kellner und Yvonne funkelten einander an, bis an einem Nachbartisch eine Gabel zu Boden fiel und der Kellner sich bückte, um sie aufzuheben. Mit der schmutzigen Gabel in der Hand verschwand er eilig.

Nachdem Yvonne die Rechnung beglichen hatte – nicht ohne ein gutes Trinkgeld zu geben, um ihn in Verlegenheit zu bringen –, gingen sie und Ahmet zur Ausgrabungsstätte. In einem Wohnwagen am Eingang verkauften ein Mann und eine Frau die Eintrittskarten. Yvonne kaufte zwei Karten und gab sie dem Jungen. Auf den Karten war das Amphitheater von Knidos abgebildet. Ahmet sah sich zuerst die Abbildungen an, dann schaute er zum Amphitheater hinter dem Zaun und dann erneut auf die Karten. Die Bilder der Ruinen schienen ihn offenbar stärker zu beeindrucken als deren physische Präsenz.

»Du kannst sie behalten. Sie sind für dich«, sagte Yvonne. Ahmet schaute sich die Eintrittskarten noch einmal an und steckte sie dann in eine Tasche seiner Surfshorts. Ein paar Schritte lang lief er vorsichtig, als wolle er die Karten auf keinen Fall zerknicken, aber schon bald hatte er sie anscheinend vollkommen vergessen.

Vor einer großen Tafel blieben sie stehen. Auf der linken Hälfte standen die Informationen in türkischer Sprache und rechts die englische Übersetzung.

Yvonne überflog den Text. *Knidos wurde auf steil zum Meer abfallenden Terrassen erbaut... Im sechsten Jahrhundert vor Christus entwickelte sich Knidos zu einer wohlhabenden Stadt... Knidos erlebte seine Blüte im Zeitalter des Hellenismus (330 bis 31 vor Christus)... Im siebenten Jahrhundert nach Christus wurde Knidos zusammen mit ande-*

ren Küstenstädten Anatoliens von Arabern eingenommen, die vom Meer aus einfielen. Belege hierfür finden sich in den arabischen Inschriften im Fußboden einer der Kirchen.

Yvonne hatte seit einiger Zeit ihr Interesse an der Antike verloren. Schon der Gedanke an Ruinen langweilte sie. Nachdem sie die Informationen über Knidos gelesen hatte, warf sie Ahmet einen Blick zu, um sich zu vergewissern, ob er bereit war, den Hügel mit den Ruinen hinaufzuwandern. Aber er war noch immer mit der Tafel beschäftigt. Als er zu Ende gelesen hatte, sah er sie an und nickte.

Sie folgten dem staubigen Pfad, der zu beiden Seiten von weißen Steinen begrenzt war. Auf halbem Weg hob Ahmet einen rund dreißig Zentimeter langen, zylindrischen Stein auf, vielleicht das Bruchstück einer Säule, vielleicht auch nicht – schwer zu sagen. Er hielt ihn in den Armen, als trüge er einen Holzstamm.

»Wie heißt?«, fragte Ahmet und deutete mit dem Kinn auf den Stein.

»Ruinen«, sagte Yvonne und sah sich um. Es waren keine Aufseher in der Nähe.

Ahmet versuchte das Wort zu wiederholen. Er wies mit dem Arm über das Ruinenfeld, auf das Wenige, das von der einstigen Stadt noch erhalten geblieben war.

»Runen«, sagte er.

»Antike«, verbesserte sie sich. Dieses Wort war bestimmt einfacher auszusprechen.

»Antike«, sagte Ahmet mit beeindruckender Leichtigkeit.

»Gut«, sagte sie instinktiv.

Sein Gesicht strahlte vor Stolz.

Sie waren an der obersten Terrasse angelangt, und Yvonne blieb stehen, um zu verschnaufen. Es gab nirgendwo Schatten, aber die Brise, die nun hinaufwehte, brachte einen Blütenduft mit sich, den Yvonne nicht einzuordnen vermochte. Ein süßer Duft wie frischer Hefeteig. Sie konnte den ganzen Hafen überblicken. Die Masten der Schiffe sahen von hier oben höher aus, die weißen, vertikalen Linien zerschnitten den Himmel wie hochgereckte Arme: *Bravo, Bravo! Gut gemacht!*

Am Rand des Ruinenfeldes entdeckte sie eine Konstruktion aus Stein, die ziemlich interessant wirkte. Alles, was eine Form aufwies und noch nicht gänzlich verfallen war, hatte Potential. »Sieh mal, da drüben«, sagte sie und deutete in die Richtung.

Auf einer weiteren Tafel war zu lesen, dass es sich bei dem steinernen Gebilde um eine ehemalige Sonnenuhr handelte. Der Junge las die Beschreibung und bewegte dabei die Lippen. Er drehte sich zu Yvonne um und klopfte auf sein Handgelenk, an die Stelle, wo die Armbanduhr hingehörte, wenn er denn eine getragen hätte. Dann klopfte er seitlich auf das, was von der Sonnenuhr noch übrig geblieben war, als wolle er sie auf diese Weise wieder funktionstüchtig machen. Er sagte etwas, und sie verstand immerhin so viel wie *zerbrochen*. Sie lachten beide, er über seinen Scherz, und sie mit ihm, und dann lachte er, weil er sich offenbar darüber freute, dass sie ihn verstanden hatte, dass sie verstanden hatte, wie unterhaltsam und pfiffig er war. Er hüpfte vor ihr her, und wandte sich plötzlich vom Weg ab.

Sie musste sich beeilen, um ihn einzuholen. Schließlich

entdeckte sie ihn auf einem Rest der Umfassungsmauern eines Hauses oder ehemaligen Tempels – die Stelle war nicht gekennzeichnet. Dieser Bereich war nicht für Besucher vorgesehen. Als sie näher kam, sah Yvonne, dass vor und zwischen den Mauern tiefe Gräben lagen.

»Vorsicht«, rief sie, und kaum hatte sie es gesagt, lächelte Ahmet und ließ sich fallen.

Yvonne schrie auf.

Einen Augenblick später tauchte er unversehrt wieder auf – er hatte sich nur auf einen Vorsprung hinabgleiten lassen, der kaum einen Meter unter ihm herausragte. Was für ein Schlingel!

»Genug jetzt«, erklärte Yvonne. Er hatte ihr erfolgreich Angst eingejagt, ihr die Stimmung verdorben. »Gehen wir wieder zurück.«

Es gab weit und breit keinen Schatten, und das Zirpen der Insekten in den Büschen – die dröhnende Hitze – ließen den Spaziergang zu einer Qual werden. Ahmet lief hinter ihr her, dann überholte er sie und übernahm die Führung. Bergab musste Yvonne mit ihren Sandalen sehr vorsichtig laufen – es gab nur wenige Treppenstufen, und die steilen, unbefestigten Pfade boten kaum Halt. Aber der Junge in seinen Roosters aus Plastik lief leichtfüßig den Weg hinunter und wirbelte kleine Staubwölkchen unter den Füßen auf.

Der Kellner beobachtete die beiden von unten wie ein König, der mit Argusaugen über seine Ländereien wacht. Der Junge war bereits an ihm vorbei zum Strand gelaufen. Aber als Yvonne unten ankam, trat der Kellner auf sie zu: »Ihr beide lacht und tollt herum wie ein Liebespaar«, sagte er.

Yvonne starrte ihn an. Sie wusste nicht, weshalb sie sich hätte rechtfertigen sollen. Sie hatte mit einem Jungen Freundschaft geschlossen; der Junge hatte mit ihr Freundschaft geschlossen. Sie lief weiter zum Strand hinunter, wo Ahmet auf sie wartete. Sie winkte ihm überschwänglich zu, als hätten sie einander jahrelang nicht mehr gesehen.

Nachdem Yvonne sich am späten Nachmittag von Ahmet verabschiedet hatte – wobei sie einander die Hände schüttelten wie Geschäftspartner –, fuhr Yvonne nach Datça zurück und kam an dem Hotel vorbei, das Ahmets Großmutter gehörte. Zum ersten Mal stellte sie sich die Frage, wie Ahmet eigentlich jeden Tag vom Hotel zum Strand und wieder zurück kam. Morgen würde sie ihm anbieten, ihn mitzunehmen. Für morgen wollte sie sich andere Aktivitäten überlegen, die sie gemeinsam unternehmen könnten. Einfache Dinge.

Sie schaltete das Radio ein und war ganz auf das Unterhaltungsprogramm mit Lachkonserve gefasst. Aber stattdessen fand sie nur Countrymusik. Sie schaltete das Radio aus und kurbelte alle Fenster hinunter.

Vor ihr am Straßenrand sah sie zwei Leute, die einen Dritten in einem Laken hin und her schwangen. Ähnliches hatte sie einmal in einem Gangsterfilm gesehen, als Männer eine Leiche von der Klippe geworfen und im Meer versenkt hatten.

Yvonne hielt an, legte den Rückwärtsgang ein, um die Leute besser beobachten zu können und – noch wichtiger – um ihnen zu zeigen, dass sie beobachtet wurden. Die beiden Männer, die das Laken schwangen, legten das Bündel auf den Boden. Heraus krabbelte ein kleines Mädchen, das vor Lachen kreischte.

Du Dummkopf, schalt sich Yvonne. Sie lächelte, zuckte entschuldigend die Achseln, ließ den Wagen wieder an und fuhr weiter.

Zurück in Datça stellte Yvonne das Auto ab, sperrte das Tor auf und stieg die Treppe zum Haus hinauf. Die Tür stand offen.

Sie trat ein und sah einen Schatten auf sich zuschießen. Sie duckte sich, und der Schatten huschte über sie hinweg. Yvonne hatte die Eule ganz vergessen. Mit ausgebreiteten Schwingen war der Vogel riesig, viel größer, als sie gedacht hatte. Er flatterte im Erdgeschoss herum. Plötzlich sauste er auf sie zu, sie duckte sich erneut und hielt schützend die Hände über ihr Haar. Die Eule flog die Treppe hinunter in den Keller und stieß dabei gegen die Wand und das Geländer.

Yvonne ließ sich auf einen Stuhl fallen und legte eine Hand auf ihre Brust, um ihren Herzschlag zu beruhigen.

Sie inspizierte die Küche und das Wohnzimmer. Eine Rolle Küchenpapier und eine kleine Uhr waren auf den Fußboden gefallen. Auf dem Couchtisch lagen kleine, braune Gewölle. Sie entfernte sie mit einem Lappen, den sie in den Mülleimer warf.

Es klingelte. Yvonne hatte die Tür offen gelassen, und bevor sie dort war, steckte Özlem schon den Kopf herein.

»Hallo«, sagte Yvonne. »Ich muss furchtbar aussehen. Ich …«

»Sie sehen gut aus«, sagte Özlem. »Wie heißt das Wort noch? Ausgelassen?«

»Ich glaube nicht, dass das den Nagel auf den Kopf trifft«, entgegnete Yvonne, obgleich sie es hoffte.

»Darf ich …?«

»Natürlich«, sagte Yvonne. »Entschuldigen Sie bitte.« Mit einem etwas übertriebenen Knicks trat sie von der Schwelle zurück, als wolle sie auf diese Weise ihre anfängliche Unhöflichkeit wiedergutmachen. »Ich war mit den Gedanken gerade woanders. Heute Morgen, als ich aufgestanden bin, war eine Eule hier drin. Sie ist noch immer da.«

»Eine Eule? Sie meinen den Vogel?«, fragte Özlem nach.

»Ja.«

»Im Haus oder draußen?«

»In der Küche. Ich habe den ganzen Vormittag die Tür offengelassen, aber jetzt ist sie in den Keller geflogen.«

»Sie ist noch immer da?«

Yvonne nickte.

Özlem dachte einen Augenblick nach. »Ich glaube, ich weiß«, sagte sie kryptisch.

»Haben Sie sie gerade gesehen?«, fragte Yvonne und warf einen Blick zur Kellertreppe.

»Nein. Aber gestern habe ich sie oder den dazugehörenden Partnervogel gesehen.«

Yvonne wandte sich zu ihr um.

»Ich wollte Ihnen gestern wegen der Geschichte mit dem Auto nichts davon erzählen.«

Yvonne nickte.

»Aber ich habe gestern ein paar Kinder mit – wie sagt

man noch – nicht mit Pfeil und Bogen, sondern …« Sie gestikulierte mit den Händen.

»Mit einer Zwille«, schlug Yvonne vor und ahmte dieselbe Geste nach.

»Genau, damit. Und ich habe den Vogel vom Baum fallen sehen.«

»Und dann hat er sich hier ins Haus geflüchtet.«

»Nein«, sagte Özlem. »Ich bin sicher, dass er tot ist. Ich weiß, dass er tot ist.«

»Woher wollen Sie das wissen?«

»Die Kinder sind hin und haben nachgesehen, ob er wirklich tot ist. Eines hat eine Feder genommen, und die anderen sind davongelaufen und haben gerufen, dass er tot ist.«

»Vielleicht hat die Eule sich später wieder aufgerappelt und ist gestern Nacht ins Haus geflogen.«

»Sie wissen nicht allzu viel über Eulen, oder?«, fragte Özlem.

Yvonne hatte nie viel über Eulen nachgedacht, bis sie an ihrem ersten Tag in Datça über die Promenade spaziert war und ihre Rufe gehört hatte. Bis dahin hatte sie diese Tiere für ausschließlich nachtaktiv gehalten. Sie schloss die Tür, als könnte eine Eule ins Haus fliegen, während sie sich unterhielten.

»Sie sind … wie sagt man noch, wenn sie ein Leben lang mit demselben Partner zusammenleben? Wie sagt man, wenn sie das sind, was ich nicht bin?«

Yvonne wandte sich wieder Özlem zu und erwartete eigentlich ein Schmunzeln in ihrem Gesicht. Aber Özlems Miene drückte die Seelenqual eines Menschen aus, der vor einer Entscheidung steht, von der er weiß, dass sie den eigenen Ruin bedeutet. Diesen Ausdruck hatte Yvonne auch schon in Aurelias Gesicht gesehen.

Sie starrte Özlem an.

»Monoton?«, fragte Özlem.

»Monogam«, verbesserte Yvonne langsam.

»Ja. Eulen sind so. Und deshalb glaube ich, dass die Eule ins Haus gekommen ist, um nach der toten Eule zu suchen – nach ihrem Partner.«

Yvonne verspürte Übelkeit. »Wollen Sie sich nicht setzen?«, fragte sie, denn sie hatte selbst das Bedürfnis sich ausruhen. Sie deutete auf einen Stuhl am Esstisch. Zur Abwechslung wollte sie gern einmal woanders sitzen.

»Da scheint noch die Sonne hinein«, meinte Özlem. »Setzen wir uns lieber auf die Couch. Die hat früher mal Alis Großmutter gehört. Ich wollte sie nie in meinem Haus haben, aber jetzt weiß ich eigentlich nicht, was ich dagegen hatte.«

»Ich bin gleich wieder da«, sagte Yvonne. »Ich muss mir nur die Hände waschen.« Sie hatte den Geruch des Tieres an den Fingern. Sie schrubbte ihre Hände, reinigte die Fingernägel und trocknete sie sorgfältig ab. Dann nahm sie, der Couch gegenüber, auf dem Sessel ohne Armlehnen Platz.

Özlem sah Yvonne an, als hätte sie Neuigkeiten zu berichten.

»Sie haben also eine Entscheidung getroffen«, sagte Yvonne.

»Ja«, antwortete Özlem. »Ich werde Ali verlassen und zu meinem Freund ziehen, der seine Frau ebenfalls verlassen wird.«

Yvonne blieb die Luft weg: »Ich wusste nicht, dass er verheiratet ist.«

»Ja, er hat drei Kinder.«

»Ach, Özlem!«

»Aber er liebt sie nicht.«

»Verstehe«, sagte Yvonne und verstand gar nichts mehr. Drei Kinder, und keines davon liebte er.

»Was soll ich Ihrer Meinung nach tun?«

Yvonne überlegte. Ihre jahrelange Erfahrung als Mutter, Lehrerin und Freundin hatte sie gelehrt, keine Ratschläge zu erteilen. Sie hatte gelernt, dass diejenigen, die sie darum baten, am wenigsten darauf hörten und später sogar wütend auf sie waren, weil sie überhaupt einen Rat gegeben hatte.

Özlem stand die Verzweiflung ins Gesicht geschrieben. Selbst ihre Frisur war während des Gesprächs irgendwie aus der Form geraten. »Bitte, Sie müssen es mir sagen. Ich kann sonst mit niemandem darüber reden. Bitte, wie denken Sie darüber?«

Yvonne begann vorsichtig, doch dann sprudelten die Worte aus ihr heraus. »Ich weiß nicht recht, ob Sie wirklich zu *dieser* Art von Frauen gehören möchten.«

»Zu welcher Art von Frauen?«

»Zu der Art von Frauen, die so etwas tun.« Während Yvonne das sagte, wurde ihr bewusst, dass Özlem mit ihren hohen Absätzen, ihren paillettenbestickten Blusen und ihrem Femme-fatale-Gebaren vielleicht genau diese Art von Frau sein wollte.

Özlem zuckte die Achseln. »Es ist einfach so passiert. Vielleicht wird sie mit einem anderen genau dasselbe machen.«

»Was meinen Sie, wie Ali reagieren wird, wenn er dahinterkommt?«, fragte Yvonne.

Özlem lächelte. Wie überzeugt sie von sich selbst war.

»Ach, Özlem«, seufzte Yvonne. Sie selbst hatte den Eindruck, ihre Stimme klinge verärgert, aber Özlem verstand ihren Ausbruch als Zeichen von Mitgefühl.

»Ich werde schon zurechtkommen. Keine Sorge«, sagte Özlem.

»Das meine ich nicht. Es ist nur … Sie zerstören eine Familie.«

»Ach ja«, stieß Özlem hervor, und die Partie um ihren Nasenrücken versteifte sich, »Sie sind ja eine von denen. Hatte ich ganz vergessen. Glückliche Ehe. Ich verstehe.«

»Ob ich es für richtig halte, dass Sie herumziehen und andere Ehen zerstören, hat nichts damit zu tun, ob ich selbst eine glückliche Ehe geführt habe oder nicht.«

»Wirklich nicht?«, fragte Özlem.

Yvonne schüttelte den Kopf, war sich aber plötzlich nicht mehr sicher.

»Ihr seid doch alle gleich. Ihr habt ja eine solche Angst, dass eure eigene Ehe zerstört werden könnte, ihr glücklichen Paare«, sagte Özlem.

Yvonne wünschte, Özlem würde gehen. Sie hatte genug von jungen, egozentrischen Frauen. Aurelia und Özlem, so unterschiedlich sie auch waren, pflegten den gleichen Narzissmus wie alle Frauen zwischen zwanzig und dreißig.

»Aber Sie sind auch egoistisch«, sagte Özlem.

»*Ich egoistisch?*«, erwiderte Yvonne. »Wie kommen Sie darauf?«

»Sie glauben, ich hätte keinen Anspruch auf das, was Sie

hatten. Die Chance nämlich, glücklich zu sein. Ich bin unglücklich in meiner Ehe, und mein Freund ist es auch. Und Sie waren glücklich mit Ihrem … Ihrem Peter, aber das, was Sie hatten, gönnen Sie niemand anderem.«

»Das ist nicht wahr.«

»Doch, es ist wahr«, sagte Özlem. Anstatt sich hinzustellen, wie Aurelia es immer getan hatte, wenn sie ihrer Mutter die Stirn bot, saß Özlem ganz entspannt auf der Couch. Offenbar gefiel sie sich in ihrer Rolle. »Sie glauben nicht, dass andere später noch finden können, was sie beim ersten Mal nicht gefunden haben. Für Sie gibt es nur die eine wahre Liebe. Alles andere ist nicht so wichtig. Sie wollen es ja nicht einmal für sich selbst.«

»Wie bitte?«

»Sie benehmen sich, als wären Sie neunzig. Als könnte es niemals wieder so schön werden wie einst. So oberhebliche Vorstellungen haben Sie von der Ehe.«

»Überheblich«, sagte Yvonne und ärgerte sich sofort, dass sie Özlem korrigiert hatte.

Sie schwiegen eine Weile.

»Warum sagen Sie nichts?«, fragte Özlem. Ihr Gesicht war verzerrt.

»Weil Sie alles falsch verstanden haben.«

»Ach ja?« Özlem saß nun vorgebeugt auf der vorderen Kante der Couch. Sie war zum Kampf bereit.

Ein Teil von Yvonne wollte sich nicht darauf einlassen – derselbe Teil, der auch versucht hatte, Aurelias Anschuldigungen auszuweichen. Lange Zeit hatte Yvonne sich etwas vorgemacht, nur um der Wahrheit nicht ins Auge sehen zu müssen. Aber sie war nach Datça gekommen, um sich von diesen Lügen zu befreien, um diesen Schmerz abzuschütteln. Schmerz und Lügen waren dasselbe – eines bedingte das andere.

Yvonne krallte die Finger um die Sitzfläche des Sessels, um sich irgendwo festzuhalten, und begann ganz am Anfang: »Als Aurelia jünger war, habe ich ihr besondere Aufmerksamkeit geschenkt, weil sie es war, die mich am meisten brauchte. Ihr Bruder, ihr Zwillingsbruder, war vollkommen selbständig. Seit er zur Schule ging, haben sich die anderen Kinder und sogar andere Familien stets um ihn bemüht. Alle mochten Matthew.«

Als Yvonne sich reden hörte, hatte sie Angst, die Geschichte zu schnell zu erzählen, die wichtigen Details und die damit verbundenen Beobachtungen nur zu überfliegen und stattdessen auf unwesentlichen Dingen zu beharren. Doch gleichzeitig hatte sie das Gefühl, dass sie die Worte nicht schnell genug herausbrachte; sie wollte sie endlich aussprechen; sie sollten endlich gesagt sein.

Sie erzählte Özlem, wie Aurelias Probleme als Teenager einen Keil zwischen sie und Peter getrieben hatten und wie Peter sie für die Probleme ihrer Tochter verantwortlich machen wollte, zumal Aurelia und Yvonne einander immer besonders nahegestanden hatten. Peter zog es stattdessen vor, die Verantwortung für Matthews Erfolge zu übernehmen.

Als Aurelia die erste Entziehungskur hinter sich gebracht hatte, wollte Peter sie nicht sofort zurück nach Hause holen. Er wollte sie nach Colorado auf eine Schule schicken, die auf Teenager mit Suchterkrankungen spezialisiert war. Aber Yvonne hatte erfolgreich dagegen protestiert: Aurelia sei schließlich ihre Tochter, hatte sie argumentiert, und außerdem habe Aurelia hoch und heilig versprochen, trocken zu bleiben und sie nicht mehr zu hintergehen.

Nach Aurelias Rückkehr hatte Yvonne sich ihrer Tochter einen Monat lang so nahe gefühlt wie nie zuvor. An den Wochenenden wanderten sie vormittags über den *Long Trail*, unter der Woche arbeiteten sie abends im Garten, stellten ein Spalier auf und pflanzten Jasmin.

Aber dann fing Aurelia an zu lügen. Sie log, wenn sie behauptete, sie müsse sich deshalb übergeben, weil sie zum Mittagessen verdorbene Meeresfrüchte gegessen habe. Sie log jedes Mal, wenn sie die Flaschen mit alkoholfreiem Bier im Kühlschrank mit richtigem Bier auffüllte. Sie log an jedem Wochenende, wenn sie die frisch gewaschene, weiße Bluse und den schwarzen Rock anzog und behauptete, ins Tortilla Flat zu gehen, um dort zu kellnern. Diese Lüge flog auf, als Yvonne ihre Tochter an einem Freitagabend überraschen wollte und das Restaurant mit ein paar Freundinnen besuchte. Als sie dort auftauchten und Yvonne sich nach Aurelia erkundigte, nahm der Restaurantchef sie beiseite und eröffnete ihr, dass er Aurelia zwei Wochen zuvor entlassen hatte – sie war während ihrer Schicht beim Tequilatrinken erwischt worden. Yvonne sagte ihren Freundinnen nichts davon. Sie erklärte, es sei ihr Fehler gewesen: Aurelia habe erwähnt, dass sie an jenem Abend frei hätte, und sie selbst habe es dummerweise verschwitzt. Als Yvonne nach Hause kam, erzählte sie auch Peter nichts davon. Sie wusste, dass er versuchen würde, Aurelia wieder fortzuschicken.

Bald ertappte Yvonne sich dabei, auch andere Dinge vor Peter zu verheimlichen. Sie sah die blauen Flecke auf Aurelias Schienbeinen, die daher rührten, dass sie betrunken gegen Bettgestelle und Couchtische gerannt war, und sagte ihm nichts davon. Sie wusste von Aurelias kurzzeitigen Experimenten mit einem Muskelrelaxans. Die Pillen hatte ihr ein Freund besorgt, der in einem Drugstore arbeitete. Auch das verheimlichte sie vor Peter. Sie begann, sich über ihn zu ärgern, da er sie letztendlich zu all diesen Lügen zwang und sie mit ihren Sorgen um Aurelia allein ließ. Während endloser Grübeleien in schlaflosen Nächten kam Yvonne schließlich zu der Überzeugung, dass Peter über Aurelias Eskapaden genau Bescheid wusste – wie konnte es anders sein? –, dass er jedoch beschlossen hatte, alles, was mit Aurelia zu tun hatte, allein Yvonnes Verantwortung zu überlassen.

»Ich weiß nicht«, sagte Yvonne zu Özlem, »es tut mir leid, dass ich Sie mit all dem belaste. Ich glaube, ich klinge ziemlich verzweifelt ...«

»Aber nein«, sagte Özlem und ging in die Küche. Sie kochte Tee und brachte Yvonne ein feuchtes Handtuch. Verwirrt wischte Yvonne sich damit die Hände ab.

»Das ist für die Augen«, erklärte Özlem. Sie nahm Yvonne das Handtuch aus der Hand und rollte es zusammen. »Hier, legen Sie sich hin«, sagte sie und platzierte das Tuch zwischen Yvonnes Stirn und Nase.

Das Handtuch roch frisch gewaschen. Vermutlich war es das auch, dachte Yvonne und die Putzfrau fiel ihr ein. Als sie den Kopf bewegte, rutschte das Handtuch zur Seite. Özlem legte es wieder zurecht.

Dann setzte Özlem sich neben Yvonne, die dankbar war, dass sie keine Fragen mehr stellte, dass sie mit der Stille umgehen konnte. Irgendwann, als Yvonne glaubte, Özlems Zeit genug strapaziert zu haben, sagte sie: »Vielleicht sollten Sie jetzt gehen.«

»Wirklich? Ich glaube, ich sollte lieber bleiben.«

»Sie sollten gehen«, sagte Yvonne. »Ich komme schon zurecht.«

»Und was machen wir mit der Eule?«, fragte Özlem halb im Scherz.

»Darum kümmere ich mich schon«, antwortete Yvonne, die nicht beabsichtigte, etwas gegen die Eule zu unternehmen.

Der nächste Tag war ein Freitag. Um zehn Uhr sollte sich Yvonne für den Ausflug zur Kleopatra-Insel am Hafen von Knidos einfinden. Sie erwachte in guter Stimmung, von einer Lüge befreit. Hatte sie Özlem das alles wirklich erzählt?

Sie duschte und wusch ihre Haare mit einem Mangoshampoo, das sie in einem der Badezimmerschränkchen gefunden hatte. Das Shampoo des Liebespaares, kam es ihr in den Sinn. Als sie ihren Körper einseifte, überlegte sie, ob ihre Schenkel und ihr Po vom täglichen Schwimmen wohl schon fester geworden waren. Sie zog ihren Badeanzug an. Das Futter im Schritt und über der Brust war noch immer etwas feucht. Dann stieg sie in ein luftiges, rosa Sommerkleid – ein Geschenk von Aurelia. Sie betrachtete sich im Spiegel: Ihre Augen – die dank Özlems Pflege nicht geschwollen waren – leuchteten, und das Kleid in Kombination mit der sonnengebräunten Haut ließ ihre Wangen rosig schimmern und die Lippen glänzen. Sie sah wie das blühende Leben aus.

An die Spüle gelehnt aß sie ein paar Cornflakes. Sie vermutete die Eule noch immer im Keller, wollte aber nicht nachsehen. Angesichts der Liebesschaukel in der zweiten Etage war es nur eine Frage der Zeit, überlegte sie, bis keines der Betten, Sitzgelegenheiten und Zimmer mehr für sie in Frage kam und ihr zum Wohnen nur noch das Dach blieb.

Sie ließ die Haustür wieder offen, für den Fall, dass die Eule hinausfliegen wollte, und schloss das Tor am Fuß der Treppe ab. So früh am Morgen war die Luft kühler. Die Fahrt nach Knidos verlief angenehm, und sie dachte an den Tag, der vor ihr lag. Deniz hatte gesagt, dass ein amerikanisches Paar auf dem Boot sein würde, und sie fragte sich flüchtig, was für Leute das sein mochten, bevor ihre Gedanken wieder zu Ahmet schweiften. Während sie fuhr, kramte sie in ihrer Handtasche. Ein paar türkische Münzen lagen lose darin herum – genügend, um dem Jungen eine oder zwei Muscheln abzukaufen, bevor sie auf den *Gulet* ging.

Kapitän Galip wartete am Hafen auf sie. Er hatte die Hände in den Taschen seiner weißen Shorts vergraben. »*Merhaba*«, sagte er und streckte eine schwielige Hand aus, um ihr in das Motorboot zu helfen, das sie zur *Deniz II* bringen sollte.

Kaum hatten sie abgelegt, fiel Yvonne ein, dass sie Ahmet nicht gesehen hatte. Sie drehte sich um, und da war er: ganz allein am Strand. Sie winkte, aber er winkte nicht zurück. Sogar vom Wasser aus, das sie trennte, glaubte sie die Umrisse seiner Stirn, seine Augen zu erkennen. Er sah sie an, als hätte sie ihn betrogen, weil sie auf das Boot gegangen war, weil sie den Tag nicht mit ihm verbrachte. Damit hatte Yvonne nicht gerechnet. *Nein!*, hätte sie am liebsten gerufen, zuerst an ihn gerichtet und dann an Kapitän Galip. Vielleicht konnte sie wieder nach Knidos zurück und die Kleopatra-Insel an einem anderen Tag besuchen. Sie schaute zum Kapitän hinüber. Aber seine Miene hinter der dunklen Sonnenbrille war undurchdringlich, und als sie wieder zum Strand zurückschaute, lief der Junge gerade zum anderen Hafen, dorthin, wo sie nicht war.

Das Motorboot legte längsseits an der *Deniz II* an, und Deniz höchstpersönlich stand am oberen Ende der Leiter des *Gulet*. »Herzlich willkommen. Ich freue mich sehr, dass Sie mitkommen.«

»Vielen Dank«, sagte Yvonne und kletterte über die Leiter auf das Boot.

»Kommen Sie«, sagte Deniz und führte sie zum Heck, wo ein Mann und eine Frau an einem runden Tisch saßen, der anscheinend gerade erst für das Frühstück gedeckt worden war.

»Hallo«, sagte der Mann und erhob sich.

»Guten Morgen«, sagte die Frau und blieb sitzen.

»Wie geht es Ihnen?«, fragte Yvonne, obwohl offensichtlich war, dass es ihnen gut ging. Sogar mehr als gut: Sie waren braungebrannt, und ihre Stühle standen wie Magneten dicht nebeneinander. Beide waren um die fünfzig, ein paar Jahre jünger als Yvonne.

»Ich bin Carol«, stellte die Frau sich vor.

»Jimson«, sagte der Mann.

»Jimson?«, fragte Yvonne.

Er buchstabierte ihr den Namen.

»Ich bin Yvonne.«

Deniz wandte immer demjenigen den Blick zu, der gerade sprach. *Natürlich*, dachte Yvonne: Deniz hatte bestimmt schon oft Fremde miteinander bekannt gemacht und herauszufinden versucht, ob alle gut miteinander auskamen.

»Bitte«, lächelte Deniz und bot Yvonne einen Platz am Tisch an, dem braungebrannten Paar gegenüber.

»Danke.« Von dort, wo sie saß, hatte Yvonne das Amphitheater im Blick. Sie stellte es sich vollbesetzt vor: hunderte von Menschen, die zuschauten, wie sie Ahmet im Stich ließ. Sie sagte sich, dass sie dem Jungen gegenüber keinerlei Verpflichtungen hatte.

»Deniz hat uns erzählt, dass Sie aus Vermont kommen«, begann Jimson. Er sprach Deniz' Namen anders aus als Yvonne, und sie überlegte flüchtig, welche Aussprache wohl die richtige war.

»Ja«, sagte sie. »Aus Burlington.«

»Wir kommen aus Riverdale, direkt im Norden von Manhattan«, verkündete er. Sein New Yorker Akzent war stärker ausgeprägt als Carols.

»Und Sie sind hier auf…«, begann Yvonne. Sie wollte *Hochzeitsreise* sagen. Angeblich war die Insel, die sie besuchen wollten, ein Hochzeitsgeschenk von Marcus Antonius an Kleopatra. Der Legende nach hatte man den weltberühmten weißen Sand der Insel von Tunesien per Schiff dorthin transportiert, um die Königin zu erfreuen.

»Wir sind aus demselben Grund hier wie alle anderen«, sagte Jimson und fügte hinzu: »Urlaub.«

Yvonne rief sich in Erinnerung, dass sie ebenfalls im Urlaub war.

»Meine Großeltern waren Türken, aber ich selbst war noch nie hier«, erzählte Carol.

Yvonne mochte die beiden. Ihr gefiel die offenkundige Entschlossenheit, gemeinsam den Urlaub zu genießen. Das kam selten genug vor. Üblicher waren Urlauber, die ihre Befriedigung daraus zogen, alles schlecht zu finden, die von ihrem Urlaubsland erwarteten, dass es sich den Strapazen der Anreise als würdig erwies.

Deniz, die die Unterhaltung mit einer Mischung aus Skepsis und Erwartungsfreude verfolgt hatte, war vermutlich zu dem Schluss gekommen, dass alle gut miteinander auskommen würden. Nachdem sie jeden gefragt hatte, was sie zu trinken bringen sollte – »Möchten Sie Kaffee oder Tee?« –, verschwand sie über die schmale Treppe in die Kombüse.

»Sind Sie mit einem Schiff in Datça oder …?« Yvonne war immer wieder überrascht, wie leicht ihr der Small Talk fiel. Das hatte sie sich in ihrer langjährigen Tätigkeit als Lehrerin angeeignet. Die vielen Eltern-Schüler-Konferenzen, die zahlreichen Gespräche mit anderen Lehrern am überhitzten, ständig defekten Fotokopierer.

»Wir wohnen ungefähr fünfzehn Kilometer von hier in einem kleinen Schlösschen«, berichtete Carol.

»Ach, dieses bezaubernde Anwesen mit den Sonnenschirmen und dem Pool?«, erkundigte sich Yvonne.

»Es ist nett«, erklärte Jimson. »Es hat einmal einem Australier gehört …«

»Nein, einem Österreicher«, korrigierte ihn Carol.

Jimson störte sich nicht an der Zurechtweisung. »Einem Österreicher, der letztes Jahr gestorben ist. Und jetzt versucht seine verwitwete Frau, die Ärmste, es weiterzuführen.«

Carol berührte Jimson sanft am Ellbogen, und ein Blick huschte über ihre Gesichter, als hätte jemand gerade eine Jalousie heruntergelassen oder hinaufgezogen.

Mein Ruf eilt mir voraus, dachte Yvonne. Sie stellte sich vor, wie Deniz ihre Passagiere vorbereitet hatte: *Eine nette Witwe aus Vermont. Eine wirklich reizende Witwe.*

Yvonne war das flüchtige Unbehagen, das Jimson und Carol gerade erlebten, gewohnt. Diese Reaktion kannte sie aus Zeiten, in denen Leute in ihrer Gegenwart abfällig von *Alkoholikern* oder *Drogensüchtigen* sprachen, bis ihnen aufging, dass beides auf Yvonnes Tochter zutraf. Wenn so etwas passierte, setzte Yvonne ihre einstudierte, ausdruckslose Miene – ihre Maske – auf und nickte, als wollte sie sagen: *Reden Sie ruhig weiter. Wenn Sie sich herauswinden möchten, bin ich Ihnen gern dabei behilflich, dann können wir unser Gespräch fortsetzen, als sei nichts geschehen, als hätten Sie mich nicht beleidigt und sich nicht in mein Leben eingemischt. Bitte, reden Sie nur weiter.*

»Und was machen Sie in New York?«, erkundigte sich Yvonne.

Erleichterung breitete sich über Carols Gesicht aus. Sie hatte eine schöne Haut ohne sichtbare Falten und eine zarte, spitze Nase. »Jimson arbeitet in der Stadt. Er ist im Juwelenhandel tätig.«

»Ich importiere Diamanten«, erklärte er.

»Nicht aus Konfliktgebieten«, fügte Carol hinzu. »Und ich bin Designerin.«

Der Stolz in ihrer Stimme legte die Vermutung nahe, dass sie neu in diesem Beruf war.

»Designerin von was?«

»Badebekleidung, Strandkleider, alles, was mit dem Strand zu tun hat.«

»Haben Sie die hier auch entworfen?«, fragte Yvonne und deutete auf ihre karamellfarbene Tunika.

»Ja, in der Tat! Woher wussten Sie das?«

»Ist das Design nicht großartig?«, rief Jimson, weniger als Frage, denn als Feststellung gemeint.

»Das stimmt«, lächelte Yvonne, und dann beantwortete sie Carols Frage. »Ich habe es mir denken können, weil sie genau zu Ihnen passt.«

Carol strahlte. Das ist es, dachte Yvonne, was sich jede Frau wünscht: dass ihr Lebensumfeld – ihre Kleidung, ihr Haus, ihr Auto – wie angegossen zu ihr passt, sie ergänzt.

»Und Sie?«, fragte Jimson.

»Ich bin Lehrerin«, sagte Yvonne.

»Das ist ja wunderbar«, rief Carol. Offensichtlich war sie dankbar, dass Yvonne überhaupt arbeitete. Wäre sie eine verwitwete Hausfrau gewesen, worüber hätte man sich dann unterhalten sollen?

»Schön. Freut mich für Sie«, meinte Jimson.

Yvonne war das gewohnt. Sie brauchte nur ihren Beruf zu erwähnen, und schon wurde sie dafür gelobt. Sie hätte

Basketball auf dem Einrad oder sonst etwas unterrichten können, solange sie nur Lehrerin war. Solange sie Mutter von Zwillingen und zugleich Lehrerin war, wurde sie beglückwünscht.

»Und wohin hat sie ihre Reise schon geführt?«, erkundigte sich Yvonne. Gespräche über den Lehrberuf langweilten sie. Das Unterrichten selbst langweilte sie nicht, ihre Schüler langweilten sie nicht, aber für vage Gespräche über schulische Erziehung konnte man sich die Luft sparen.

»Wir waren zwei Tage in Istanbul«, berichtete Jimson.

»Das ist unglaublich teuer!«, bemerkte Carol.

»Aber es hat uns sehr gut gefallen«, sagte Jimson und drückte etwas unter dem Tisch – etwa Carols Knie?

»Ich glaube, mir hat es noch besser gefallen«, lachte Carol. Ihre vollen, rot geschminkten Lippen wirkten aufreizend. Yvonne schaute auf ihre Serviette.

»Wir waren im Cemberlitas«, erzählte Carol und warf Yvonne einen Blick zu, als sei es selbstverständlich zu wissen, was das war.

Yvonne lächelte und schüttelte den Kopf.

»Das ist ein ziemlich bekannter Hamam.« Carol wiederholte noch einmal den Namen, als könnte sie auf diese Weise Yvonnes Gedächtnis auf die Sprünge helfen.

Yvonne schüttelte erneut den Kopf.

»Jedenfalls habe ich dort die beste Massage überhaupt bekommen«, freute sich Carol. »Die haben mich einmal so richtig von Kopf bis Fuß durchgewalkt.«

»Ihre Haut sieht wirklich blendend aus«, sagte Yvonne. Das stimmte – ihr war sofort aufgefallen, dass die Haut auf Carols Armen glatt war und glänzte wie ein neuer Pokal. »Ich weiß nicht, wie Ihre Haut sonst aussieht, aber ich finde, dass sie richtiggehend schimmert.«

»Genau das hat Jimson auch gesagt!«, rief Carol. »Danke.«

»Sie hatte wenigstens ihren Spaß«, meinte Jimson. »Bei mir war es ein alter Mann, der nach Alkohol gestunken hat. Als hätte er darin gebadet.«

»Das war bestimmt Raki«, sagte Yvonne. Diesen Schnaps hatten Peter und sie damals vor all den Jahren in der Türkei getrunken.

»Wie bitte?«

»Raki. Der türkische Schnaps. Schmeckt nach Lakritze.«

Jimson zeigte mit dem Finger auf Yvonne, als hätte sie damit den Nagel auf den Kopf getroffen. Er zeigte anscheinend gern mit dem Finger auf andere Leute.

»Die Frau, die sich um mich gekümmert hat, hätte dagegen nicht reizender und aufmerksamer sein können«, erzählte Carol.

»Ach was! Sie wollte dir mit ihrer rührseligen Geschichte nur das Geld aus der Tasche ziehen.«

»Das ist wahr«, gab Carol zu. »Alle in ihrer Familie sind gestorben. Ihre Mutter ist tot, ihre Schwestern sind tot, ihr Mann ist gestorben …«

Wieder huschte ein Schatten über Jimsons und Carols Gesicht. Zum Glück wurde ihr Gespräch von einem der Bootsleute – dem jüngeren – unterbrochen, der einen intensiven aber nicht unangenehmen Körpergeruch verströmte. Auch an diesem Tag trug er eine weiße Uniform – weiße Leinenbermudas mit Hemd, ohne Unterhemd. Er stellte Kaffee und einige kleine, weiße Schälchen auf den Tisch. Yvonne ließ den Blick über das Angebot schweifen: cremiger, weißer Joghurt, Brot, Honig, Oliven, Eier und dicke Scheiben weißer Feta.

»Das sieht ja lecker aus!«, freute sich Jimson.

»Ja, wirklich«, sagte Yvonne. Wäre sie allein gewesen, hätte sie alles schnell aufgegessen, aber nun bot jeder aus übertriebener Höflichkeit jedem genau die Speisen an, die er selbst am liebsten aß. »Käse?«, fragte Yvonne und hielt ihn zuerst Carol und Jimson hin, bevor sie sich selbst drei dicke Scheiben nahm.

»Für diesen Honig könnte ich sterben«, seufzte Carol und bot Jimson einen Löffel voll zum Probieren an.

Von unten ertönte ein lautes, rasselndes Geräusch. Yvonne zuckte zusammen. In letzter Zeit erschrak sie bei jedem plötzlichen Geräusch.

»Der Anker wird gelichtet«, verkündete Jimson.

»Wir haben abgelegt!«, sagte Carol.

»Würden Sie ein Foto von uns schießen, Yvonne?«, bat Jimson.

»Aber gern«, antwortete Yvonne, deren Puls sich noch immer nicht beruhigt hatte.

Jimson zog einen kleinen Fotoapparat aus der Hosentasche, stellte ihn ein und reichte ihn über den Tisch. Der Apparat war noch körperwarm. Carol setzte Jimson die Baseballkappe ab und wischte einen Krümel von ihren vollen Lippen. Sie lehnten sich aneinander und lächelten.

»Hübsch«, sagte Yvonne.

»Bitte noch eines«, bat Carol.

Durch das Objektiv sah Yvonne, wie Knidos allmählich

im Hintergrund verschwand. Jimsons und Carols betont freundliche Gesichter füllten das Bild.

»Sie sehen aus, als seien Sie in den Flitterwochen«, lächelte Yvonne.

»Das waren wir vor einundzwanzig Jahren«, antwortete Carol.

Jimson nickte. »Letztes Jahr haben wir in B.A. unser Zwanzigjähriges gefeiert.«

»B.A. heißt Buenos Aires«, erläuterte Carol.

»Schauen Sie nur! Die vielen Flaggen«, rief Yvonne. Als sie die Landzunge von Knidos am Ende der Halbinsel Datça umrundeten, flatterten überall türkische Flaggen, ein Dutzend Mondsicheln.

Deniz schenkte Kaffee nach. »Alles ist gut? Schmeckt Ihnen?«, fragte sie.

»Köstlich«, sagte Yvonne, und Deniz lächelte das Lächeln einer Frau, die die Antwort zwar längst kannte, sich aber trotzdem darüber freute.

»Warum gibt es hier so viele Flaggen, Deniz?«, erkundigte sich Carol.

Deniz hob den Kopf. »Wir sind ganz nah an Griechenland«, erklärte sie.

»Ach so«, sagte Yvonne. »Jeder will sein Gebiet markieren.«

Yvonne hoffte, Deniz würde sich zu ihnen setzen und sich ein wenig mit ihnen unterhalten, aber sie wandte sich wieder zur Treppe und verschwand unter Deck.

Weitere Geschichten von Jimsons und Carols Aufenthalt in Istanbul wurden zum Besten gegeben – der Taxifahrer, der die Blaue Moschee nicht finden konnte, die gnadenlose Hitze, die Brücke über den Bosporus, die nachts in wechselnden Farben erstrahlte, die exorbitanten Preise für den Internetzugang in dem Schweizer Hotel. Während einer Gesprächspause ließ sich Yvonne auf der großen Sitzlandschaft direkt hinter dem Tisch nieder. Sie stopfte sich die großen roten, orangefarbenen und gelben Chenillekissen hinter den Rücken, schlug ihr Buch auf und gab vor zu lesen; stattdessen belauschte sie Jimsons und Carols Unterhaltung.

»Glaubst du, dass Tessa sich über einen türkischen Teller freuen würde?« … »Meinst du, sie würden sich so etwas ins Zimmer hängen? Die Poster, die sie an den Wänden haben, sind jedenfalls nicht gerahmt.« … »Soviel ich weiß, hat sie dieses Jahr endlich einen Kühlschrank im Zimmer aber keine richtige Küche.«

Yvonne dachte daran, wie nichtssagende Gespräche zwischen Pärchen Tage, Jahre, ja sogar ein ganzes Eheleben ausfüllen konnten. Manchmal waren es gerade diese nichtssagenden Gespräche, die ihr am meisten fehlten. Sie beugte sich über das Heck des Bootes und betrachtete die Muster, die das Kielwasser aufwirbelte. Einen flüchtigen Augenblick lang dachte Yvonne daran, dass es nicht ausgeschlossen war, eines Tages vielleicht jemanden kennenzulernen und noch einmal zu heiraten. Dann atmete sie scharf aus und blies den Gedanken wie eine Kerzenflamme aus.

Schon von Weitem konnte Yvonne den berühmten Strand erkennen, so weiß wie der Mond. Sie näherten sich der

Küste und legten zwischen zwei Booten von etwa der gleichen Größe wie ihr *Gulet* an. Yvonne spürte, wie der Anker fiel; einen Augenblick später hörte sie ein Platschen. Der jüngere der beiden Bootsmänner war ins Wasser gesprungen und schwamm mit hoch erhobenem Kinn und einer Festmacherleine zwischen den Zähnen ans Ufer. Deniz und Kapitän Galip riefen ihm Anweisungen zu, bis er nach drei Fehlversuchen die Leine schließlich erfolgreich an einem Felsblock befestigt hatte, der am Ufer aus dem Sand ragte.

»Ich ziehe mir schon mal die Badehose an«, sagte Jimson zu Carol und stieg die Treppe hinunter. »Und du?«

»Ich bin schon fertig«, verkündete Carol. Sie lüpfte den Halsausschnitt ihrer Tunika, um den Blick auf ihren Bikini freizugeben, den sie darunter trug.

Im Hafen drängten sich die Ausflugsboote. Auf der Jacht rechts neben der *Deniz II* flatterten Flaggen verschiedener Nationen, vermutlich zum Zeichen der Freundschaft mit allen auf See. Yvonne hörte ein Platschen neben dem *Gulet*, der links von ihnen ankerte. Zwei Männer waren per Arschbombe ins Wasser gesprungen und unterhielten sich nun lauthals auf Englisch. Yvonne versuchte, ihren Akzent einzuordnen – Südafrikaner? Australier? Die Flagge auf dem Boot half ihr nicht weiter. Es war eine türkische Flagge, also ein Charterboot.

»Hallo«, riefen sie. Carol und Yvonne brauchten einen Augenblick, bis sie merkten, dass der Gruß ihnen galt.

Carol winkte.

»Das Wasser ist wunderbar«, rief ein Mann mit blauer Badehose. »Kommen Sie doch auch.« Waren es Engländer? Holländer?

»Vielleicht später«, sagte Carol. »Wir sind gerade erst angekommen.«

»Wollen Sie auf die Insel?«

Neuseeländer, entschied Yvonne, die den Akzent schließlich erkannte.

»Das haben wir jedenfalls vor«, meinte Carol. »Deshalb sind wir hier.«

»Vielleicht kommen die Damen ja später auf einen Cocktail herüber?«, schlug der andere Mann vor, der sich auf einem Reifenschlauch treiben ließ.

»Genau, ihr braucht nur das Passwort zu sagen«, rief die blaue Badehose.

»Und wie heißt das Passwort?«, fragte Carol.

»Sex«, raunte Yvonne.

Carol lachte.

»Rotwein«, sagte der Mann im Reifenschlauch.

»Ich dachte, Sie hätten uns zum Cocktail eingeladen«, rief Yvonne.

»Ah, die Frau in Rosa spricht«, bemerkte der Mann mit der Badehose.

»Sie haben recht«, bestätigte der andere. »*Cocktails* heißt das Passwort.«

Jimson tauchte an Deck auf. Als die Männer ihn sahen, brachen sie ihr Gespräch mit den Frauen ab und setzten ihre Unterhaltung noch lautstärker fort.

»Bitte«, sagte Deniz. »Sind Sie bereit?«

Jimson, Carol und Yvonne sahen einander an und nickten.

Kapitän Galip ließ das Motorboot zu Wasser und brachte die drei zur Anlegestelle. Er klopfte auf seine

Armbanduhr, um zu verdeutlichen, dass er sie um fünf Uhr wieder abholen würde. Sie hatten also drei Stunden Zeit, die Insel zu erkunden. Von der Anlegestelle aus sah Yvonne, dass der weiße Sandstrand wie ein Ausstellungsstück in einem Museum an allen Seiten mit Seilen abgesperrt war.

Im Gänsemarsch liefen sie über den langen, schmalen Steg, und als sie die Insel betraten, folgten sie einem viel begangenen, unbefestigten Pfad.

»Ich habe unterwegs ein paar Schlangen gesehen«, berichtete ein älterer Engländer, der Yvonne auf seinem Weg zurück zum Anlegeplatz entgegenkam. »Nur damit Sie Bescheid wissen und aufpassen.«

»Danke«, sagte Yvonne, obwohl sie nicht genau wusste, was sie mit dieser Information anfangen sollte. Nun würde sie den ganzen Tag lang auf ihre Füße starren.

»Sollen wir zuerst die Insel erkunden, bevor wir irgendwo einkehren?«, schlug Carol vor. »Es soll hier ein antikes Amphitheater geben. Das wäre doch was für Sie, Yvonne.«

Yvonne lächelte, was Carol und Jimson als Zustimmung deuteten.

Das Problem am Beruf des Geschichtslehrers war, dass einem die Leute stets automatisch ein unstillbares Interesse an der Vergangenheit unterstellten. Jedes Geburtstagsgeschenk war irgendeine Antiquität.

Sie folgten dem Weg zu einem Hinweisschild, auf dem AMPHITHEATER stand. Der staubige Pfad war mit Löchern übersät, die Tiere gegraben hatten.

»Passen Sie auf, wo Sie hintreten«, mahnte Yvonne. Sie

hatte sich in den Kopf gesetzt, vor Jimson und Carol herzulaufen. Sie kam sich allmählich vor wie deren Tochter, wie ein Einzelkind im Urlaub mit den Eltern, und wollte nun klarstellen, dass es nicht nötig war, auf sie aufzupassen. Sie hatte ihren Mann verloren, aber deshalb war sie noch lange keine typische Witwe – nicht die Art von Witwe, die sich die meisten Leute vorstellten. Sie war nicht gebrechlich und auch kein leichtes Opfer für Betrüger; sie war nicht zart besaitet und auch nicht von anderen abhängig. Sie lief schneller, als wollte sie den an ihr klebenden Erwartungen entfliehen.

»He, nicht so schnell«, rief Carol. »Warten Sie auf uns!«

Das Amphitheater sah aus wie jedes andere Amphitheater. Sie blieben einen Augenblick davor stehen, und Jimson bat Yvonne, ein Foto von ihnen zu schießen. »Bitte lächeln«, rief sie, was überflüssig war, denn die beiden lächelten ohnehin ständig. Sie legten ihre Wangen aneinander und schauten in die Kamera – genau die gleiche Pose wie all die anderen Male, die sie ihr an diesem Tag bereits die Kamera in die Hand gedrückt hatten. Yvonne stellte sich vor, wie ihre Fotoalben aussehen mussten: seitenweise Fotos der beiden, immer Wange an Wange vor ständig wechselnden Hintergründen. Sie verstanden es offenbar zu leben. Aber auch Yvonne hatte es zeitweise verstanden zu leben, oder nicht?

Sie liefen weiter. Die Insel war winzig. Inzwischen hatten sie fast schon die andere Seite erreicht und sahen das blaue Meer vor sich.

»Seht mal, das Tor dort oben«, rief Carol und deutete

auf einen steinernen Torbogen, dem einzigen Überrest eines nicht mehr existenten Hauses.

»Das Tor zum Nirgendwo«, sagte Yvonne.

»Jetzt mache ich ein Foto von Ihnen«, schlug Jimson vor.

»Ich habe meine Kamera auf dem Boot liegen lassen«, sagte Yvonne. »Ich habe es erst gemerkt, als wir schon am Strand waren, aber das ist nicht so wichtig.«

»Dann fotografiere ich Sie mit meiner Kamera, und wir schicken Ihnen das Foto.«

»Also gut«, sagte Yvonne. Seit Peters Tod gab es kaum noch Fotos von ihr. Er war immer derjenige gewesen, der daran dachte, die Kamera mitzunehmen.

Sie stieg den kleinen Hang zum Torbogen hinauf, trat auf die Schwelle und schrie auf.

Auf der anderen Seite des Torbogens, direkt unter ihren Füßen, fiel eine Klippe mindestens dreißig Meter senkrecht zum blauen Meer ab. Wäre sie nur einen Schritt weiter gegangen oder hätte sie sich auch nur vorgebeugt, wäre sie in den Tod gestürzt.

»Was ist los?«, rief Carol.

»Was ist passiert?«, rief Jimson.

Yvonne, die nun schwer atmend etwas unterhalb des Torbogens stand, rührte sich nicht.

»Nicht«, sagte sie zu Jimson. Er und Carol waren jetzt rechts und links neben sie getreten. Beide legten fürsorglich eine Hand auf ihre Schulter. »Sie können einen Blick hinunterwerfen, aber gehen Sie nicht weiter«, sagte sie.

Jimson ließ sie los und näherte sich dem Torbogen. »Unglaublich!«, rief er, nachdem er einen Blick hindurchgeworfen hatte. »Das darf doch nicht wahr sein!«

»Was ist los?«, fragte Carol.

»Da geht es senkrecht hinunter. Kein Warnschild, keine Absperrung. Nichts.«

»Wir sollten das melden«, meinte Carol.

»Und wem bitte?«, fragte Jimson.

»Weiß nicht. Aber irgendjemand auf der Insel muss doch dafür verantwortlich sein.«

»Wir könnten ein Warnschild aufstellen«, sagte Yvonne. Carol und Jimson nickten, aber niemand hatte Papier und Stift bei sich.

»Dann blockieren wir den Weg einfach mit Steinen«, schlug Jimson vor.

Das hielten alle für eine gute Idee, aber schon nach fünf Minuten erkannten sie die Sinnlosigkeit ihres Vorhabens. Die Steine würden niemanden daran hindern, zum Torbogen hinaufzusteigen. Um das zu erreichen, hätten sie schon eine Mauer aufschichten müssen.

»Vielleicht sollten wir es jemandem melden«, schlug Jimson vor, der vergessen hatte oder sich nicht mehr daran erinnern wollte, dass Carol wenige Minuten zuvor bereits den gleichen Vorschlag gemacht hatte.

Sie traten den Rückweg an. Die Zikaden zirpten so laut, als wären auch sie außer sich, als fühlten auch sie sich von der glühenden Hitze, von den Löchern im Boden, von den Schlangen bedroht.

Oberhalb des Strandes waren neben einem kleinen Getränkekiosk ein paar Dutzend Holzliegestühle und hier und dort ein Sonnenschirm aufgestellt. Männer in Badehosen sprachen laut in ihre Handys. Braungebrannte Frauen zupften an den Trägern ihrer Bikinioberteile oder an ihren dünnen Taillenkettchen, schlossen die Augen und ließen sich in der Sonne braten.

Yvonne zählte die Paare. Acht Paare, dann neun. Mit den Pärchen am Kiosk waren es mehr als ein Dutzend. Was dieser Anblick bei ihr auslöste, war vermutlich mit den Gefühlen vergleichbar, so überlegte sie, die eine unfreiwillig kinderlose Frau empfand, wenn sie an einem Spielplatz vorbeikam.

Sie setzte sich neben Carol und Jimson in einen Liegestuhl, schlug ihr Buch auf und suchte die Stelle, bis zu der sie gekommen war. Als sie vom sexuellen Erwachen der jungen Frau las, spürte sie, wie ihr Körper zwischen den Beinen und unter den Achseln feucht wurde. Die Hitze in Kombination mit den Entdeckungen in Herrn Çeliks Haus und nun auch noch die Paare auf der Insel erinnerten sie daran, wie lange es her war, dass sie zuletzt an Sex gedacht hatte. Ganz bestimmt nicht als sie sich mit dem Exbürgermeister – dem Mann mit dem Wort des Tages – getroffen hatte. Seit Peter nicht mehr.

Sie setzte ihre Sonnenbrille ab, diese lächerlich große, rot-violette, viel zu teure Sonnenbrille, die sie am Amsterdamer Flughafen im Duty-free-Shop gekauft hatte, und schloss die Augen. Sie spürte Schweißperlen zwischen ihren Wimpern, als sie sich zu erinnern versuchte, wie es damals mit Peter war. Ihr Liebesleben war von Anfang an harmonisch und unproblematisch verlaufen. In den Jahren der Entfremdung hatte es eine Pause gegeben, und als ihr Intimleben dann wieder intensiver wurde, waren ihre Körper gealtert. Die Rückseiten von Yvonnes Schenkel waren erschlafft, und Peters Bauch war zuerst groß und fest geworden und schließlich eingefallen und weich. Beide hatten diese Bereiche rücksichtsvoll und instinktiv ausgespart, wenn sie einander berührten.

In den Monaten nach Peters Tod war es ihr unmöglich gewesen, sich Sex klar vorzustellen, sich sechsundzwanzig Jahre Intimleben wieder ins Gedächtnis zu rufen. Und nun, als sie sich mit geschlossenen Augen auf die Ellbogen stützte und in der Sonne schwitzte, konnte sie sich nur an ein Bein erinnern, das quer über dem ihren lag und an einen feuchten Mund, der heißen Atem in ihr Ohr blies.

Sie sagte Jimson und Carol Bescheid, dass sie schwimmen gehen wollte, und hoffte, dass sie ihr nicht anbieten würden, mitzukommen, was sie auch nicht taten. Sie stieg die Holztreppe hinunter, die zum Wasser führte; zu ihrer Rechten lag der weiße Sandstrand, unzugänglich und doch so verlockend.

Das Meer war klar, und sie schwamm mit offenen Augen. Als sie sich umwandte, war sie weit draußen hinter den Bojen. Sie lachte über das Wasser, das sie um sich herum aufspritzen hörte, Wasser, das sie mit ihren eigenen Händen aufwühlte. Sie strampelte noch heftiger mit den Füßen und schlug auf das Wasser ein. Sie beobachtete die Kräuselwellen, die sich um sie herum ausbreiteten. Von Weitem konnte sie ihr Boot, die *Deniz II*, sehen. *Wie schön es ist*, dachte sie. Glück und Dankbarkeit durchströmten sie. Das kühle Wasser gab ihr die Gewissheit, dass sie lebte, dass sie die Kraft hatte, sich fortzubewegen, zu schwimmen, während sich unter ihr der unbekannte Meeresgrund ausdehnte.

Sie schwamm zum Strand zurück, und als sie wieder stehen konnte, spürte sie den feinen Sand unter ihren Füßen. Sie brauchte nicht lange zu suchen, bis sie eine Muschel fand, die Ahmet vermutlich gefallen würde. Die Muschel war an einem Ende zu einer engen Spirale gedreht und öffnete sich am anderen Ende wie eine Trompete. Bevor Yvonne aus dem Wasser stieg, füllte sie die Muschel randvoll mit weißem Sand. Sie benutzte die Dusche am oberen Ende der Treppe und legte sich dann wieder neben Carol und Jimson auf den Liegestuhl. Sie beobachtete Männer in knappen Badehosen, die ihre Begleiterinnen liebkosend und tätschelnd mit Sonnencreme einschmierten.

Um fünf Uhr kehrten sie zum Boot zurück. Inzwischen war das Meer unruhiger geworden. Yvonne setzte sich ans Heck und stellte fest, dass das Boot nicht wie eine Wiege von einer Seite zur anderen schaukelte, sondern vielmehr an den Zeiger einer flach im Wasser liegenden Uhr erinnerte, der von drei Uhr, auf sechs, neun und schließlich auf zwölf Uhr springt, um anschließend wieder von vorn zu beginnen

Um halb sechs tauchte Deniz aus dem Bauch des Bootes auf und blinzelte in den Himmel, der sich verdunkelt hatte. Sie rief Kapitän Galip, der heraufkam und ebenfalls in den Himmel schaute. Die Worte, die sie wechselten, klangen nicht gerade fröhlich. Deniz wandte sich an ihre Gäste, lächelte freundlich und bot ihnen Cocktails an. Jimson und Carol bestellten Gin Tonic und Yvonne einen Eistee.

»Kommen Sie.« Deniz zeigte zum Tisch, der schon gedeckt war. »Kommen Sie, wir fangen jetzt mit dem Essen an und fahren dann nach Knidos. Das Meer wird unruhig.«

»Sieht wirklich so aus, als würden wir schlechtes Wetter bekommen«, sagte Jimson zu Carol.

Sie nahmen auf denselben Stühlen Platz, auf denen sie schon beim Mittagessen gesessen hatten, und die Bootsleute servierten ihnen die Drinks. Carol nahm einen großen Schluck Gin Tonic mit einem dünnen Strohhalm.

Sie aßen schnell, und kaum war Deniz hinter den Bootsleuten unter Deck verschwunden, um das Geschirr zu spülen, begann es auch schon zu regnen. Das Geräusch der Regentropfen, die auf die Persenning über dem Esstisch prasselten, hörte sich an wie Schrotkugeln, die aus den Wolken fielen.

»Irgendetwas stößt ständig an mein Bein«, sagte Carol.

»Das sind kleine Gewichte«, erklärte Yvonne. Sie waren ihr vorhin schon aufgefallen: Fische, Krabben und Ankerornamente aus Keramik, die an den Enden der Tischdecke befestigt waren, um zu verhindern, dass der Wind sein Spiel mit ihr trieb.

Wie auf ein Kommando legte der Wind plötzlich zu. Jimson, Carol und Yvonne zogen sich Pullover über.

»Kapitän sagt, Sie möchten bitte herunterkommen«, verkündete Deniz, die den Kopf aus dem Niedergang steckte. Sie sah besorgt aus.

Sie kletterten hinunter, und Deniz führte sie in eine Kajüte. »Es tut mir leid«, sagte sie. »Es gibt keinen anderen Platz. Es ist besser hier.«

»Schon in Ordnung«, sagten Jimson und Carol gleichzeitig.

In der Kajüte gab es zwei schmale Kojen. Jimson und Carol setzten sich auf die eine, Yvonne auf die andere. Hier unten war das Rollen des Bootes deutlicher zu spüren. Yvonne stützte sich mit einer Hand an der Wand ab.

»Freuen Sie sich darauf, nächste Woche Ihre Kinder zu sehen?«, fragte Carol. Yvonne überlegte kurz, woher sie von ihrem geplanten Törn wussten – war ihr Ruf ihr schon wieder vorausgeeilt? – bis ihr einfiel, dass sie ein paar Stunden zuvor selbst davon gesprochen hatte.

»Nicht, wenn das Wetter so ist wie jetzt«, antwortete sie.

Jimson lachte. »War das schön, als wir letztes Jahr unsere Tochter in Japan besucht haben. Sie hat dort studiert. Ein Auslandssemester.«

Yvonne empfand etwas, das sie nicht unmittelbar zuordnen konnte. *Neid.* Jimson und Carol hatten eine Tochter, auf die sie ganz offenkundig stolz waren – eine Tochter, die sie nicht in Reha-Einrichtungen mit Namen wie *New Beginnings* oder *Crossroads* besuchten, sondern in einem fremden Land, wo sie ganz allein zurechtkam. *War das schön, als wir unsere Tochter besucht haben.* Worte, so süß, so unfassbar. Yvonne hörte sich seufzen. Wenn ein Kind nicht stark, nicht glücklich war, bedeutete das am Ende, dass die Ehe nicht stark oder nicht glücklich war? Bewiesen die Kämpfe, die ein Kind mit sich austrug, das Scheitern der Ehe? War es überhaupt möglich, diese beiden Dinge getrennt voneinander zu betrachten?

Aus einer anderen Ecke des Bootes drang der Lärm auf- und zuschlagender Türen, gefolgt von Deniz' Stimme, die die Bootsleute anschrie. Gleich darauf schlossen sich Fenster und Türen mit einem saugenden Geräusch, als würden die drei Gäste in einen luftdichten Laderaum eingeschlossen.

»Ich freue mich darauf, meine Kinder zu sehen«, sagte Yvonne schließlich. Während sie sprach, sehnte sie sich danach, Matthew und Aurelia wieder so an sich zu drücken wie damals, als sie noch klein waren. Damals wurden an Sonntagvormittagen oft Marathons, Wohltätigkeitsläufe oder Volksläufe veranstaltet, die immer an ihrem Haus vorbeiführten. Yvonne, Peter und die Zwillinge drehten dann die Couch zum Fenster, kuschelten sich aneinander, aßen Müsli, zählten blaue Mützen, rote Schuhe und durchsichtige Netzhemden, waren glücklich, zusammen zu sein und faul herumzuliegen, während die Läufer und Walker sich direkt hinter der Auffahrt verausgabten.

»Wahrscheinlich ist Ihr Verhältnis jetzt viel enger als vorher«, sagte Carol. »Wir haben eine Freundin, deren Mann sich umgebracht hat, und jetzt sind die Frau und die Kinder so …« Sie bemühte sich, drei Finger ineinander zu verhaken.

»Carol!«, sagte Jimson.

»Kein Problem«, sagte Yvonne.

Sie spürte Jimsons und Carols Blicke. »Es war kein Suizid«, sagte Yvonne, »sondern ein Autounfall. Eine Frau ist bei Rot über die Ampel und hat ihn erfasst.«

»Ach du meine Güte!«, stöhnte Carol. »Waren Sie etwa auch im Auto?«

»Nein«, sagte Yvonne. »Ich war in der Videothek. Aurelia war gerade auf Besuch aus Indien da und …« Es hätte viel zu erzählen gegeben. Aurelia war nach sechs Monaten in Indien wieder heimgekommen, überzeugt davon, Heilkräfte zu besitzen. Sie war in einem gelben Seidenfummel aus dem Flugzeug gestiegen (der sie, wie sie behauptete, davor schützte, negative Energien anderer Menschen aufzunehmen) und hatte gesagt, sie wolle alles wiedergutmachen.

Die Schaukelei des Bootes wirkte sich auf Yvonnes Gemüt aus. Viel zu früh erzählte sie Carol und Jimson, wie Peter ums Leben gekommen war. Sie erzählte ihnen viel zu viel. Aber sie war unfähig, sich zu bremsen.

Sie erzählte ihnen, wie alles mit Aurelias Besuch angefangen hatte. Ihre Tochter war eine Weile aus ihrem Leben verschwunden, aber dann war sie aus Indien zurückgekehrt und eine Woche lang nach Hause gekommen. Sie wollte sich entschuldigen und die Woche dazu nutzen, die Beziehung zu ihren Eltern zu kitten. »Ich weiß, dass wir zu einem besseren Ort zurückfinden können«, so hatte sie es am Telefon ausgedrückt. *Was für eine seltsame Formulierung,* hatte Yvonne gedacht. Aus Angst, Chaos heraufzubeschwören, sträubten sich Yvonne und Peter, ihr alles zu vergeben. »Bitte«, bettelte Aurelia. »Ich bin jetzt anders.« Aber Peter und Yvonne hatten im Laufe der Jahre gelernt, Misstrauen an den Tag zu legen. Sie hatten Angst, sie könnte sie abermals enttäuschen oder in Verzweiflung stürzen.

Aurelia tauchte an einem Sonntagmorgen im Frühling auf, und schon am gleichen Abend suchten Peter und Yvonne nach Möglichkeiten, sich so wenig wie möglich auf tiefschürfende Gespräche einzulassen. Sie wollten nicht so viel reden, fürchteten sich davor, ihr vielleicht etwas zu versprechen, ihr vielleicht alles zu vergeben, wenn sie nicht aufpassten. Es war Peters Idee, Filme auszuleihen – »Zehn Stück, zwei für jeden Abend, den sie hier ist.«

»Meinst du nicht, dass sie uns vorwerfen wird, ernsthaften Gesprächen aus dem Weg zu gehen?«, gab Yvonne zu bedenken.

»Solche Gespräche hatten wir bereits so viele, dass sie für ein ganzes Leben reichen«, sagte Peter. Ihren Namen sprach er nie aus, als ob allein schon der Name ihm Kummer bereitete. Es hieß immer nur *sie* oder *ihr*. So erkundigte Peter sich etwa, was *sie am Telefon* gewollt habe. Oder er erzählte von einem Gespräch mit *einer ihrer ehemaligen Freundinnen*. Sie wussten immer, wer gemeint war.

Aurelia war also an jenem Abend zu Hause geblieben. Peter hatte Yvonne an der Videothek abgesetzt und war weitergefahren, um fürs Abendessen einzukaufen. Er wollte Yvonne wenig später wieder abholen.

Yvonne hatte zehn Videos ausgewählt und eilte nun hinaus, um nach Peter zu sehen. Als sie über die Schwelle trat, ertönte ein schrilles Klingeln. Dann hupte ein Auto. Sie sah ein großes, weißes Auto auf der Kreuzung, das auf die Fahrerseite von Peters blauem Honda zuhielt. Es war zu nahe, zu schnell. Sie hörte das Kreischen durchdrehender Räder und dann einen hohlen, dumpfen Aufprall.

Yvonne rannte zur Beifahrertür des Hondas, riss sie auf und sah Peters Körper, verrenkt wie eine Gliederpuppe. Sie berührte seine Stirn, warm vom Blut, dann sein Handgelenk, gebrochen und kalt. Sie glaubte zu sehen, wie sein Mund sich bewegte, aber es war nur das Blut, das ihm langsam vom Kinn tropfte. Sie wischte es mit dem Handrücken fort.

»Ich bin es, ich bin es«, flüsterte sie. »Peter. Sag etwas.«

Sie wiederholte seinen Namen, während sie ihn behutsam an der Schulter schüttelte. Das einzig Logische war, dass er sich jetzt aufsetzen und sagen würde: »Nun sieh dir diese Bescherung an!« Aber er setzte sich nicht auf. Er sagte nichts. Sie musste ihn zum Sprechen bringen. Sie strich über seine Wange, um seine Muskeln zum Sprechen zu animieren. Blut lief aus seinem Mund und über ihre Finger. »Peter!« Inzwischen hatten sich ein Dutzend Leute versammelt. Sie spürte, wie jemand sie wegzuziehen versuchte. »Peter!« Sie wollte, dass er zu sprechen anfing, dass sie wieder zu zweit wären. Und nicht sie allein mit diesen Leuten. Wenn er nur sprechen würde, könnten sie darüber reden, wie beängstigend dieser Unfall war, wie sehr er sich erschrocken hatte, und dass Yvonne alles von der Videothek aus mit angesehen hatte. »Ich habe das Auto auf dich zurasen sehen!«, würde sie sagen. »Ja, wirklich?«, würde Peter antworten und die Augen dabei so aufreißen wie er es immer tat, wenn er seinem maßlosen Erstaunen angesichts der Unwägbarkeiten des Lebens Ausdruck verlieh. »Mein Gott, was für ein Albtraum«, würde er sagen. Aber sein Mund bewegte sich nicht.

Jemand zerrte sie weg. Sie riss sich los.

»Sind Sie verletzt?«, fragte ein Mann.

»Wir haben den Notarzt verständigt«, sagte eine Frau.

Das Fenster auf der Beifahrerseite war nicht mehr da.

»Ist er verletzt?«, fragte eine andere Stimme.

»Ich war nicht im Auto«, sagte Yvonne. Es war die einzige Antwort, die ihr im Augenblick einfiel. Sie drehte sich wieder zu Peter um. »Sag was!« Sie ertappte sich dabei, dass sie ihn am Ohr zupfte. Das hatte sie gelegentlich getan, wenn er nach einem Nachmittagsschläfchen nicht aufwachen wollte. »Steh auf, steh auf!« Inzwischen schrie sie.

Nun kam eine Frau, *die Frau*, die Fahrerin des anderen Autos, auf sie zu. Gelbe Gesichtsfarbe, graue Jeans. Sie stand mit ausgebreiteten Händen vor Peters Auto, als wollte er sie über den Haufen fahren. Glasscherben in einer Hand; Blut auf ihrer Stirn. Nicht einmal so viel, dass die Wunde hätte genäht werden müssen.

Yvonne trat vom Auto zurück, behielt aber die Hand am Griff der Beifahrertür. Wenn sie loslassen würde, so schien es ihr, könnte das Auto samt Peter verschwinden. »Was haben Sie getan?«, schrie sie.

»Ich habe die Ampel nicht gesehen. Ich habe die Ampel nicht gesehen.«

Schwer atmend starrte Yvonne sie an. Sie bemerkte etwas in den Augen der Frau, in ihrer Stimme. Sie war high. *Ja natürlich*, dachte Yvonne. Wie oft war sie dafür dankbar gewesen, dass man Aurelia wenigstens nie betrunken am Steuer erwischt und sie auch nie jemanden mit ihrem Auto angefahren hatte. Und nun das.

»Es tut mir leid«, sagte die Frau. »Ich muss gehen.«

Yvonne hörte, wie etwas sich in ihre Stimme drängte – eine Mischung aus Lachen und Knurren. Wäre im gleichen Augenblick nicht die Sirene des Notarztwagens näher gekommen und hätte das Hämmern des Herzens in ihren Ohren übertönt, hätte sie sich vermutlich auf die Frau mit der gelben Haut und den engen Jeans gestürzt. Ihr Auto war ein weißes Ungetüm, ein Monster. Auf der Straße lag das zerbeulte Nummernschild.

Statt die Frau anzugreifen, ging Yvonne zum Nummernschild, hob es auf und klemmte es unter ihren Arm. Es war noch warm vom Zusammenstoß.

»Das können Sie nicht nehmen«, sagte die Frau.

»Und ob ich kann«, zischte Yvonne. Sie war davon überzeugt, dass sie sich nur genügend anstrengen, nur konzentriert genug auf das Nummernschild starren musste, damit die Buchstaben und Zahlen ein Wort bilden, eine Antwort, eine Bedeutung liefern würden.

Die Notärzte versuchten Peter wiederzubeleben; dann legten sie ihn auf die Krankentrage. Im Rettungswagen hielt Yvonne das Nummernschild in der einen Hand und Peters Hand in der anderen. Seine Finger fühlten sich an, als seien sie gebrochen, und sie hielt sie deshalb nur umso fester, als könnte die Wärme ihrer Hand sie wieder zusammenwachsen lassen.

Im Krankenwagen war das Heulen der Sirene ohrenbetäubend. Als sie die Notaufnahme erreichten, brauchte ihr niemand etwas zu sagen. Der Arzt führte sie in einen kleinen Raum mit einer harten Couch und zwei Packungen Papiertüchern auf dem Tisch, und sie wusste Bescheid.

Nachdem sie die Geschichte erzählt hatte, war Yvonne atemlos, ausgepumpt. Sie staunte selbst, was ihr alles über die Lippen gekommen war.

»Wahnsinn«, sagte Jimson. »Das tut mir sehr leid.«

»Eine schlimme Geschichte«, murmelte Carol. Sie schüttelte den Kopf und öffnete ungläubig den Mund. »Sie Ärmste.«

»Was ist mit der Frau passiert, die den Unfall verursacht hat?«, fragte Jimson.

»Sie ist verschwunden«, antwortete Yvonne. »Sie ist einfach vom Unfallort geflüchtet. Es war ein Leihwagen. Sie sagte, sie hätte eine Versicherung, was nicht stimmte. Sie hat das Auto mitten auf der Straße stehenlassen und sich aus dem Staub gemacht.«

»Sie ist einfach abgehauen?«, fragte Carol.

Die beiden konzentrierten sich auf den falschen Teil der Geschichte. Ihr Mann war getötet worden, und sie wollten wissen, was mit dieser zugedröhnten Frau passiert war, die ihn angefahren hatte.

»Das kommt immer wieder vor«, sagte Jimson. »Fahrerflucht.«

»Deswegen bin ich der Meinung, dass an jeder Kreuzung Kameras installiert werden sollten«, sagte Carol. »Dann hätte man diese Dame schon gefunden.«

»Aber das ist doch gar nicht realisierbar«, warf Jimson ein. »Überleg mal, was das kosten würde!«

»Na ja, wenigstens hat sie sich das Nummernschild gesichert«, sagte Carol, als wäre Yvonne nicht anwesend. »Das war schlau.«

Yvonne wusste nicht genau, welche Reaktion sie von ihnen erwartet hatte, aber diese bestimmt nicht. Eine lange Gesprächspause entstand.

»Was meinst du?«, fragte Carol schließlich. »Könntest du nicht Deniz fragen, ob wir vielleicht wieder nach oben dürfen?«

»Mach ich. Gute Idee«, sagte Jimson.

Yvonne empfand mit einem Mal Widerwillen gegen

diese Leute, die sie gerade noch nett gefunden hatte. Sie entschuldigte sich, ging zur Toilette und setzte sich auf den geschlossenen Toilettendeckel. Die Kabine war winzig; Knie und Ellbogen stießen an die Wände. Sie wusste, dass sie die Geschichte von Peters Tod nicht noch einmal erzählen würde. Keine Reaktion war angemessen. Das hätte sie spätestens seit der Beerdigung wissen müssen.

Es war spät, als sie Knidos erreichten. Der Regen hatte aufgehört, und der Nachthimmel war braun. Deniz umarmte alle, und nachdem sie ihre Gäste wieder freigegeben hatte, verschränkte sie die Hände vor der Brust. Jeder wurde auf die gleiche Weise verabschiedet. Kapitän Galip brachte Carol, Jimson und Yvonne mit dem Motorboot an den Strand. Alles war nass – die Sitzbänke auf dem Boot, der Wind, Yvonnes Hände und ihr Gesicht.

»Es war uns eine große Freude, Sie kennenzulernen«, sagte Jimson. Carol nickte begeistert.

Jetzt bedauern sie mich, dachte Yvonne. Jetzt würden sie in ihr Schlösschen zurückkehren und einander versichern, welch Glück es war, dass sie sich gefunden hatten, dass sie immer noch zusammen waren, dass sie so wohl geratene Kinder hatten, deren Leben ihr eigenes Leben kaum berührte oder in Frage stellte. Yvonne wusste das, weil sie und Peter es selbst bei vielen Gelegenheiten genauso gehalten hatten. *Genau das war es*, dachte sie, *was der Ausdruck »Liebe macht blind« wirklich bedeutete: Kein Paar wollte wahrhaben, dass es Millionen anderer Paare gab, die genauso waren wie man selbst.*

»Schreiben Sie uns auf, wie wir Sie erreichen können?«, bat Carol. Der Wind blies ziemlich stark, und Yvonne tat zunächst so, als hätte sie es nicht gehört. Sie würden ein paar E-Mails austauschen, und sie würde eine Urlaubskarte von Jimson und Carol bekommen, wie immer Wange an Wange. Sie wusste bereits, dass die beiden sie in ein, zwei Jahren von ihrer Mailingliste streichen würden. Bis dahin hätten sie andere Leute auf anderen Reisen kennengelernt, und ihr Besuch auf der Kleopatra-Insel und Yvonnes Geschichte von Peters Tod würde mit anderen gehörten Geschichten und gesehenen Filmen ineinanderfließen – falls sie sich überhaupt noch an irgendetwas davon erinnern konnten.

Yvonne tat, als suche sie nach einem Stift, obwohl sie wusste, dass sie keinen dabeihatte. »Hier«, sagte Carol. »Meine Geschäftsvisitenkarte, aber Sie können mich darüber erreichen.«

Am Strand wandte Kapitän Galip sich wegen der Bezahlung an Carol und Jimson. Jimson gab ihm einen vorbereiteten Umschlag. Kapitän Galip warf einen Blick hinein und zählte mit seinen dicken Fingern die Scheine nach, ohne sie herauszunehmen. Als er mit dem Zählen fertig war, nickte er.

Dann drehte er sich zu Yvonne um.

Sie hatten ein Geschäft abgeschlossen. Als Deniz ihr vorgeschlagen hatte, zur Insel mitzukommen, war es keine freundschaftliche Einladung gewesen, sondern ein geschäftliches Angebot. Yvonne hatte das nicht durchdacht; sie hatte überhaupt nichts durchdacht. Glücklicherweise war noch etwas von dem Geld übrig, das sie in Istanbul gewechselt hatte, und sie hatte alles im Portemonnaie. Sie bezahlte Kapitän Galip und gab ihm auch die Münzen, die sie eigentlich für Ahmet vorgesehen hatte. »Für die jungen Leute, die Crew«, sagte sie verlegen. Sie wusste, dass es nicht viel war.

Yvonne umarmte Carol, Jimson und Kapitän Galip zum Abschied und wünschte sich nichts sehnlicher, als endlich allein zu sein. An ihren zerstreuten Blicken erkannte sie, dass sie diesen Tag und ihre Gesellschaft bereits ebenfalls abgehakt hatten. Yvonne schaute sich kurz nach Ahmet um. Er hätte ihre Geschichte von Peters Tod nicht einfach abgetan, auch wenn er sie nicht verstanden hätte. Er wäre still geblieben, rücksichtsvoll, ehrfürchtig, erschüttert. Sie hätte die Geschichte für ihn bewahren sollen.

Aber in Knidos war niemand mehr; die einzigen beiden Autos auf dem Parkplatz waren ihr eigener Leihwagen und der von Carol und Jimson. In der Dunkelheit und im wieder einsetzenden Regen fuhr sie nach Datça zurück. Unter dem Türschlitz des Hauses lag eine Nachricht von Özlem, auf der stand: »Ich bin vorbeigekommen, um mich zu entschuldigen.«

Yvonne ging in den Keller, um nachzusehen, ob die Eule noch dort war. Sie schlief auf einem Bücherregal zwischen einem Stapel CD-Hüllen und einem alten Drucker. Yvonne ging wieder nach oben, schaltete den Fernseher ein und hatte schon bald genug von einer amerikanischen Fernsehshow. Sie blätterte einen Stapel Spielkarten durch, aber sie wusste nicht, wie man Patiencen legt. Der Hunger trieb sie in die Küche, wo sie die Granatäpfel entdeckte, die sie ein paar Tage zuvor gekauft hatte. Sie schnitt einen auf, löste die Kerne heraus und füllte sie in eine Schale. Sie aß eine Handvoll Kerne und dann noch eine. Sie stöberte in der Küche nach weiterem Essbarem. Die Tomaten, die sie erst vor ein paar Tagen gekauft hatte, waren schrumpelig geworden. Sie sahen wie die Gesichter alter, zahnloser Frauen aus. Sie warf sie in den Müll und ging zu Bett.

Am Morgen fiel leichter Regen. Der Himmel hatte die Farbe von Treibholz. Yvonne spürte den Drang, nach Knidos zu fahren. Sie musste den Jungen wiedersehen. Der Blick, den er ihr am Vortag zugeworfen hatte, als er beobachtet hatte, wie sie zur Kleopatra-Insel fuhr, ließ sie nicht los. Wenn sie sich nicht blicken ließ, würde er sich darauf bestimmt seinen Reim machen. Er würde glauben, sie hätte ihn im Stich gelassen oder – noch schlimmer – sich nie etwas aus ihm gemacht.

Als sie aus der Tür trat, sah sie die Putzfrau die Treppe heraufkommen – war sie nicht gerade erst hier gewesen? Zweimal die Woche war zu viel. Diesmal trug sie ein anderes Kopftuch mit leuchtend gelben Rosen, und wieder hatte sie ihren Mann und ihren Sohn im Schlepptau. Alle nickten Yvonne zu, und sie nickte zurück. Einen Augenblick später hörte Yvonne ein Geräusch, das aus dem Haus kam. Die Eule. Sie legte schützend die Hände über ihr Haar, und der Vogel flog über ihren Kopf hinweg zur Tür hinaus. Ein kleiner Wirbel, schwarz wie verkohltes Papier. Die Putzfrau kreischte. Sie zeigte auf die davonfliegende Eule und sagte etwas zu Yvonne. Dann raffte sie ihren langen Rock hoch, drehte sich um und rannte die Treppe hinunter zum Auto, mit dem sie gekommen war, gefolgt von ihrem Mann und ihrem Sohn. Yvonne lief ihnen nach.

»Kommen Sie zurück«, rief Yvonne. »Sie ist fort.«

Der Mann saß bereits auf dem Fahrersitz. Im Auto weinte oder betete die Putzfrau – Yvonne konnte es nicht genau sagen. Vielleicht tat sie beides. Hielt sie es für ein Omen? Yvonne schaute dem davonfahrenden Auto nach und wusste, dass sie nicht zurückkommen würden.

Yvonne schloss das Haus ab und fuhr los. Knidos war so leer wie am Abend zuvor. Das Restaurant war geschlossen, die Sonnenschirme zusammengeklappt, als duckten sie sich vor dem Himmel. Yvonne hatte die Muschel in der Hand, die sie von der Kleopatra-Insel mitgebracht hatte.

Sie lief durch den menschenleeren Hafen zum Strand hinunter und schaute sich nach Ahmet um. Außer einem einsamen Fischer war niemand zu sehen. Sie ging zum anderen Hafen, wo nur noch zwei Boote lagen, die ziemlich stark schaukelten. Die *Deniz II* war fort.

Am Strand sah sie den Jungen sitzen. Er war allein und schaute zu den Booten hinaus. Erleichterung durchströmte sie, und sie rief nach ihm. Er drehte sich kurz um und wandte sich dann wieder dem Wasser zu. Yvonne ging zu ihm hinüber und setzte sich neben ihn auf einen schmalen Holzstamm. Ihr Körpergewicht brachte den Stamm ins Rollen, und der Junge sprang auf.

»Es tut mir leid«, sagte Yvonne.

Ahmets Miene verriet nichts.

»Ich hab was für dich«, sagte sie und hielt ihm die Muschel hin.

Der Junge inspizierte sie genau.

»Für dich«, sagte sie.

Er hielt sie in seinen Fingern, zwischen den kleinen Halbmonden seiner Nägel, und lächelte.

»Heute ist ein trüber Tag«, sagte Yvonne.

Sie schauten hinaus aufs Wasser, auf die grauen und weißen Schaumkronen. Er nickte und lächelte.

Ihr kam zu Bewusstsein, dass sie ihm nichts geben konnte, außer ihm Gesellschaft zu leisten, und sie glaubte, das sei nicht genug. Was hatte sie einem Jungen von vielleicht neun oder zehn schon Interessantes zu bieten? Ihr schlechtes Gewissen – weil sie ihn am Tag zuvor allein gelassen hatte, weil sie kein Türkisch sprach – löste ihre Zunge. »Ich würde gern mit dir ins Geschäft kommen«, sagte sie. Sie wusste, dass er das nicht verstand, aber sie legte sich dennoch zurecht, was sie ihm anbieten wollte.

»Ich werde dich bezahlen«, sagte sie und machte eine entsprechende Geste, »und zwar dafür, dass du mir Muscheln lieferst. Schöne Muscheln aus dem Meer. Ich bezahle deine Arbeitszeit. Für jede Muschel, die du mir bringst, gebe ich dir Geld.«

Sie erklärte ihm abermals – diesmal langsamer –, wie sie es sich vorgestellt hatte, und nun verstand Ahmet offenbar. Er lächelte und streckte die Hand aus. Sie schlug ein – wie kalt seine kleinen Finger waren – und schüttelte ihm übertrieben herzlich die Hand.

»Abgemacht«, sagte sie.

»Abgemacht«, wiederholte er.

Als Ahmet sich anschickte, ins Wasser zu gehen, fiel ihr ein, dass dies der erste Tag in Knidos war, an dem sie ihren Badeanzug nicht mitgenommen hatte. Sie war hergekommen, um den Jungen zu sehen, nicht um zu schwimmen.

»Bist du sicher, dass du heute schwimmen gehen willst?«, fragte sie und sah hinauf in den Himmel. »Wir können auch morgen anfangen.«

Der Junge warf ihr einen verständnislosen Blick zu. Yvonne rief sich in Erinnerung, dass er kein Tourist war, der nur bei schönem Wetter schwimmen ging und nur braun werden wollte. Er war auf Muscheln aus und auf die Bezahlung, die sie ihm dafür geboten hatte. Ein bewölkter Himmel hatte nichts zu bedeuten. Sie folgte ihm bis ans Ufer. Sie wollte so nah wie möglich bei ihm sein.

Ahmet war kühn. Schon nach ein paar Metern hievte er sich mit dem Oberkörper auf sein schneeweißes Schwimmbrett. Das Schwimmbrett sah neu aus. Aber in Knidos gab es keine Geschäfte, und in Yakaköy hatte Yvonne auch keine gesehen, und sie fragte sich, ob er es vielleicht in Datça gekauft hatte. Es war schwierig, sich ihn dort vorzustellen, auf der anderen Seite der Halbinsel, in jener anderen Welt.

Sie raffte ihr Kleid bis über die Knie. Das Wasser war kühl, aber nicht so kalt wie sie gedacht hatte. Ahmet fror bestimmt nicht, dachte sie, als sie ihm zuschaute, wie er aufs Meer hinauspaddelte.

Er schob sich weiter auf das Schwimmbrett, bis sein Kopf über die Vorderkante ragte, und spähte ins Wasser. Alle paar Minuten rutschte er von dem Brett und tauchte ab. Er blieb ungefähr zwanzig Sekunden unter Wasser, dann tauchte er wieder auf und holte Luft. Wenn sein Tauchgang erfolgreich war, legte er eine Muschel in ein kleines Netz, das er vorn am Brett befestigt hatte.

Das Meer war an diesem Tag unruhiger als sonst. Als Ahmet weiter hinauspaddelte, watete Yvonne instinktiv ebenfalls weiter ins Wasser, als seien sie mit einer Schnur verbunden, die irgendwann zu Ende war und keinen größeren Abstand zwischen ihnen zuließ. *Entspann dich*, ermahnte sie sich.

Eine Stunde später kehrte Ahmet zu ihr zurück, das Schwimmbrett vor sich herschiebend und hinten mit den Beinen strampelnd. Am Strand angekommen, griff er ins Netz und nahm drei Muscheln heraus. Eine war glatt, fächerförmig und schimmerte violett. Die zweite war pastellblau mit einer Reihe hervortretender Stacheln. Die dritte erinnerte an einen Bauchnabel.

»Wunderschön«, lächelte sie. Sie holte ihr Portemonnaie hervor und stellte fest, dass nichts darin war, was sie ihm geben konnte. Was sie an Geld gehabt hatte, hatte sie am Abend zuvor Kapitän Galip ausgehändigt.

»Morgen zahle ich dir deinen Lohn«, sagte sie. Und wieder schnürten Schuldgefühle ihr die Kehle zu. »Versprochen.«

Er warf ihr einen undefinierbaren Blick zu, der Vertrauen wie auch Zweifel bedeuten konnte.

Yvonne bemerkte, dass der Sand dunkler wurde, und einen Augenblick später spürte sie Regentropfen auf ihrem Kopf. Sie bot Ahmet an, ihn nach Hause zu bringen.

Er legte das Schwimmbrett, das Netz und sein sandiges Handtuch in den Kofferraum, vermutlich um den Innenraum des Autos nicht schmutzig zu machen – eine höfliche Geste, an die in Anbetracht des äußeren Erscheinungsbilds des Fahrzeugs nicht jeder gedacht hätte. Er setzte sich auf den Beifahrersitz und schnallte sich an; seine Beine waren nicht lang genug, um bis auf die Fußmatte zu reichen. Yvonne versuchte, sich an die Zeit zu erinnern, als Matthew so jung, so klein war, aber es wollte ihr nicht gelingen. Wenn sie versuchte, sich Matthew vorzustellen, sah sie stattdessen Ahmet.

Mit Ahmet im Auto fuhr Yvonne vorsichtiger. Allein fühlte sie sich unbesiegbar, aber mit dem Jungen im Auto hielt sie das Lenkrad mit beiden Händen fest und die Augen auf die Straße gerichtet.

Als sie sich dem Schlösschen näherten, zeigte der Junge ihr den Weg. Yvonne bog in die Einfahrt und hielt an, um ihn aussteigen zu lassen. Ahmet gab ihr zu verstehen, sie möge den Kofferraum öffnen, was sie auch tat. Dann kam er zur Fahrerseite, zeigte auf sie und anschließend auf das Hotel. »Du schauen«, sagte er.

»Aber gern«, lächelte sie. Sie fühlte sich merkwürdig geschmeichelt, dass er ihr das Hotel seiner Großmutter zeigen wollte.

Sie folgte dem Jungen die Betontreppe hinauf, die zu einer weiteren Treppe führte. Neben dem Eingang zu jedem Gästezimmer lagen kleine Steine, die mit der Zimmernummer und einer Blume oder einem Mond bemalt waren. Es regnete in Strömen, und niemand war zu sehen. Carol und Jimson hatten erzählt, dass sie zeitig abreisen würden.

Als sie schließlich vor einer offenen Tür standen, war Yvonne vom Treppensteigen außer Atem. Drinnen schlugen ihnen Essensdüfte aus einer warmen Küche entgegen. Im angrenzenden Essbereich saßen ein Mann und eine

Frau – beide etwa Ende dreißig –, die Radio hörten und Papierservietten zu Dreiecken falteten.

Ahmet begrüßte sie, und sie erwiderten seinen Gruß, ohne ihn anzusehen. Einen Augenblick lang stand Yvonne schweigend neben Ahmet und schaute dem Mann und der Frau beim Serviettenfalten zu, bis der Junge wieder etwas sagte. Yvonne hörte, wie er ihren Namen sagte, wie er ihn aussprach. *Iv-on*. Der Mann und die Frau schauten von ihrer Arbeit auf.

»*Merhaba*«, sagte der Mann.

»Hallo«, sagte die Frau und stand auf. »Sie wohnen hier?«

»*Merhaba*«, erwiderte Yvonne. »Nein, ich bin nur mit Ahmet hergekommen.«

»Ach so«, sagte die Frau, wandte sich wieder ihrer Arbeit zu und hatte Yvonne damit abgehakt. In einem Glaskasten lagen Massageartikel und daneben eine Preisliste. Yvonne vermutete, dass die Frau in diesem Hotel viele Rollen zu spielen hatte – als Köchin, Zimmermädchen, Masseuse. Und der Mann, ihr Freund, übernahm vermutlich alle Hausmeisterarbeiten.

An den Wänden hingen Dutzende gerahmter Fotos, auf denen ein weiteres Paar zu sehen war: ein stattlicher, weißhaariger Mann neben einer dunkelhaarigen Schönheit. Die Großeltern des Jungen, wie Yvonne annahm.

»Ist deine Großmutter da?«, fragte Yvonne. Sie deutete auf die Frau auf dem Foto.

Er nickte, und sie folgte ihm in einen anderen Raum, ein Büro. Dort saß eine Frau an einem aufgeräumten Schreibtisch, vor sich ein offenbar mit Scotch gefülltes Glas. Das

Büro machte einen erstaunlich ordentlichen Eindruck, und Yvonne beschlich der Gedanke, dass die Geschäfte im Schlösschen vielleicht nicht so gut liefen.

Die Frau stand zwar auf, als Ahmet eintrat, aber sie umarmte ihn nicht, und Ahmet lief auch nicht zu ihr hin. In der Luft über und zwischen ihnen lag der medizinische Geruch von Schnaps.

»Hallo«, sagte die Großmutter zu Yvonne. Sie sah Jahrzehnte älter aus als auf den Fotos, obwohl seither vermutlich erst ein paar Jahre vergangen waren. In der Hand hielt sie einen Stift, dessen Kappe eine große, künstliche Blume zierte. Das Glas vor ihr, das noch einen Finger breit Scotch enthielt, war viele Male geküsst worden – auf den Lippen der Großmutter war nur noch wenig Lippenstift vorhanden.

Yvonne stellte sich vor.

»Ach, Sie sind das«, sagte die Frau. Sie sprach mit ausgeprägtem Akzent.

»Wie bitte?«

»Seine gute Freundin«, konkretisierte die Großmutter.

»Ja«, bestätigte Yvonne. Allmählich wurde ihr klar, dass die Frau sie offenbar nicht mochte. »Was hat er über mich erzählt?« Yvonne war plötzlich misstrauisch.

»Nicht er«, sagte die Großmutter, und die Blume auf dem Stift zitterte in ihrer fahrigen Hand. »Er erzählt nichts. Aber der Kellner«, erklärte sie. »In Knidos.«

»Ich verstehe«, murmelte Yvonne.

Sie wollte wieder gehen. Das war nicht die Begegnung mit Ahmets Großmutter, die sie erwartet hatte. Sie hatte gehofft, bei einer Tasse Kaffee Freundlichkeiten auszutauschen, sich über den Jungen zu unterhalten, wie umgänglich und unterhaltsam er war. Stattdessen verstand Yvonne nun, weshalb er jeden Tag nach Knidos kam. Das Schlösschen war wie ein Museum, das von einer anderen, glücklicheren Zeit erzählte. Hier wurde nur noch der Vergangenheit nachgetrauert.

»Nun, es hat mich gefreut, Sie kennenzulernen«, sagte Yvonne. »Ich habe Ahmet nach Hause gebracht und wollte nur kurz guten Tag sagen.«

»Was Sie jetzt ja getan haben«, sagte die Frau.

»Ja«, antwortete Yvonne. Sie überlegte, ob es an dem ungewohnten Umgang der Frau mit der englischen Sprache lag, dass ihre Stimme sich so schroff anhörte. Daran lag es nicht, stellte sie fest, als sie in das abweisende Gesicht der Frau blickte.

»Ich bin Lehrerin von Beruf«, sagte Yvonne. »Ich habe zwei Kinder. Sie kommen diese Woche her.«

»Und bevor sie kommen, tun Sie so, als sei er Ihr Sohn.«

Yvonne stand da und sagte nichts. Sie rang sich ein kurzes Lächeln ab, verabschiedete sich und wandte sich zur Tür. Die Großmutter schwieg.

Ahmet ging hinter Yvonne die Treppe hinunter. Seine flehentliche Miene schien zu sagen: *Lass mich nicht hier allein. Nimm mich mit.*

»Ich komme morgen wieder«, versicherte sie ihm so fröhlich wie möglich.

Der Regen hatte sich zu einem Nieseln abgeschwächt. Trotzdem fuhr Yvonne auf dem Rückweg nach Datça mit der Nase an der Windschutzscheibe, als ob sie durch einen Wolkenbruch steuern würde.

Eine Frau saß auf der überdachten Veranda des Hauses in Datça und kratzte an einem Insektenstich auf ihrem Bein. Yvonne brauchte einen Augenblick, bis sie erkannte, wer es war.

»Özlem?«, fragte Yvonne verwundert.

Özlem erhob sich und setzte augenblicklich ihr übliches Vorzeigegesicht auf. Anscheinend existierte sie nur dann als schöne Frau, wenn sie sich beobachtet fühlte.

»Wie lange warten Sie denn schon hier draußen?«, fragte Yvonne. Sie hörte den Regen auf das Verandadach trommeln.

Özlem warf einen Blick in den gleichförmig grauen Himmel und zuckte die Achseln.

Yvonne schloss die Haustür auf.

»Kommen Sie herein«, sagte sie. »Sie sind ja ganz nass.«

Zaghaft trat Özlem ins Haus, legte ihre Unschlüssigkeit dann aber rasch ab und steuerte schnurstracks auf die Wendeltreppe zu. »Sind ihre Sachen noch da?«, fragte sie.

Yvonne brauchte einen Augenblick, bis sie begriff, was Özlem meinte.

»Ich glaube schon«, sagte Yvonne. »Aber Sie können etwas von mir ausleihen, wenn Sie sich umziehen möchten.« Jetzt im Haus sah Yvonne, dass Özlems dünne Bluse durch den Regen ganz durchsichtig geworden war. Sie zitterte. »Kommen Sie, ich helfe Ihnen. Ich bringe Ihnen ein Handtuch. Möchten Sie einen Tee?«

»Ich muss mir ihre Sachen ansehen.« Özlem legte eine Hand auf das rote Geländer und rannte mit einer Energie die Treppe hinauf, die Yvonne verblüffte. Sie nahm immer zwei Stufen auf einmal.

Als Yvonne sie endlich eingeholt hatte, stand Özlem vor dem Schrank im großen Schlafzimmer. Sie hatte schnell herausgefunden, welche Schrankseite Yvonne benutzte und welche die Geliebte. Sie inspizierte jedes einzelne Kleidungsstück, riss es vom Bügel und warf es auf den Fußboden.

»Hören Sie bitte auf«, sagte Yvonne.

Aber Özlem riss alle Kleidungsstücke heraus, bis die Schrankseite der Geliebten leer war. Dann kauerte sie sich auf den Fußboden und heulte.

»Ich habe ihm gesagt, dass ich ihn verlasse«, schluchzte sie. »Aber ihm ist das egal. Anscheinend ist es ihm sogar recht. ›Dann kann ich ja bei Manon bleiben‹, hat er gesagt.«

»Manon?«, fragte Yvonne nach.

Özlem schluchzte wieder, als wäre allein schon das Wort *Manon* eine Kränkung. »Diese französische Schlampe. Haben Sie ihre grauenvollen Nuttenkleider gesehen?«

Yvonne hatte an den Kleidern im Schrank nichts Ungewöhnliches bemerkt. In ihren Augen waren es geschmackvolle Teile in gedeckten Farben. Wenn überhaupt, waren sie das genaue Gegenteil der transparenten Blusen und kurzen Fähnchen, die Özlem so gerne trug.

»Lügner – er ist ein Lügner«, schimpfte Özlem. »Er liebt sie, weil sie Französin ist, aber das wissen Sie ja, oder?«

»Ich weiß gar nichts«, sagte Yvonne und einen Augenblick später wurde ihr schlagartig die Wahrheit dieser Behauptung bewusst.

»Er macht sich über die Franzosen lustig, aber in Wirklichkeit war es ihm schon immer peinlich, Türke zu sein. Er will zu den Europäern gehören. Er würde das bestimmt abstreiten, aber ...«

»Kommen Sie, gehen wir hinunter«, schlug Yvonne vor. Sie wollte Özlem wieder im Erdgeschoß haben. Auf der Couch oder auf der Veranda. Jedenfalls nicht hier.

»Ich möchte den Rest vom Haus sehen«, sagte Özlem. Ihr Gesicht war verquollen, und ihr Mund zu einem Schmollen verzogen. Sie sah aus wie ein kleines Mädchen, das sich gerade von einem Wutanfall erholte.

Yvonne ging voraus in den Flur. Als sie keine Schritte hinter sich hörte, drehte sie sich um. Özlem stand im Schlafzimmer am Fuß des Bettes und schaute zur Zimmerdecke. Angewidert schüttelte sie den Kopf.

»Nun kommen Sie schon, Özlem«, bat Yvonne. »Ich lasse Ihnen ein Bad ein. Das wird Sie aufwärmen und beruhigen.«

Özlem starrte immer noch auf den Haken und stieß dabei einen Schwall türkischer Wörter aus.

»Ich bereite Ihnen ein Bad vor«, wiederholte Yvonne. Sie wollte, dass Özlem sich beruhigte.

Yvonne ging ins Badezimmer und war gerade dabei, die Wassertemperatur zu regulieren, als Özlem hereinkam. Ihr Blick war forschend, bohrend. »Haben Sie dort irgendwas von der Decke hängen sehen?«, fragte sie.

Yvonne erwiderte ihren Blick: »Nein.«

»Nein?«

»Meinen Sie eine Pflanze oder so etwas?«

Özlem schüttelte den Kopf, und einen Augenblick später sah sie erleichtert aus. »Schon gut. Vergessen Sie einfach, was ich gesagt habe. Ich bin ziemlich erschöpft.«

Yvonne kramte im Schränkchen unter dem Waschtisch und fand ein Schaumbad, das sie in die Wanne schüttete. Als sie den Deckel wieder zuschraubte, hielt sie Özlem die Flasche hin. »Schauen Sie mal, Dove!«

Özlem war einen Augenblick lang sprachlos. Dann brach sie in dankbares Gelächter aus.

Während Özlem badete, sah Yvonne im Erdgeschoss ihre E-Mails durch. Sie legte den Kopf schief und lauschte, um zu hören, ob Özlem bereits mit dem Baden fertig war. Yvonne wusste nicht, wie Özlem reagieren würde, falls sie die Schaukel oder eines der Fotos zu Gesicht bekäme.

Es gab eine E-Mail von Aurelia. In der Betreffzeile stand: *»Wo bist du?«*

Yvonne zögerte kurz, bevor sie die Mail öffnete. Sie las Aurelias Nachricht so, wie sie seit geraumer Zeit alles von ihr las: mit einem abgewandten Auge, aus Furcht vor dem, was dort stehen könnte.

Hallo Mama,

Ich hoffe, Du genießt Deine Zeit allein. Ich dachte mir, dass Du vielleicht einsam bist. Ich jedenfalls bin einsam. Henry und ich haben uns getrennt (lange Geschichte. Ich erzähl's Dir irgendwann einmal, aber ob Du's glaubst oder nicht, ES GEHT MIR GUT!) Ich komme nicht mit den anderen per Boot von Griechenland. Ohne Dich ODER Henry hätte ich mich dort zu allein gefühlt. Nun habe ich mir überlegt, stattdessen ein paar Tage mit Dir zu verbringen, bevor wir uns alle in Datça treffen. Ich kann überall hinkommen. Aber wo genau bist Du? Schreib es mir so schnell wie möglich. Ich habe meinen Flug so umgebucht, dass ich jetzt am Dienstag nach Istanbul fliege und dort übernachte. Aber die Zeit danach muss ich noch planen. Gibt es dort, wo Du bist, wirklich keinen Handyempfang?

Küsschen, A.

Yvonne versuchte herauszufinden, welcher Wochentag war. Samstag? Auch wenn Aurelia ihr versichert hatte, dass es ihr gut ging, glaubte Yvonne nicht daran. Bestenfalls würde dieser *Es-geht-mir-gut*-Zustand ein oder zwei Tage lang anhalten. Sie stellte sich Aurelias Gesicht vor – ihre Augen, ihren Mund. Niemand hatte sie auf diese Anziehungskraft zwischen Mutter und Tochter vorbereitet, auf diese Sogwirkung, stark wie eine Unterströmung. Es kam nicht darauf an, was Aurelia getan hatte oder was sie gerade durchmachte – zu keiner Zeit hatte Yvonne ihre Tochter nicht sehen, nicht mit ihr kuscheln und sich über Gott und die Welt unterhalten wollen.

Yvonne ging hinauf zum Badezimmer. Die Tür stand offen. Die Wanne war leer. Sie schaute im großen Schlafzimmer und der Ankleide nach, denn sie hatte den Verdacht, Özlem könne dort abermals die Garderobe der Nebenbuhlerin durchwühlen. Aber die Kleidungsstücke lagen noch genauso auf dem Fußboden wie zuvor.

»Özlem«, rief sie. Im Haus war es früher dunkel geworden als sonst. Draußen prasselte der Regen, tausend Silberpfeilen gleich, schräg gegen die Scheiben.

Özlem war weder in einem der Schlafzimmer, noch in einem der Bäder, und sie hätte auch nicht unbemerkt hinunterkommen können. Es blieb also nur noch eine Möglichkeit – die zweite Etage. Yvonne stieg die Wendeltreppe hinauf.

Özlem saß auf dem Fußboden und hatte die Arme um ihre Knie geschlungen. Das Handtuch, das sie um ihren Körper trug, hatte sich gelöst, und eine Brust war entblößt. Özlem saß vor der geöffneten Truhe und starrte hinein. Die Liebesschaukel.

»Soll ich Ihnen etwas zum Anziehen holen?«, erkundigte sich Yvonne und tat so, als wüsste sie nicht, was in der Truhe lag. Das waren zwei ihrer Stärken: das Thema wechseln und Ahnungslosigkeit vortäuschen.

»Ich werde Ali verlassen«, sagte Özlem.

Yvonne nickte. Sie war davon ausgegangen, dass Özlem diese Entscheidung schon vorhin getroffen hatte; aber als sie sie nun in diesem Zustand sah und hörte, in welchem Ton sie es diesmal sagte, wurde ihr klar, dass Özlem es vorhin nicht ernst gemeint hatte.

»Ich werde meine Sachen morgen abholen«, erklärte Özlem. »Sagen Sie, könnte ich hier übernachten?«

»Aber natürlich«, sagte Yvonne.

Özlem zog das Handtuch um ihren Körper und stand auf. Mit den lackierten Nägeln ihres nackten Fußes klappte sie den Kofferdeckel zu.

Beim Abendessen versuchte Yvonne sie abzulenken. »Meine Tochter kommt mich besuchen«, erzählte sie. Sie hörte die Begeisterung in ihrer eigenen Stimme. »Wirklich schade, dass Sie sie nicht kennenlernen werden.«

»Ja, wirklich schade«, sagte Özlem. Es klang glaubhaft.

»Sie fliegt nach Istanbul und kommt dann hierher. Haben Sie vielleicht einen Tipp, was sie sich ansehen könnte, wenn sie schon mal dort ist?«

»Geben Sie ihr meine Telefonnummer in Istanbul«, sagte Özlem. »Sie kann mich anrufen.« Sie schrieb die Nummer auf, und Yvonne musste ihr versprechen, sie Aurelia zu mailen.

Dann stellte sich die Frage, in welchem Zimmer Özlem übernachten sollte. Das Schlafzimmer mit dem Haken in der Decke kam für sie nicht in Frage. Sie entschied sich für das Zimmer mit den beiden Einzelbetten. Yvonne verschwieg ihr, dass sie bisher selbst in dem Zimmer geschlafen hatte.

Nachdem Özlem zu Bett gegangen war, setzte sich Yvonne mit dem Laptop auf das Bett im großen Schlafzimmer. Sie schrieb an Aurelia. *Ja, komm bitte*, tippte sie, und notierte dann noch die Adresse und Telefonnummer des Hauses und Özlems Telefonnummer in Istanbul. *Ruf sie an, wenn du etwas brauchst*, schrieb Yvonne. *Sie ist eine gute Freundin von mir.* Dann schrieb sie davon, wie traurig sie sei, dass Aurelia und Henry sich getrennt hatten und löschte die Zeilen anschließend wieder.

Sie schaltete das Licht aus und legte sich unter die Decke. *In welches Haus ich auch gerate, ich bleib immer die Mutter*, dachte sie. An diesem Abend war sie es für Özlem, die jetzt im Einzelbett schlief, und in ein paar Tagen würde sie es wieder für Aurelia sein, die mit Liebeskummer und wer weiß was noch anreisen würde.

Am nächsten Morgen schien die Sonne wieder, wenn auch ein wenig blasser. Yvonne ging in die Küche und schaltete die Kaffeemaschine ein. Sie lauschte, ob etwas von Özlem zu hören war, aber alles blieb still. Eine Stunde später klopfte sie an die Tür des Zimmers, in dem Özlem geschlafen hatte, und als sie keine Antwort erhielt, spähte sie vorsichtig hinein. Özlem war fort.

Yvonne zog ihren Badeanzug und das türkisfarbene Strandkleid an, packte ihre Tasche und nahm die Euro-Scheine aus dem Regenmantel, die sie am ersten Tag dort versteckt hatte. Draußen war es windig; die Sonnenstrahlen hatten noch keine Kraft. Sie musste Ahmet sehen. Sie befürchtete, er könnte böse auf sie sein. Er sollte wissen, dass sie ihm den versprochenen Lohn zahlen würde.

Sie fuhr zur Bucht von Knidos hinunter und stellte das Auto ab. Von dem Jungen war nichts zu sehen. Sie ging an den Strand und begegnete einer vierköpfigen, türkischen Touristenfamilie, die auf dem Weg zurück zur Straße war. Das kleine Mädchen war nackt und von oben bis unten voller Sand. Die Eltern schimpften mit ihr; vielleicht, weil sie so mit Sand verdreckt war.

Yvonne hob den Kopf und sah ihn. Ahmet war am Strand, diesmal trug er eine andere Badehose. Eine rote. Er hockte am Ufer und baute eine Art Gerüst aus den kleinen Holzstückchen und dem übrigen Strandgut, das von den Wellen angeschwemmt worden war.

Sie war so glücklich, ihn zu sehen, dass sie im Eilschritt zu ihm lief und ihn zur Begrüßung beinahe umarmt hätte. Doch sie beherrschte sich.

»Was baust du da?«, fragte sie ihn.

Er sah sie an, und als hätte er nur auf sie und auf ebendiese Frage gewartet, trampelte er auf seinem Bauwerk herum und fegte die kleinen Zweige und Steine mit den Füßen in alle Richtungen. Als er damit fertig war, schaute er zu der Ausgrabungsstätte auf dem Hügel und dann wieder auf seine Füße. »Antike«, sagte er lächelnd und zeigte darauf.

Sie nickte und stellte fest, dass er eines der Wörter benutzte, die sie ihm beigebracht hatte. Sie lachte. Er war wirklich ein schlauer Junge. Sie stellte ihn sich etwas älter und in ihrer Klasse vor. Er würde zu den Schülern gehören, die auch noch mit ihr Kontakt hielten, nachdem sie von der Burlington High School abgegangen waren. Jahrelang hatte sie in ihrem Büro eigens ein Regalbrett für die Errungenschaften und Briefe ehemaliger Schüler freigehalten. Aber abgesehen von einer Handvoll Postkarten, einer gebundenen Doktorarbeit zum Thema Strickerinnen in der Literatur und einem Buch über den amerikanischen Bürgerkrieg von einem Schüler, der später in eine andere Klasse gewechselt hatte, war es bedauerlicherweise leer geblieben. Erst kürzlich hatte sie stattdessen drei kleine Kakteen auf das Regal gestellt.

»Ich hab dir etwas mitgebracht«, sagte sie und fischte die knisternden, neuen Euroscheine aus der Tasche. »Deinen Lohn«, erklärte sie. Sie zahlte ihm mehr als sie beabsichtigt und bestimmt mehr als er erwartet hatte. Aber er sah nicht überrascht aus. Stattdessen nahm er das Geld mit ernster Miene, als hätte er nun eine enorme Aufgabe zu bewältigen. Sie überlegte kurz, ob sie etwas von dem Geld zurückverlangen sollte, um den Druck von ihm zu nehmen. Sie hätte wissen müssen, dass er zu jener Sorte Jungen gehörte, die versuchten, allen Erwartungen, die man an sie stellte, um jeden Preis gerecht zu werden.

Er rollte das Geld wie eine Zigarette zusammen und verbarg es unter seinem Handtuch. Er schaute sich am Strand um, ob ihn jemand beobachtet hatte. Nachdem die Sonne nun wieder hervorgekommen war, tummelten sich viele Menschen in Knidos. Es wehte noch immer ein kräftiger Wind – die Boote schaukelten, ihre Masten schwankten wie verrückt gewordene Kompassnadeln hin und her –, aber niemand hatte anscheinend Lust gehabt, einen weiteren Tag im Haus zu verbringen.

»Ich schaue«, sagte Ahmet und lief mit seinem Schwimmbrett ins Meer. Als das Wasser tief genug war, schob er sich bäuchlings auf das Brett und paddelte hinaus, fort von Yvonne. Sie beobachtete ihn, wie er mit seinen kleinen Armen ruderte. Diesmal inspizierte er ein anderes, dichter an den Felsen gelegenes Gebiet. Um ihn besser beobachten zu können, lief Yvonne am Strand entlang, ungefähr fünf Meter über die Stelle hinaus, bis zu der sie bislang höchstens gekommen war, und ging dann ein paar Schritte ins Wasser. Es gefiel ihr nicht, dass er sie so schnell wieder allein ließ.

Hier war der Meeresgrund anders. Durch die spitzen Steine und das glitschige Seegras war es schwieriger, sich fortzubewegen. Das Wasser reichte ihr erst bis zu den Waden, und sie lief noch einen Schritt auf den Jungen zu. Ihr Fuß! Eine Krabbe, eine Qualle. Oder eine Glasscherbe. Sie spürte einen stechenden Schmerz, sprang erschrocken zur Seite und humpelte zurück an den Strand, um ihren Zeh genauer zu untersuchen. Sie setzte sich ans Ufer, wo die Wellen mit einem zischenden Geräusch über den Sand liefen, bevor sie sich wieder zurückzogen, und packte den Fuß mit in einer Hand.

Mit der anderen Hand spreizte sie ihre Zehen, um die Verletzung zu begutachten. Ein Holzstückchen hatte sich in den empfindlichen Zwischenraum zwischen den beiden äußeren Zehen gebohrt. Sie entfernte es, und ein kleiner, roter Punkt vergrößerte sich rasch. Sie presste die Finger auf die Wunde und schaute wieder aufs Meer hinaus.

Der Junge war nirgends zu sehen. Sie kümmerte sich noch einen Augenblick um ihren Fuß und hob dann wieder den Blick, diesmal in der sicheren Erwartung, ihn zu ihr zurückpaddeln zu sehen. Sie sah das heftige Schaukeln der Boote. Das Meer war heute sehr unruhig. Sie schaute zu den Felsen. Bestimmt war seine rote Badehose zu sehen; bestimmt würde sie sie entdecken. Oder wenigstens sein Schwimmbrett, das immer auf dem Wasser trieb, auch wenn er gerade tauchte. Aber sie sah nichts.

Zuerst lief sie langsam, dann schneller, dann rannte sie ins Wasser. Ihr Fuß pochte schmerzhaft. Sie blieb stehen und wartete darauf, dass er wieder auftauchte. Sie zählte bis zehn. Sie zählte bis zwanzig. Angestrengt sah sie hinaus aufs Meer und dann wieder auf den Bereich in Ufernähe.

Er spielte ihr einen Streich. Er wollte ihr beweisen, wie

lange er die Luft anhalten konnte. Oder er war zu einem Boot geschwommen und versteckte sich dahinter.

Sie stellte sich bereits vor, wie sie ihn für diesen schlechten Scherz zur Rede stellen würde. Sie würde ihn ganz bestimmt finden, ihn am Arm packen und ihm sagen, wie grausam solche Scherze waren.

Wo war er?

Sie tauchte unter und ihr Kleid wand sich um die Beine. Sie stellte sich auf die Zehenspitzen, so dass sie gerade noch den Grund berührte, zog das Kleid über ihren Kopf und warf es ins Wasser. Ob es an der Oberfläche trieb oder sank, war ihr egal. Dann schwamm sie weiter hinaus, dorthin, wo sie den Jungen zuletzt gesehen hatte.

Sie erreichte die Stelle, aber sie sah nichts. Sie richtete sich auf, strampelte mit den Beinen im Wasser und schaute sich um. Sie versuchte, etwas unter der Wasseroberfläche zu erkennen, aber das Wasser war so undurchsichtig wie Marmor. »Ahmet!«, schrie sie. »Ahmet!« Die Panik in ihrer Stimme erschreckte sie.

»Ahmet«, rief sie noch einmal, diesmal entspannter, als riefe sie ihn zum Abendessen. »Ahmet.« Zu ihrer Linken lagen die Boote, zu ihrer Rechten die Felsen. Und dazwischen nicht das geringste Lebenszeichen von ihm.

Mittlerweile hatten andere am Strand und auf den Booten Yvonnes Panik bemerkt. Ein paar Männer waren von ihren Booten im Hafen gesprungen, einer hielt einen Rettungsreifen in der Hand. Einige hatten ihre Tische im Restaurant verlassen und waren zur Anlegestelle gekommen. Statt weiter nach Ahmet zu rufen, rief Yvonne nun diese Menschen an. »Hilfe!«, schrie sie. »Ein Junge! Ein Junge!«

Sie schwamm diagonal nach links, dann nach rechts und tauchte den Kopf alle paar Schwimmzüge unter die Wasseroberfläche. Aber unter Wasser konnte sie kaum einen Meter weit sehen. Sie ruderte mit den Beinen in der Hoffnung, einen Fuß, einen Finger zu berühren.

Sie rief allen Leuten am Strand zu: »Ein Junge! Ein Junge! Suchen Sie den Jungen!«

Weitere Männer und Frauen sprangen ins Wasser und schwammen auf sie zu. Vielleicht hatte er sich im Seegras unter Wasser verheddert. Wenn sie nur mit irgendeinem Teil seines kleinen Körpers in Berührung käme, könnte sie hinuntertauchen und ihn befreien.

Nun war sie dankbar, dass andere Menschen um sie herum waren – Schwimmer, ein kleines Fischerboot. Sie wurde allmählich müde. Sie brauchte die anderen. Alle versuchten, sie auf Türkisch anzusprechen, alle, bis auf einen, der Spanisch sprach. Sie berichtete ihm, dass der Junge zehn Jahre alt war, dass er nach Muscheln tauchte. Plötzlich spürte sie etwas an ihrem Bein, und Hoffnung keimte auf, bis sie feststellte, dass ein Mann, der abgetaucht war, ihr Bein berührt hatte. Er kam an die Oberfläche, enttäuscht, Yvonnes Gesicht zu sehen.

Nun waren ihr die anderen plötzlich im Weg. Dieses Herumspritzen! Yvonne hatte Angst, dass niemand ihn finden würde. Sie konnte nicht sagen, wie viel Zeit verstrichen war – drei Minuten oder waren es dreißig?

»Ahmet!«, rief sie, während sie um die Felsen herumschwamm. Das Wasser war hier ziemlich bewegt, und sie sah sich nach jemandem um, der ihr im Zweifelsfall helfen konnte. Viele der Schwimmer hatten inzwischen mit den

Yachten Kontakt aufgenommen, die in der Bucht lagen, riefen den Passagieren etwas zu und erhielten, wie Yvonne vermutete, die Bestätigung, dass kein Junge auf ihr Boot geklettert war.

Sie wandte den Blick zu den Felsen, und dort sah sie etwas. Das Schwimmbrett. Es schlug gegen die Felsen. Jede Welle drehte es wie den Zeiger einer Uhr im Kreis herum.

Yvonne saß kerzengerade im Keller des Hauses in Datça, hatte sich in fünf Handtücher eingewickelt und zitterte. Sie saß im Dunkeln auf einem modrigen, runden Teppich.

Das Fischerboot hatte sie gerettet. Die Strömung hatte sie gegen die Felsen gedrückt, und zwei Männer – oder waren es drei? – hatten sie auf das Boot gezogen. Sie hatte so viele Hände gespürt, unter ihren Achseln, ihren Knien.

Als sie die Anlegestelle erreichten, hatte sich dort und am Strand schon eine Menschenmenge angesammelt. Die Menschen starrten sie mit dem gleichen Blick an wie die Gaffer damals nach Peters Unfall. Sie glaubten, es sei ihr Sohn, der ertrunken war.

Aber dann gab es auch andere, zu denen auch der Kellner gehörte. Sie starrten sie an, als hätte sie den Jungen mit eigenen Händen, mit ihrem eigenen Gewicht unter Wasser gedrückt.

Sie hatte sehr viel Salzwasser geschluckt. Jemand gab ihr Tee aus einer Thermoskanne, den sie in kleinen Schlucken trank.

Sie schaute sich nach jemandem um, der Fragen stellte. Sie wusste nicht, nach wem sie suchte – vielleicht nach einem Polizeibeamten. Sie sah weder einen Notarzt noch Rettungsschwimmer. Ein Junge war ertrunken und …

Sie spuckte den Tee aus, den sie im Mund hatte, und Erbrochenes folgte. Es war rosarot und schleimig und blieb an ihren Haaren kleben. Es lief über ihre Füße.

Der Fischer nahm sein Halstuch ab und hielt es Yvonne hin. Aber der Geruch von Fisch und Männerschweiß drehte ihr erneut den Magen um. Sie schaute auf und sah Gesichter, die zuschauten, wie sie vor dem Amphitheater stand und sich auf dem sandigen, weißen Pfad übergab.

Wie lange stand sie schon so gebückt da und wie lange sahen sie ihr schon zu? Wie lange hatten sie ihr schon zugesehen, ohne sich um sie zu kümmern? Vielleicht eine Stunde. Sie wollte nicht daran denken, dass weniger Zeit vergangen sein konnte, bis sie zu ihrem Auto ging.

Sie hatte im Auto gewartet. Bei geschlossenen Türen und eingeschalteter Klimaanlage. Sie wartete bei laufendem Motor fünf Minuten, dann zehn. Sie wartete darauf, dass jemand kam und sie befragte, dass jemand kam und sie aufhielt, sie verhaftete, sie maßregelte, sie bestrafte, sie anbrüllte.

Aber niemand kam. Sie hatten ihr alle zugesehen, wie sie sich übergeben hatte, sie hatten zugesehen, wie sie auf den Parkplatz gegangen war, im Auto gesessen hatte, und niemand hatte auch nur das Geringste unternommen.

Selbst der Fischer, der sie gerettet und ihr sein Halstuch gegeben hatte, war wieder auf sein Boot zurückgekehrt.

Schon auf dem Weg zu ihrem Auto wusste sie, dass sie vielleicht nicht das Richtige tat. Sie wusste, dass sie es vielleicht bereuen würde. Aber dieser Schwebezustand, als niemand ihr Vorwürfe machte, aber auch niemand ihr zu Hilfe kam, hatte alles noch verschlimmert. Sie hatte das Gefühl, dass ihr Gehirn in der Hitze anschwoll. Sie verbarg ihren Kopf in den Händen.

Sie musste nach Datça zurück und nachdenken. Sie musste aus der Sonne heraus, weg von diesen Blicken. Sie brauchte kaltes Wasser, Schatten. Sie brauchte Ruhe, das Bollwerk ihres Hauses. Sie würde dort hinfahren, nachdenken und dann wieder herkommen. Sie wartete darauf, dass jemand auftauchen und sie aufhalten würde. Sie wartete darauf, dass jemand zum Auto gerannt kam und berichtete, der Junge sei gefunden worden war. Dass er gefunden worden sei und lebte.

Sie wartete, aber niemand kam.

Als sie zum Haus zurückgekehrt war, wusste sie nicht mehr, wie sie hergefunden hatte.

Auch im Haus wurde sie das Gefühl nicht los, in einer Falle zu sitzen. Selbst die Sonne, die sonst so mild durch die Fenster schien, kam ihr anklagend vor. Sie ging in den Keller. Der stechende Geruch der Eule hing noch immer in der Luft.

Sie musste klar denken. *Denk nach*, sagte sie. Sie wusste, dass ihr nur eine begrenzte Zeit zur Verfügung stand, um alles ins rechte Lot zu rücken. Sie war wortlos von Knidos weggefahren. Das war ein Fehler gewesen, wie sie jetzt wusste. Sie hatte es von Anfang an gewusst. Sie hatte sich so verhalten, wie sich jemand verhalten hätte, der schuldig war.

Aber nichts war passiert. Er war ins Wasser gegangen, war hinausgepaddelt und dann nichts. Kein Geräusch. Kein Spritzen. Keine Schreie.

Sie hatte zugeschaut wie er ins Wasser ging, dichter an den Felsen als sonst. Sie war auch hineingegangen, war ihm gefolgt. Dann hatte sich etwas in ihren Fuß gebohrt, und sie war zurück zum Strand gelaufen. Als sie das nächste Mal aufschaute, hatte sie ihn nicht gesehen. Wie lange war ihr Blick abgelenkt gewesen?

Sie redete sich ein, dass es nicht ihr Geld war, das ihn dazu gebracht hatte, weiter als sonst hinauszuschwimmen. Aber sie wusste, dass es doch so war. Sie hätte es wissen müssen. Sie, die Vielgereiste, die es nie darauf angelegt hatte, aufzufallen oder irgendwelche Umstehenden durch lautes Lachen oder Respektlosigkeiten zu befremden, hatte zu viel Druck auf einen kleinen Jungen ausgeübt. Wegen ein paar Muscheln. Muscheln, die, wie sie von Anfang an gewusst hatte, zu Hause in einer mit Stiften und Kleberollen vollgestopften Schublade oder auf dem Boden eines Goldfischglases landen würden. Die Muscheln hatten keine Bedeutung für sie. Sie hatte dem Jungen nur eine Freude bereiten wollen.

Nein, sie wollte, dass er sie mochte, dass er sie liebte. Sie wollte, dass er sie so ansah, wie Matthew und Aurelia sie angesehen hatten, als sie noch klein waren. Bevor Aurelia anfing, sie zu ignorieren, und Matthew sich zu jeder anderen Familie hingezogen fühlte außer zu seiner eigenen.

Yvonne saß auf dem runden Teppich und schaukelte vor und zurück. Sie hatte die Arme vor ihrem Körper verschränkt und hielt die Zipfel der Handtücher mit beiden Händen fest. Ihr war kalt. Sie stellte fest, dass sie noch immer den Badeanzug trug. Sie versuchte ihn auszuziehen, aber er war nass und klebte an ihrem Körper. Sie mühte sich damit ab und wand sich auf dem Fußboden hin und her, bis sie sich endlich von ihm befreit hatte. Dann blieb sie nackt und erschöpft auf dem Teppich liegen.

Da seine Leiche nicht aufgetaucht war, wäre es immerhin möglich, dass Ahmet sich auf die Klippen gerettet und den kleinen Berg erklommen hatte. Vielleicht hatte ihm der Aufruhr ja gefallen, der wegen ihm entstanden war. *Ja,* dachte Yvonne, *er hat sich da oben versteckt, und am nächsten Tag wird er wieder am Strand sein und wie immer auf sie warten.* Er war ein schlauer Junge.

Sie versuchte, dieses Bild im Kopf zu behalten – Ahmet, der Spaßvogel, der Gewitzte, der oben auf dem Berg sitzt. Und sie behielt es so lange wie möglich im Kopf, bis sie die Ereignisse des Tages noch einmal durchzuspielen begann.

Sie würde die Antwort finden. Sie war sicher, den Verstand zu verlieren, wenn sie es nicht herausfinden würde. Hatte eine Strömung ihn hinuntergezogen und aufs offene Meer hinausgetrieben? Wie lange war das Schwimmbrett schon gegen die Felsen geschlagen?

Die Sonne ging unter, und sie blieb im Keller. Sie wusste, dass der Bewegungsmelder das Licht anschalten würde, sobald sie hinaufging. Sie wollte nicht, dass ein vorbeifahrendes Auto sah, dass sie zu Hause war.

Sie schlief auf der Couch im Keller und zog die Handtücher über ihren noch immer nackten Körper.

Im Morgengrauen stand sie auf und zog sich an. Sie musste nach Knidos fahren und nachsehen, ob der Junge da war, ob man seine Leiche gefunden hatte, ob Ermittlungen angestellt worden waren. Sie wollte klarstellen, dass sie nicht die Absicht gehabt hatte, sich abzusetzen. Sie fuhr mit eingeschalteter Heizung nach Knidos. Ihr wurde einfach nicht warm.

Auf dem Parkplatz standen lediglich zwei weitere Autos – beide nicht von der Polizei. An diesem Tag war das Wasser ruhig. Yvonne blieb im Renault sitzen. Sie schaute zum Strand, rechnete damit, ein Absperrband zu sehen, irgendeinen Hinweis auf polizeiliche Ermittlungen. Aber nirgends war etwas abgesperrt. Alles war wie immer. Sie schaute zu dem Berg oberhalb der Klippen, auf den Ahmet, wie sie sich einzureden versucht hatte, möglicherweise geklettert war. Weiß und unergründlich ragte der Berg vor ihr auf.

Auf der Suche nach weiteren Hinweisen wanderte ihr Blick über den Strand. Und dann sah sie es: etwas Türkisfarbenes, Vertrautes. Ihr Kleid. Jemand hatte es über das Geländer der Sonnenterrasse des Restaurants gehängt.

Yvonne stieg aus dem Auto und lief hinüber. Es sah wie ein Beweisstück aus – wofür, wusste sie nicht. Aber sie musste es an sich bringen.

Sie ging auf das Restaurant zu und ließ dabei den Blick weiter über den Strand schweifen: Sie suchte noch immer nach einem Zeichen dafür, dass etwas geschehen war. Sie war gerührt, als sie beim Näherkommen sah, wie sorgfältig jemand das Kleid zum Trocknen ausgebreitet hatte. *Wer auch immer das war, er macht mich nicht dafür verantwortlich*, dachte sie. *Wer auch immer das war, er hasst mich nicht.*

Ermutigt von der Fürsorglichkeit eines Fremden, faltete

sie das Kleid zusammen, klemmte es unter ihren Arm und ging zum Strand hinunter. Kein Anzeichen für irgendetwas.

War es möglich, dass sie sich alles nur eingebildet hatte? Sie berührte ihre Stirn. Sie war beruhigend kühl. Yvonne fühlte sich nicht wohl. Vielleicht war es eine vom Fieber ausgelöste Halluzination gewesen? Sie ging zur Vorderseite des Holzstamms, wo der Junge am Tag zuvor sein Handtuch ausgebreitet hatte. Das Handtuch war verschwunden. Ein gutes Zeichen, fand sie. Sie kniete sich in den Sand und begann zu graben. Nichts. Hoffnung keimte in ihr auf. Eine Halluzination, ja, das war es. Alles andere war unmöglich. Ein Junge, der in dem Meer ertrank, in dem er tagtäglich schwamm? Unmöglich.

Gleich daneben grub sie ein weiteres Loch. Nichts, als dunkler Sand unter der Oberfläche. Halbherzig versuchte sie es ein drittes Mal, um irgendeinen Beweis zu finden. Sie fand ihn. Ein aufgerollter Euroschein. Fünfzig Euro. Fast hundert Dollar. Ein aberwitziger Betrag. Ihre Enttäuschung wuchs sich zu Wut aus.

Sie wusste nicht, ob sie das Geld wieder eingraben oder ob sie es mitnehmen sollte. Das Kleid, das Geld. Das alles waren Beweise gegen sie. Sie nahm die Rolle und steckte sie in ihre Tasche. Sie lief zum Auto zurück.

Eine Stimme hinter ihr rief: »Sie da, kommen Sie zurück.«

Yvonne drehte sich um. Der Kellner. Er hatte einen Lappen in der Hand und eine Schirmmütze auf dem Kopf.

»Ist er für Ihren Geschmack weit genug hinausgeschwommen?«

Yvonne sagte nichts.

»Ahmet sagte mir, dass Sie seine – wie sagt man noch? – *Gönnerin* sind? Ich frage mich, ob er für Ihren Geschmack weit genug hinausgeschwommen ist?« Er kam schnell auf sie zu.

»Ich habe ihn nicht darum gebeten, hinauszuschwimmen«, sagte Yvonne. »Ich habe ihn nicht gebeten …«

»Vielleicht haben Sie ihn um gar nichts gebeten.«

Yvonne ging weiter auf ihr Auto zu. Er lief neben ihr her. »Sie glauben also nicht, dass er Sie beeindrucken wollte, Sie amerikanische Chef-Lady?«

»Ich war nicht seine Chefin«, sagte Yvonne. »Ich bin nicht seine Chefin.«

»Nur damit Sie es wissen: Nicht alle von uns legen so großen Wert darauf, mit Leuten wie Ihnen befreundet zu sein«, sagte der Kellner und blieb stehen.

Sie bebte am ganzen Körper, als sie ihr Auto erreichte. Sie stieg ein und verriegelte sofort die Türen. Dann fuhr sie los und schaute dabei immer wieder in den Rückspiegel, ob jemand ihr folgte. Sie nahm sich fest vor, am Hotel anzuhalten und Ahmets Großmutter die Wahrheit über das zu erzählen, was geschehen war. Sie wollte ihr sagen, wie leid es ihr tat und dass sie nichts dagegen hatte tun können. Sie hatte versucht, den Jungen zu retten.

Als sie am Schlösschen abbremste, sah sie zwei Gestalten, die am Straßenrand entlanggingen und sich nach ihr umdrehten. Sie erkannte die beiden: Es waren der Mann und die Frau, die an dem Tag, als Ahmet Yvonne mit seiner Großmutter bekannt gemacht hatte, Servietten gefaltet hatten. Ihre Blicke trafen sich, und Yvonne hob eine Hand, weniger um Ihnen zuzuwinken, als um ihnen zu verstehen zu geben: *Ja, ich bin's. Hier bin ich.* Das Gesicht der Frau verhärtete sich, und der Mann senkte den Blick zum Boden.

Sie hielt an. Der Mann und die Frau blieben stehen, wo sie waren, ohne auf Yvonne zuzugehen. Eine halbe Minute verstrich. Der Mann, der immer noch den Blick abgewandt hatte, forderte Yvonne durch eine Geste auf, weiterzufahren. Er deutete auf die Straße vor ihr. Nun fuchtelte die Frau mit den Armen, wie um einen lästigen Straßenköter zu verscheuchen. *Fahren Sie endlich, fahren Sie nach Hause.*

Yvonne fuhr schnell, raste um die Kurven, musste dann aber hinter einer langsam fahrenden Autoschlange abbremsen. Sie erwog, die Fahrzeuge zu überholen, aber es waren zehn Autos. Sie zwang sich, ruhig zu bleiben und nicht zu dicht auf das blaue Auto vor ihr aufzufahren. Ein Schild war mit einer Schnur am Nummernschild befestigt. Sie hätte ein bisschen Türkisch lernen sollen. Sie hätte es wenigstens versuchen können.

Die Autos vor ihr fuhren langsam und dicht hintereinander. Sie war sicher, dass es sich um einen Trauerzug handelte. Der Mann und die Frau, die im Hotel arbeiteten, hatten dunkle Kleidung getragen – Trauerkleidung. Die Beerdigung des Jungen.

Sie versuchte sich zu erinnern, wie man sich bei einem Trauerzug verhielt. Sie schaltete die Scheinwerfer ein und dann wieder aus. Sie war nicht sicher, ob es richtig war, sich der Wagenkolonne anzuschließen. Sie erinnerte sich daran, einmal einen Zeitungsartikel über eine Frau gelesen zu haben, die zuerst ihre Tochter und dann sich selbst umgebracht hatte. Es wurden zwei Trauerfeiern abgehalten, und man bestattete die beiden auf verschiedenen Friedhöfen. Mörder und Opfer mussten im Tod und bis in alle Ewigkeit voneinander getrennt bleiben.

Aber sie war keine Mörderin. Sie war jemand, der Freundschaft mit einem Jungen geschlossen hatte. Sie schaltete die Scheinwerfer wieder ein.

Im Rückspiegel des vor ihr fahrenden Wagens erhaschte sie den Blick des Fahrers, der nach rechts deutete. Einen Augenblick später fuhr er an den Straßenrand und ließ hinter sich Platz für Yvonne. Sie parkte ebenfalls. Sie war bereit, sich jedem Urteilsspruch zu fügen.

Sie stieg aus, als der Mann auf sie zukam. Er trug keine dunkle Kleidung. Er lächelte und sagte etwas auf Türkisch.

Yvonne versuchte ihm klarzumachen, dass sie ihn nicht verstand.

»Brauchen Sie etwas?«, fragte er auf Englisch, und während er sie ansah, merkte sie, wie besorgt er war. Sie konnte nur ahnen, welches Bild sie abgab.

»Nein«, sagte Yvonne.

»Sie schalten Licht ein«, sagte der Mann. »Ich denke, Sie brauchen etwas, ich vielleicht helfen kann.«

»Aber nein«, lächelte Yvonne. »Ich dachte nur, es wäre eine Beerdigung.«

»Eine Beerdigung?«

»Ja.«

Der Mann lachte. »Es ist Beschneidung von Neffen«, sagte er. Er deutete auf das Schild über seinem Nummernschild, als ob Yvonne daraus schlau werden könnte. »Wir kommen gerade aus Moschee, und jetzt gibt es Feier.«

»Ihr Neffe?«, fragte Yvonne nach.

»Drei Neffen. Cousins – werden alle zusammen beschnitten. Dürfen auf Kamel reiten, so sie haben gute Erinnerung, und dann …« Er deutete mit den Fingern eine Schneidbewegung an und lachte.

»Verzeihung«, sagte Yvonne. »Das wusste ich nicht.«

»Macht nichts«, lächelte der Mann. »Es geht Ihnen gut?«

Yvonne ging es ganz und gar nicht gut. Sie versuchte zu lächeln.

»Es geht Ihnen gut«, sagte er. »Einen schönen Tag.«

Jemand lief vor dem Haus in Datça auf und ab. Özlem.

»Hallo«, sagte Yvonne, als sie die Treppe hinaufkam. Sie war unendlich erleichtert, eine Freundin zu sehen. Ihre einzige Freundin.

»Kommen Sie«, sagte Özlem. »Gehen wir hinein.«

Sobald sie im Haus waren, schloss Özlem die Tür ab.

»Sie haben es also gehört«, sagte Yvonne.

»Ach, Yvonne, es tut mir so leid.«

»Was haben Sie denn gehört?«

Özlem starrte Yvonne an, als überlegte sie, ob sie es ihr sagen sollte oder nicht.

»Nur zu«, sagte Yvonne. »Das, was sich momentan in meinem Kopf abspielt, kann auch nicht schlimmer sein als das, was Sie mir zu sagen haben.«

»Die Leute sagen, dass Sie mit dem Jungen befreundet waren, der ertrunken ist.«

»Also ist er tatsächlich ertrunken«, murmelte Yvonne. Ihr war plötzlich übel.

»Ja«, sagte Özlem, und nach einer Weile: »Man nimmt an, dass er mit dem Kopf auf die Felsen aufgeschlagen ist. Vielleicht war er unter Wasser irgendwo eingeklemmt. Vielleicht war es eine Schiffsschraube. Er ist tot.«

Sie standen im Flur. Yvonne musste sich setzen. Sie vergrub ihr Gesicht in den Armen, um das Licht fernzuhalten.

Yvonne spürte Özlems Hand, die über ihr Haar strich. Sie versuchte sich an den letzten Menschen zu erinnern, der das getan hatte. Ihre mittlere Schwester hatte bei der Beerdigung der Mutter versucht, sie zu beruhigen und zu trösten, indem sie ihr Haar berührte.

»Sie haben es nicht gewusst«, sagte Özlem.

Yvonne schüttelte den Kopf, den sie noch immer in den Armen barg.

»Das tut mir leid«, sagte Özlem.

Yvonne ließ die Arme sinken und schaute auf. »Was haben sie gesagt?«, fragte sie besorgt. Sie dachte an den Kellner in Knidos. Özlem sah sie an; sie wollte nichts sagen. »Bitte«, drängte Yvonne.

»Ein paar Leute können sich keinen Reim darauf machen, warum Sie allein hierhergereist sind und warum Sie sich mit dem Jungen angefreundet haben.«

»Darf ich denn nicht allein verreisen?« Der Klang ihrer eigenen Stimme überraschte sie. Sie war tief, laut, grimmig.

»Ich sage nur, was ich gehört habe.«

»Ich weiß«, sagte Yvonne. »Es tut mir leid.«

»Die Leute glauben, dass Sie ihm Geld gegeben haben, damit er stirbt. Sie wissen, dass Ihr Mann auch tot ist, und jetzt glauben sie, dass irgendwas … Sie können sich einfach keinen Reim darauf machen.«

Yvonne stand auf und ging ins Wohnzimmer, wo sie zwischen dem Bücherregal und der Vitrine mit den Gewehren hin und her lief.

Özlem sah sie an und wandte dann den Kopf zum Fenster. »Ich glaube, Sie sollten vorsichtig sein«, sagte sie. »Als ich hierherkam, habe ich ein Fernsehteam gesehen, das gerade weggefahren ist.«

Yvonne setzte sich auf die Stufe zwischen dem Flur und dem Wohnzimmer. »Was soll ich Ihrer Meinung nach tun?«

Özlem antwortete wie aus der Pistole geschossen, als hätte sie über diese Frage schon gründlich nachgedacht. »Sie sollten verschwinden«, sagte sie.

»Und wohin?« Yvonne dachte an Matthew, der jeden Tag kommen konnte, um sie mit der Yacht abzuholen. Vielleicht sogar schon morgen?

»Verlassen Sie das Land. Fliegen Sie nach Hause. Es hat keinen Sinn hierzubleiben, wo die Dinge nun mal sind, wie sie sind.«

»Ich kann nicht einfach mir nichts, dir nichts abreisen«, sagte Yvonne. »Dann sieht es so aus, als hätte ich etwas Unrechtes getan.« Sie stellte sich die Frau vor, die Peter auf dem Gewissen hatte. Ihre teigige Haut, ihre grauen Jeans. Ihre matten Augen. Dieser Anblick, als sie sich rückwärts vom Unfallort entfernte, sich dann umdrehte und davonrannte.

»Und seine Familie«, sagte Yvonne und bedeckte erneut ihre Augen, diesmal mit den Handflächen. »Ich glaube, ich sollte seine Familie aufsuchen.« Kaum hatte sie das gesagt, wurde ihr klar, dass sie ihre Entscheidung bereits gefällt hatte. »Wissen Sie etwas über sie?«

Özlem schwieg. Sie wusste etwas.

»Bitte«, drängte Yvonne. »Bitte.«

»Sie sind aus Kappadokien«, sagte Özlem. »Aus einer kleinen Stadt in Kappadokien.«

»Wie heißt die Stadt?«, fragte Yvonne.

Özlem zögerte einen Augenblick und sagte dann widerstrebend: »Ürgüp.«

Yvonne bat sie, ihr den Namen zu buchstabieren. Özlem zog eine Quittung aus ihrer Handtasche hervor. Auf die Rückseite schrieb sie den Namen von Ahmets Stadt und seinen Familiennamen. Dann reichte sie Yvonne den Zettel. Yvonne starrte auf die Quittung. Sie hatte seinen Familiennamen nicht gekannt. *Yildirm.*

»Ich glaube, Sie machen einen Fehler«, sagte Özlem. »An Ihrer Stelle, würde ich genau das tun, was ich jetzt tun werde. Einfach abhauen. Nach Hause gehen.«

»Sie gehen nach Istanbul?«

»Ich fliege heute Nachmittag. Ich habe wenig Hoffnung, hier noch irgendetwas zu regeln. Und Sie sollten auch nach Hause gehen.«

Es blieb keine Zeit, um sich richtig zu verabschieden. Özlem hielt Yvonne behutsam in den Armen, als hätte sie Angst, Yvonne könnte schon unter dem leichtesten Druck zusammenbrechen.

Nachdem Özlem gegangen war, packte Yvonne schnell ihre Sachen. Sie würde nach Kappadokien fahren. Sie wusste nicht, wo das war und wie lange die Fahrt dauern würde, aber sie würde hinfahren. Als sie den Hang zur Hauptstraße hinunterfuhr, begann sie, sich Sorgen zu machen. Was würden die Leute denken, wenn sie merkten, dass sie die Stadt für immer verlassen hatte?

Sie hatte keine Wahl: Sie würde sich freiwillig stellen. Auf der Hauptstraße von Datça hatte sie eine Polizeiwache gesehen. Es war ein steriles, massives Gebäude, vor dem ständig ein gutes Dutzend Fahrzeuge parkte, was die Vermutung nahelegte, dass die Polizei vor lauter Arbeit auf der Wache keine Zeit fand, auf Streife zu gehen.

Sie würde auf die Wache gehen und berichten, was passiert war. Bestimmt sprach einer von ihnen Englisch. Sie würde ihnen alles erzählen, was sie von dem Jungen wusste, alles, was an jenem Tag und an den Tagen zuvor geschehen war. Sie stellte sich eine ganze Reihe von Polizisten mit teigigen Gesichtern vor, die sich ihre Geschichte anhörten. Sie würde die Entscheidung ihnen überlassen.

Sie fuhr zur Polizeiwache und stellte das Auto auf dem Parkplatz davor ab. Sie ging die drei Stufen zum Gebäude hinauf und stand plötzlich der Büste eines Mannes gegenüber, mit dessen Namen sie nichts anzufangen wusste. Während sie die Büste betrachtete, trat ein schnurrbärtiger Polizist auf sie zu: »*Merhaba*«, sagte er und setzte noch etwas hinzu, was sie nicht verstand.

»*Merhaba*«, erwiderte sie.

Sie hörte jemanden schreien und spähte den Korridor hinunter. Arrestzellen säumten das Erdgeschoss, und das Gebrüll eines Gefangenen hatte nicht weniger als drei Wärter auf den Plan gerufen, die ihre Schlagstöcke wie Fackeln in die Luft hielten.

Sie drehte sich wieder zu dem schnurrbärtigen Polizisten um. Er starrte sie unverwandt an und wartete darauf, von ihr den Grund ihres Kommens zu erfahren.

»Gibt es hier eine Toilette?«, fragte Yvonne.

Er verstand nicht, was sie wollte.

»WC?«

Er schüttelte den Kopf.

Sag etwas, befahl sie sich. *Gestehe.*

»Ach, hier sind Sie«, rief eine Stimme hinter ihr. Sie drehte sich um. Es war Ali Çelek. »Ich habe Ihren Wagen draußen gesehen«, sagte er zu Yvonne.

Dann sprach er den Polizisten auf Türkisch an, und der antwortete. Yvonne meinte, *WC* herausgehört zu haben, und der Polizist lächelte. Ali lächelte ebenfalls, drehte sich dann zu Yvonne um und runzelte die Stirn. »Gehen wir?«, fragte er. Er fasste sie am Ellbogen und führte sie zur Tür hinaus.

»Tut mir leid wegen des Autos«, sagte sie, da sie unsicher war, was er von ihr wollte.

Er überging ihre Entschuldigung. »Was hatten Sie dort eigentlich zu suchen?«, fragte er.

»Ich weiß es nicht«, sagte Yvonne. Sie standen vor der Polizeiwache.

Ali starrte sie an. »Seien Sie nicht dumm«, sagte er.

»Sie wissen es?«, fragte Yvonne.

»Ja«, antwortete Ali. »Irgendwelche Reporter haben bei

mir zu Hause angerufen. Ich war gerade auf dem Weg zu Ihnen, als ich Ihr Auto hier stehen sah.«

Er deutete mit dem Kinn auf den Renault. »Sind Sie verrückt?«, fragte er.

»Ich hatte nicht vor …« sagte Yvonne und unterbrach sich. Sie wusste nicht, was sie eigentlich vorgehabt hatte. »Ich wollte gerade nach Kappadokien.«

»Warum?«

Sie erzählte Ali, dass Ahmet aus dieser Gegend kam und dass sie zu seinen Eltern wollte, um ihnen alles zu erklären. Sie spürte, wie die Sonne auf ihr dunkles Haar brannte.

»Ich finde das sehr mutig von Ihnen«, sagte Ali. Yvonne war überrascht. Sie hatte von ihm die gleiche Reaktion wie von Özlem erwartet. »Jeder sollte für sein Handeln einstehen«, sagte er. »Ich freue mich, dass Sie so denken.«

Yvonne war so dankbar, dass sie beinahe angefangen hätte zu weinen.

»Aber es ist zu weit; sie können da nicht selbst hinfahren. Sie sind wirklich nicht in der Verfassung, selbst zu fahren.« Er sah sie an und wandte dann den Blick ab. Sie hätte gern gewusst, wohin er schaute. »Ich bringe Sie zum Busbahnhof. Geben Sie mir die Schlüssel.«

Ali stellte den Fahrersitz des Renaults ein und ließ dann den Motor an. Er fuhr sie bis vor das kleine Büro an der Busstation, nahm ihren Koffer aus dem Auto und half ihr beim Ticketkauf. Es gab keine direkte Busverbindung in die Stadt des Jungen. Sie musste zuerst nach Konya und dort übernachten, um am nächsten Tag nach Ürgüp weiterzukommen.

Ali setzte sich in der kleinen, kahlen Wartehalle neben

sie. Es gab nichts mehr zwischen ihnen zu sagen, und bald stand er auf. Er ging zum Fahrkartenschalter im Bahnhofsgebäude und kam mit einem kleinen, uniformierten Mann zurück.

»Dieser Mann wird sich jetzt um Sie kümmern«, sagte Ali.

»Danke.« Yvonne gab ihm die Hand.

»Danke, dass Sie in die Türkei gekommen sind«, sagte Ali. Seine Stimme hatte nun einen Tonfall angenommen, mit dem er vermutlich alle Gäste ansprach, die sein Haus gemietet hatten und die nun wieder abreisten. »Es hat mich gefreut, Sie kennenzulernen.« Er drückte ihr die Hand und ließ sie fallen. Dann drehte er sich um und verschwand durch die Tür.

Der uniformierte Mann war der Vorsteher des Busbahnhofs. Er bat Yvonne in sein Büro. »Ich möchte Sie nicht draußen warten lassen«, sagte er. Sie nahm sein Angebot an. Er zog ihr den Koffer und staubte einen Metallstuhl neben seinem Schreibtisch ab.

Er wollte sie mit seinen Sprachkenntnissen beeindrucken. Er zeigte ihr Bilder von seiner Frau und seinem Sohn. »Sie fahren nach Konya?«, fragte er.

»Ich steige dort um«, erklärte Yvonne.

»In Konya es gibt sehr viel Religion«, sagte der Mann. »Der Mevlana ist in Konya.«

»Der Mevlana?«

»Sie kennen nicht?«

»Nein.«

»Mevlana?«

»Nein«, sagte Yvonne. Sie bedauerte, dass sie in sein Büro mitgegangen war.

»Vielleicht nennt anders in Ihrer Sprache«, sagte er und schaltete seinen altertümlichen Computer ein, der Schnarchgeräusche von sich gab, während eine Reihe grüner Lämpchen aufblinkte.

Er tippte mit zwei Zeigefingern und deutete dann auf den Bildschirm, als wäre ihm gerade ein Zaubertrick gelungen. »Rumi«, sagte er. »So ihr nennt ihn.«

Yvonne nickte. Sie kannte den berühmten Dichter, hatte seine Bücher daheim bei Freunden stehen sehen. »Ja, jetzt weiß ich«, sagte sie und hoffte, die Unterhaltung damit beendet zu haben.

»Vor viele Jahre ich getroffen habe eine Frau. Damals ich gearbeitet in Istanbul. Sie ist von London, und sie nie vorher in Türkei gewesen, aber sie hat einen Traum. In ihrem Traum sie sieht Männer mit weiße Hut, die immer im Kreis drehen. So sie liest Bücher, weil sie will Antwort finden, wer sind die Männer, die im Kreis drehen. Sie lernt, dass es sind die Derwische in Konya. Sie hat sehr schweres Leben aber sie nimmt ihr Geld und verlässt Ehemann. Sie kommt nach Konya, die Männer ansehen, und es ist wie in ihrem Traum. Meine Freund glaubt, sie ist Muslima danach. Sie sagt, sie ist jetzt gerettet.«

Er sah Yvonne mit großen Augen an, als erwartete er ähnliche Träume auch bei ihr.

»Ich steige dort nur um«, sagte Yvonne. »Ich fahre morgen früh mit einem anderen Bus weiter.«

»Aber Sie übernachten in Konya?«

»Eine Nacht, ja«, sagte Yvonne.

»Dann Sie müssen besuchen Derwische und Grab von Mevlana. Es ist im Mevlana Museum.«

Yvonne schaute auf die Uhr. Noch eine Viertelstunde bis zur Abfahrt ihres Busses. Sie wollte im Bus sitzen, bevor die Polizei, Zeitungsreporter oder irgendjemand sonst herausfand, wo sie war. Sie wollte ohne Umwege Ahmets Familie aufsuchen. Es waren die Einzigen, die eine Erklärung von ihr verlangen konnten, die Einzigen, die ihr vergeben oder sie verurteilen konnten.

»Ihr Bus ist da«, sagte der Mann.

Es war ein großer, weißer Bus, ein Reisebus, obwohl alle die einstiegen, offenbar Einheimische waren, einige davon mit der ganzen Familie – Kinder und Eltern. Sie suchte sich einen Platz im hinteren Teil, setzte sich ans Fenster und zwang sich, darüber nachzudenken, was sie Ahmets Familie sagen würde. Sie hatte weder eine Vorstellung davon, wo sie anfangen sollte, noch – das wurde ihr jetzt erst bewusst –, wie sie sie überhaupt finden wollte.

Ein junger Mann ging durch die Sitzreihen und bot Kaffee und Snacks an. Als er zu Yvonne kam, lehnte sie den angebotenen Kaffee ab – sie war auch so schon nervös genug –, nahm aber die grellgrüne Packung entgegen, die er ihr reichte. Früchtekuchen. Statt sich zu bedanken, nickte sie dem Mann nur zu, und er lächelte sie an.

Sie versuchte zu schlafen, war aber nicht müde. Sie versuchte zu lesen, aber davon wurde ihr übel. Sie riss die grellgrüne Verpackung auf und schlang den Früchtekuchen mit drei Bissen hinunter. Sie schaute zum Fenster hinaus und las die wiederkehrenden Hinweisschilder nach

Konya. KONYA 310 KILOMETER; KONYA 240 KILOMETER.

Der Bus hielt an einer kleinen Haltestation. Yvonne ging auf die Toilette. In der Nachbarkabine übergab sich eine Frau. An dem kleinen Kiosk der Station kaufte Yvonne eine Packung Salzstangen und eine Flasche Wasser und blieb noch eine Weile lang im Freien in der Nachmittagssonne. Sie sah eine Gruppe Polizisten, die im Schatten miteinander plauderten. *Kommt, holt mich*, dachte sie. *Kommt, holt mich*, dachte sie bei jedem Auto, das vorüberfuhr. Yvonne fühlte sich weniger schuldig, weniger auf der Flucht, wenn sie ohne Sonnenbrille in der grellen Sonne stand. *Ich bin hier, ich verstecke mich nicht. Holt mich.*

Als sie wieder in den Bus stieg, kam sie an der Frau vorbei, die sich in der Toilette übergeben hatte. Ihre Blicke trafen sich, und die Frau schaute schnell zur Seite.

Am Busbahnhof von Konya bat Yvonne einen Taxifahrer, sie zu einem Hotel zu bringen, zu irgendeinem.

Der Fahrer dachte einen Augenblick nach. »Hotel Mevlana«, sagte er dann.

Yvonne drehte die Scheibe herunter. Die Gerüche der belebten Stadt wehten ins Taxi, in ihre Nase. Sie konzentrierte sich darauf, auszuatmen. Konya bestand aus endlos vielen Kreisverkehren mit Hunderten von Fahrrädern und Bussen, und als sie endlich vor dem Hotel Mevlana hielten, war Yvonne schwindelig von den vielen Kurven und der Hitze. Sie bezahlte den Fahrer und trat durch die Drehtür des Hotels in die dunkle Eingangshalle. Sie nahm ein

Zimmer und bat darum, zeitig geweckt zu werden. Ihr Bus nach Ürgüp ging früh um halb sieben.

Sie fuhr mit dem Lift in die zweite Etage und trat in einen dunklen Korridor. Nach ein paar Schritten ging das Licht an, und Yvonne zuckte zusammen. Auch in ihrem Zimmer war es dunkel, bis sie ihren Zimmerschlüssel in einen Schlitz steckte. Als das Licht anging, sprang auch die Klimaanlage an. Die Tapete an den Wänden war goldfarben, der Bettüberwurf reinweiß.

Sie duschte, wusch sich den Schmutzfilm vom Körper und vom Gesicht, setzte sich nackt auf das Bett und wartete darauf, dass der Raum abkühlte. Nun, da sie aus Datça entkommen und bereits so weit entfernt war, ging es ihr besser. Aber schon bald musste sie wieder an Ahmet denken. An die Gesichter der Leute ringsum im Wasser, die lärmten und schrien. Sie legte sich aufs Bett, spürte die Hand des Mannes im Wasser an ihrem Bein, des Mannes, der glaubte, Ahmet gefunden zu haben. Sie musste aus diesem Zimmer heraus. Sie konnte hier nicht allein bleiben.

Sie dachte an den Vorsteher des Busbahnhofs und an seine Geschichte über die Frau, die vom Mevlana und von den Derwischen gerettet worden war. Was hatte diese Frau gesehen? Sie zog sich rasch an und verließ mit einem Stadtplan in der Hand das Hotel.

Zweimal kam sie in das Hotel zurück, um sich den Weg zum Mevlana Museum beschreiben zu lassen. »Einfach die Straße hinunter«, sagte der Mann an der Rezeption beim ersten Mal. Beim zweiten Mal deutete er in die Richtung: »Ein weißes Gebäude.« Verzagt tat Yvonne so, als könnte sie es in der Ferne sehen, und bedankte sich.

Jedes Mal, wenn sie das Hotel verließ und die Drehtür aufstieß, trafen die Hitze und der Dieselgestank sie mit voller Wucht. Sie lief über die Hotelzufahrt zur Straße, und nach zwei Kreisverkehren hatte sie sich abermals verlaufen. Nirgendwo in der Stadt gab es Zebrastreifen. Die Autos hupten, und die Fahrradfahrer klingelten. Eine vierköpfige Familie bahnte sich auf einem einzigen Fahrrad den Weg durch den Verkehr, der Vater trat in die Pedale, ein Kind saß auf dem Lenker, das andere Kind und die Mutter kauerten hinter ihm. Yvonne fühlte sich elend.

»Madame«, riefen Männer, die Pizza, Teller und Souvenirs mit Bildern vom Mevlana, einem weißbärtigen Mann, feilboten. »Madame, wohin wollen Sie?« Yvonne lief weiter. Anscheinend war sie die einzige Touristin in Konya.

Schließlich fand sie das Mevlana Museum. Ein halbes Dutzend Aufseher stand plaudernd oder rauchend am Eingang. Sie eilte ins Gebäude.

Alle Frauen im Museum trugen bunte Kopftücher mit Blumenmustern. Yvonne berührte mit einer Hand ihren Kopf und versuchte sich vorzustellen, wie er sich wohl bedeckt anfühlen würde. Dabei ertasteten ihre Finger die überdimensionierte Sonnenbrille aus dem Duty-Free-Shop, die noch auf ihrem Kopf saß. Sie nahm sie schnell ab und verstaute sie in ihrer Handtasche. Vorschriftsgemäß blieb sie an einem Behälter stehen, in dem blaue Plastiküberschuhe lagen, und streifte sie über ihre Sandalen.

Sie trat in einen überfüllten Raum. Eine Schar von Frauen umkreiste ehrfürchtig eine Glasvitrine in der Mitte des Raumes. Yvonne lief um sie herum und versuchte herauszufinden, was sie umkreisten. Sie erhaschte einen

Blick in die Vitrine und auf eine perlmuttfarbene Kassette, konnte aber nicht erkennen, was sich darin befand. Sie beobachtete, wie die Frauen die Finger beider Hände aneinanderlegten und sie dann geschlossen zum Gesicht hoben, als wollten sie Wasser zum Trinken schöpfen. Diese Geste wiederholten sie immer und immer wieder, wobei sie die kleine Kassette umkreisten.

Als die Schar sich kurzzeitig lichtete, trat Yvonne näher an die Kassette heran. Eine kleine Tafel verriet deren Inhalt: MOHAMMEDS BART. Yvonne war verblüfft. Sie hatte noch nie davon gehört, dass eine solche Reliquie überhaupt existierte. Gab es etwas Vergleichbares im Christentum? Was kam dem nahe? Das Turiner Grabtuch? Die Heilig-Blut-Reliquie? Sie beneidete diese Frauen, die einem greifbaren Beweis für die Existenz ihres Propheten so nahe sein konnten.

Nun begann eine Familie, die silberne Kassette zu umkreisen, und Yvonne, die sich wie eine Betrügerin vorkam, trat zur Seite. Dem Vater und der Mutter folgte ein kleines Mädchen in einem weißen Kleid, das mit rosa Schäfchen bedruckt war. Wie seine Eltern hob auch das Mädchen die Hände zum Gesicht. Die Kleine merkte, dass Yvonne sie anstarrte, und Yvonne wandte den Blick ab.

Das Mädchen, die Hitze, die ständigen Kreisbewegungen – Yvonne hatte das Bedürfnis nach Frischluft und nach etwas zu essen. Sie musste raus aus dem Museum. Sie lief an den Aufsehern vorbei ins Freie; erst dann fiel ihr auf, dass sie noch immer die blauen Plastiküberschuhe über den Sandalen trug. Sie streifte sie schnell ab und eilte davon.

Wasser sprudelte laut in einem großen, gefliesten Brunnen. Ringsum, im Schatten des Beckens, standen kleine Bänke. Auf einigen der Bänke saßen Männer und schöpften Wasser zum Trinken und Waschen mit Blechtassen, die am Brunnen angekettet waren. Yvonne setzte sich auf eine der niedrigen Bänke, füllte eine Blechtasse mit Wasser aus einem der Hähne und goss es über ihre Füße. Dann füllte sie den Becher erneut und schüttete ihn über den Kopf. Wasser tröpfelte über ihren Rücken, als sie weiterging. Die Kühle breitete sich über ihren ganzen Körper aus.

Nirgends war ein Restaurant zu sehen. Bei einem Straßenhändler kaufte sie einen Vanilleeisriegel mit Schokoladenüberzug. Sie aß schnell und nicht sonderlich manierlich, damit das Eis in der Hitze nicht schmolz. Sie überquerte Straßen und atmete jedes Mal auf, wenn sie es unfallfrei auf die andere Seite geschafft hatte. In Schaufenstern sah sie großformatige Hochzeitsfotos, pompöse Trauerkränze. In Kellern rollten Frauen Teigfladen auf großen, runden Tischen aus. In Friseurläden saßen Männer auf schimmernden, orange- und chromfarbenen Sesseln und ließen sich rasieren. Sie kam an einem weißen Haus mit einem seltsamen Schild vorbei: Ein lächelnder Delphin in Polizeiuniform auf einem Motorrad. Sie beschleunigte ihren Schritt und erreichte schließlich eine Straße mit vielen Restaurants und jungen Leuten.

Vor einem schindelverkleideten Haus, über dessen Eingang ein Schild mit der Aufschrift TEAHOUSE hing, blieb sie stehen und lauschte der Musik, die von innen herausdrang. Es war die gleiche Musik, die überall in Konya gespielt wurde – rein instrumentale Stücke ohne Anfang und

Ende. Ein junger Mann am Eingang des Teehauses sprach sie an.

»Madame«, sagte er. »Ihre Kinder. Sie sind hier.«

Yvonne schüttelte den Kopf, aber der Mann – es war der Kellner – zeigte auf das Dach des Teehauses.

»Doch, doch, sie sind hier«, sagte er. »Dort oben.«

Es schien ziemlich unsinnig, dass ihre Kinder hier sein sollten, aber der Mann klang so überzeugt. Waren ihre Kinder nach Konya gekommen, um sie zu überraschen? Aber woher sollten sie wissen, dass sie hier war?

»Kommen Sie«, bat der Kellner, und da Yvonne hungrig und durstig war und alles möglich sein konnte, folgte sie dem Mann über eine schmale Treppe mit rissigen Fliesen, vorbei an Wänden, an denen glanzlose Zinnteller hingen. Ihr Magen knurrte, und sie keuchte. Sie hatte das Gefühl, die Beine würden ihr den Dienst versagen, sobald sie ihre Kinder sah. Dankbarkeit überkam sie. Sie würde ihnen alles erzählen. Sie würde ihnen sagen, wie leid es ihr tat, dass nicht alles so lief, wie es sollte.

Yvonne folgte dem Kellner auf das Dach des Gebäudes, wo sich Studenten in Grüppchen angeregt unterhielten oder für sich allein in einem Buch lasen. Yvonne ließ den Blick über die Tische wandern. Sie sah Mädchen, die enge Kleider und Kopftücher trugen und mit jungen Männern flirteten, die genüsslich ihre Wasserpfeife rauchten. Sie folgte dem Mann, wandte ständig den Kopf hin und her und war sicher, ihre Kinder vor ihm zu entdecken.

Der Kellner blieb an einem Tisch stehen, an dem ein junger Mann und eine junge Frau saßen und Ansichtskarten schrieben. Sie hatten blasse Gesichter und dunkelblondes Haar. Das waren nicht ihre Kinder.

»Hier sind sie«, sagte der Kellner. Das Pärchen schaute Yvonne verständnislos an. Der junge Mann sah sympathisch aus. »Ein anstrengender Tag, oder?«

Yvonne brachte kein Wort heraus. Sie schloss die Augen.

»Woher kommen Sie?«, fragte die Frau.

»Aus Kanada?«, riet der Mann.

»Wir sind aus den Niederlanden«, sagte die Frau und zeigte auf sich und ihren Partner.

»Anscheinend sind wir die einzigen Touristen in Konya, die nicht aus der Türkei kommen«, bemerkte der Mann und lächelte Yvonne zu.

Allmählich gewann Yvonne ihre Fassung zurück.

Der Kellner schaute zuerst das Pärchen, dann Yvonne an. »Nein?«

»Nein«, sagte der junge Mann.

»Ach, Madame, das tut mir leid«, sagte der Kellner. Und plötzlich spürte Yvonne, dass er tatsächlich Grund zum Bedauern hatte. Einen kurzen, lächerlichen Moment lang hatte sie geglaubt, hier ihre Kinder zu treffen, die sie in dieser Nacht im Arm halten und sich um sie kümmern würden und bei denen sie sich ihren Kummer von der Seele hätte reden können. Sie wären mit ihr in den nächsten Bus gestiegen, sie hätten Schulter an Schulter gesessen, unterwegs nach Ürgüp, zu Ahmets Familie, um alles wieder in Ordnung zu bringen.

Aber nun wollte sie nur noch fort von hier.

Yvonne lief die schmale Treppe mit den zersprungen

Fliesen hinunter und blieb erst stehen, als es nicht mehr weiterging. Sie war zu weit gelaufen und befand sich nun im Keller des Teehauses, in dem mehrere Sofas und ein Friseurstuhl standen. Im Raum hing der schwere Geruch von Rauch und Gewürzen. Obwohl niemand hier unten war, kam ihr der Raum lebendig vor, als hätten sich vergangene Nacht viele Leute hier unten versammelt und wären erst früh am Morgen wieder gegangen.

Yvonne rannte hinauf ins Erdgeschoss des Teehauses und dann hinaus auf die Straße. Unwillkürlich musste sie einen Blick zum Dach des Hauses werfen. Dort sah sie die beiden blassen Gesichter des jungen Pärchens, das die Ansichtskarten geschrieben hatte. Sie schauten zu ihr herunter; sie wollten sehen, wohin sie ging. Schnell bog sie um die nächste Ecke und setzte ihren Weg fort, vorbei an Möbelgeschäften mit breiten, goldenen Betten in den Schaufenstern, vorbei an Autos, Bussen und Fahrrädern, vorbei am endlosen Verkehrsstrom. Jeder in dieser Stadt schien immer gerade irgendwohin unterwegs zu sein.

Die Dämmerung brach herein. Und sie hatte Hunger.

Sie sah die Moschee mit dem grünen Turm und dem goldenen Minarett und wusste, dass sie in der Nähe des Mevlana Museums und ihres Hotels war. Sie lief weiter und sah Männer und Frauen, die vor einem Restaurant aus einem Taxi stiegen. Sie folgte ihnen durch den Eingang. Es duftete nach warmem Essen.

»Sie sind hier wegen Derwische?«, fragte ein Mann im Foyer. Er trug ein weißes Hemd mit Button-down-Kragen, eine Halskette und gebügelte Jeans.

Yvonne schüttelte den Kopf. »Vielleicht«, sagte sie dann.

»Es gibt noch ein paar Plätze. Die Vorstellung ist um acht Uhr.«

»Kann ich denn vorher noch etwas essen?«

Der Mann lächelte freundlich und deutete zur Treppe. »Ja, das ist inklusive.« Er nannte ihr den Preis, und sie gab ihm das Geld.

»Dann bis in einer Stunde, um acht Uhr«, sagte er und deutete noch einmal zur Treppe.

Das Restaurant lag auf einem Dach mit Blick auf das Mevlana Museum und die Moschee. Von irgendwoher – aus dem Rosengarten unter ihr? Aus der Moschee? – wehte der Klang einer Flöte zu ihr hinauf. Sie schloss die Augen und lauschte. Sie wollte sich von der Melodie tragen lassen. Sie war so benommen, dass sie das Gefühl hatte, jeden Augenblick ohnmächtig zu werden.

Sie bestellte *eski ebelli*, denn die Speisekarte pries dieses Gericht als Spezialität von Konya an. Als es serviert wurde, stellte sie fest, dass es sich um einen großen, runden Teigfladen mit darin eingewickeltem Gemüse und Fleisch handelte. Das war es also, was all die Frauen in Konya mit ihren dünnen Nudelhölzern herstellten.

Sie aß so gierig und mit einem solchen Heißhunger, dass Fleischstücke auf den Teller fielen. Öl tropfte auf ihre Hände. Die kleinen Servietten auf dem Tisch waren zu dünn, um es aufzusaugen, und so blieben ihre Hände glitschig. Sie beugte sich tief über den Tisch, um das Chaos, das sie auf ihrem Teller angerichtet hatte, und ihr fettglänzendes Gesicht vor den anderen Gästen zu verbergen. Sie war die einzige Person in dem großen Restaurant, die allein speiste.

Nach dem Essen fühlte sie sich ruhiger. Das Flötenspiel und der Abendwind entspannten sie. Es war fünf Minuten vor acht, und sie beschloss, sich die Vorstellung ein paar Minuten lang anzusehen. Sie dachte an die Frau, die von den Derwischen geträumt hatte. Sie sehnte sich nach Zerstreuung.

In dem Vorführungssaal standen Klappstühle in dichten Reihen, und es roch intensiv nach Weihrauch. Es gab nur noch einen freien Stuhl am Rand der ersten Reihe. So unauffällig wie möglich nahm sie Platz.

Vier Männer in weißen Roben und mit hohen, schmalen Hüten bewegten sich zur Mitte der Bühne: die Derwische. Sie waren alle in den Vierzigern, dunkelhaarig und von mittlerer Statur. Alle gleichzeitig begannen sie zu tanzen. Mit einem Fuß, der in einer Art Pantoffel steckte, hielten sie Kontakt zum Boden, während sie mit dem anderen eine ausgeklügelte Bewegung vollzogen, sich langsam vom Boden abstießen, den Fuß zur Wade des anderen Beins führten, ihn wieder senkten und sich abermals vom Boden abstießen. Bald drehten sich alle Derwische schnell und im perfekten Einklang in dieselbe Richtung. Sie schienen in eine Art Trance zu fallen, und die Hände ihrer ausgebreiteten Arme wandten sich in entgegengesetzte Richtungen, die eine Handfläche nach oben, die andere nach unten. Yvonne sah gebannt zu. Sie spürte den Luftzug, den die kreisenden Roben der Derwische erzeugten, an ihren Knöcheln.

Zehn Minuten vergingen, eine Viertelstunde. Die Männer drehten sich noch immer in ihrer eigenen Traumwelt, immer im gleichen Abstand zueinander. Yvonne wurde allmählich schwindelig. Sie fragte sich, wie lange sie diesen ständigen Kreisbewegungen noch zusehen konnte. Sie fragte sich, ob sie sich wohl immer in die gleiche Richtung drehten. Insgeheim hoffte sie, dass einer von ihnen hinfallen oder wenigstens die Augen öffnen möge. Irgendetwas, egal was, nur um dieses unbarmherzige, ständige Drehen zu unterbrechen.

Schließlich hörte sie, wie sich der Rhythmus der auf den Boden auftippenden rechten Füße verlangsamte, und sie sah, dass alle Derwische in ihren wirbelnden Kreisbewegungen innehielten. Ohne den von den Roben verursachten Luftzug verstärkte sich der Weihrauchgeruch, und der Saal heizte sich auf. Yvonne stand auf und eilte zum Ausgang.

Kein Taxi war in Sicht, und so machte sie sich zu Fuß auf den Weg. Sie wusste, dass es nicht weit zum Hotel Mevlana war. Sie zog ihren nutzlosen Stadtplan zu Rate und lief eine Straße hinunter, die an einer Steinmauer entlangführte. Im weiteren Verlauf der Straße wurde die Mauer niedriger, und Yvonne sah dahinter einen Friedhof mit lauter schmalen Grabsteinen, deren Größe und Form an alte Pendeluhren erinnerten. Sie betrachtete einen der Grabsteine genauer, um herauszufinden, ob die Toten erst kürzlich oder schon vor langer Zeit hier bestattet wurden, und ihr stockte der Atem, als sie den Namen las: AHMET.

Sie entzifferte die Inschrift auf dem nächsten Grabstein: AHMET.

Sie klemmte ihre Handtasche unter den Arm und rannte die Straße hinunter in Richtung Hotel. Beim Laufen suchte sie weiter nach Namen auf den Grabsteinen; sie hatte das

Gefühl, dass jeder zweite Grabstein auf Ahmets Tod verwies.

Als sie das Ende des Friedhofs erreicht hatte, war sie außer Atem. Sie schaute in die Richtung, in der sie das Hotel vermutete, doch dort lag nur eine verlassene Tankstelle, die geschlossen hatte. Sie schaute nach links und rechts. Lediglich die paar Autos, die rasch vorbeifuhren, spendeten ein wenig Licht. Sie wandte sich um; sie hätte denselben Weg wieder zurückgehen können, doch das hätte bedeutet, abermals an dem Friedhof vorbeizumüssen. Sie war schweißgebadet. Sie fühlte sich gehetzt.

»Taxi«, rief ein Mann, und Yvonne drehte sich um. »Ich nehme Sie mit«, rief er.

Sie hatte keine Wahl. Sie folgte ihm über die Straße, und er fragte, wohin sie wollte. »Hotel Mevlana«, sagte sie. Er deutete auf ein gelbes Taxi. Sie nahm auf der Rückbank Platz. Einen Augenblick später ging die Beifahrertür auf, und ein weiterer Mann stieg ein. Yvonne schaute zum Fahrer, der ihren Blick aber nicht erwiderte. Stattdessen wandte er sich seinem Freund zu, der sich eine Zigarette anzündete. Sie umklammerte ihre Handtasche, bereit zur Flucht.

Der Fahrer sagte etwas, worin *Hotel Mevlana* vorkam. Yvonne versuchte, sich damit zu beruhigen. Das hier war keine Entführung; die Männer würden sie bestimmt zum Hotel bringen. Das Taxi fuhr aus der dunklen Tankstelle heraus und in die Nacht hinein, am Friedhof vorbei. Yvonne hielt den Blick auf die Hinterköpfe der Männer gerichtet. Sie nahm ihren eigenen Schweißgeruch wahr – fleischig, würzig und fremd. Sie roch wie jemand anders.

Als das Taxi vor ihrem Hotel hielt, zeigte das Taxameter einen bestimmten Betrag, aber der Fahrer nannte ihr einen viel höheren. Sie hatte keine Lust auf Diskussionen. Er hatte ihre Angst gerochen. Sie war wieder am Hotel angekommen, sicher vor Friedhöfen und herumwirbelnden Männern. Sie bezahlte den verlangten Aufpreis, stieg hastig aus dem Taxi und nahm den Lift in den zweiten Stock. Als sie durch den Korridor eilte, ging das Licht an, und sie erschrak. Sie zog die Zimmertür hinter sich zu, verriegelte sie und legte die Kette vor.

Sie schloss die Augen, schlief aber nicht. Sie war wach und dachte über sich nach, alles drehte sich, sie wandte die Augen zum Himmel, alles drehte sich. Sie wollte nur, dass dieses Drehen aufhörte. Sie wollte nach vorn schauen, wollte wissen, wohin ihr Weg sie führte. Dieses Drehen, die zum Himmel gewandten Augen – es war unmöglich, auf diese Weise Ruhe zu finden.

Als Yvonne am folgenden Morgen in den Bus stieg, hing grauer Smog über Konya. Nach einer schlaflosen Nacht fühlte sie sich wie zerschlagen. Sie hatte die nächtlichen Stunden damit verbracht, ihre Fehler aufzulisten, Dinge zu bedauern, die sie zu ihren Kindern gesagt oder nicht gesagt hatte, zu bedauern, dass sie in die Türkei gekommen war, zu bedauern, dass sie diesen wunderbaren Jungen ihrem zerbrochenen, bedürftigen Selbst geopfert hatte. Und nun war sie auf dem Weg in Ahmets Stadt und hatte keine Ahnung, wie sie sich verhalten sollte, wenn sie seiner Familie begegnen würde. Sie hatte sich nicht zurechtgelegt, mit welchen Worten sie sich entschuldigen oder ihr Beileid ausdrücken wollte. Ihre Gedanken rasten durch Szenarien – die Familie, die sie abweisen würde, die Familie, die sie bewirten würde. Die Familie, die sie verdammen würde, die Familie, die sie in die Arme schließen würde. Hinter dem Busfenster waren grüne Heuhaufen zu akkuraten Reihen angeordnet. Sie schloss die Augen; ihre Lider waren schwer vom mangelnden Schlaf und der Sonne.

Als Yvonne erwachte, stellte sie fest, dass sie ihre Stirn fest an die Fensterscheibe gedrückt hatte. Die Landschaft draußen sah unwirklich aus. Der Bus war in ein weites, graues Tal hinuntergefahren, das sich flach erstreckte, aber mit Hunderten spitzer Felsformationen übersät war. Jeder dieser Felsen war mindestens fünfzehn Meter hoch und verjüngte sich nach oben wie ein schmaler Vulkan. Von einer solchen Gegend hatte sie noch nie gehört. Sie wusste nur, dass Kappadokien bergig war. Niemand hatte ihr gesagt, dass es dort ein riesiges Feld mit Hunderten, ja Tausenden von steinernen Kaminen gab, ein Feld, so weit das Auge reichte.

Der Bus hielt an. »Ürgüp, das ist hier«, rief der Fahrer. Sie stieg aus. Der Fahrer holte ihren Koffer heraus und stellte ihn neben ihr ab. Staub wirbelte auf, als der Bus davonfuhr.

Auf einem Hinweisschild stand CAVE HOTEL, und ein Pfeil wies in die entsprechende Richtung. Yvonne begann den kurzen Anstieg auf den Hügel. Sie wollte sich frisch machen, ein wenig ausruhen und einen Plan schmieden. Es war noch früh am Morgen.

Von außen sah das Cave Hotel wie ein kleiner Berg mit einer Tür aus. Sie drückte auf die Klingel. Kurz darauf tauchte ein Mann auf, der sie begrüßte. Er war Anfang sechzig, mit akkurat gescheiteltem Haar und einem kantigen Kinn. Er stellte sich als Koray, der Hotelbesitzer, vor und teilte ihr mit, dass er ein Zimmer frei hatte – eine Suite. »Sind Sie allein?«, fragte er.

Er führte sie an einen Schreibtisch in einem großen Raum. Erst als Yvonne die gewölbten, fensterlosen Wände sah, begriff sie, dass es sich bei dem Raum um eine Höhle handelte. Sie schaute verstohlen auf die gelblichen Ringe, die ringsum an den grauen, gekalkten Wänden verliefen. Koray registrierte ihren Blick.

»Von einem Vulkanausbruch«, sagte er. »Dieses Tal, diese Höhlen wurden von Vulkanen geformt, und dann hat der Wind …« Er gestikulierte wie ein Bildhauer, der einen Torso aus Lehm formt.

Sie füllte die Formulare aus, die er ihr vorlegte. Koray führte sie über Steinstufen hinunter in einen Hof und zu einer anderen Tür. »Das ist Ihr Zimmer«, sagte er. »Eine der ältesten Höhlen in der Gegend.«

Er schloss die Tür auf, trat ein und schaltete das Licht ein. Mit halb geschlossenen Augen warf er einen Blick ins Zimmer, als wollte er auf diese Weise vermeiden, dass ihm allzu viele Dinge auffielen, die das Zimmermädchen möglicherweise übersehen hatte.

Das Zimmer war kühl und feucht, mit einem kleinen Schreibtisch und einem großen, hohen Bett. Es gab keine Fenster. »Brauchen Sie noch etwas?«, erkundigte sich Koray, der auf der Schwelle stehengeblieben war.

»Nun, vielleicht können Sie mir helfen«, sagte Yvonne. »Ich bin auf der Suche nach jemandem.«

»Nach wem?«

»Ich suche nach jemandem aus der Familie Yildirm.«

»Ich kenne die Yildirms«, sagte er auf eine Art, dass es Yvonne kalt den Rücken hinunterlief. Hatte er von ihrer Rolle bei Ahmets Tod gehört? »Wenn Sie hinaufkommen, habe ich Informationen für Sie.«

Sie bedankte sich bei ihm und schloss die Tür.

Im Bad hielt Yvonne ein kleines, weißes Handtuch unter den Wasserhahn des Waschbeckens und rieb ihre Unterarme ab, die ein wenig streng rochen; dann wusch sie sich zwischen den Beinen. Sie zog ihre Sandalen aus, stellte einen Fuß nach dem anderen ins Waschbecken und trat dann auf die Badematte. Sie gurgelte mit der Mundspülung aus dem kleinen Fläschchen, das auf dem Waschbecken stand, und spuckte aus. Sie vermied es, in den Spiegel zu schauen.

Sie legte sich ein paar Minuten lang aufs Bett und sah sich in der Höhle um. Das Bett war von zwei Nachtkästchen flankiert; auf jedem stand eine eingeschaltete Lampe. Vermutlich war sie der einzige Gast im Hotel, der allein reiste.

Oben, in dem Raum, in dem sie eingecheckt hatte, unterhielt sich Koray mit einem italienischen Pärchen über einen Ausflug mit einem Heißluftballon. Yvonne entdeckte einen Computer in einer Ecke des Raumes. Der Bildschirm war eingeschaltet, ein Hocker stand davor. Sie loggte sich in ihren E-Mail-Account ein und war überrascht, eine Nachricht von Aurelia zu finden. In der Betreffzeile stand »Grüße aus Istanbul.« Istanbul! Ihre Tochter war schon da. Yvonne hatte keine Ahnung, welcher Tag eigentlich war oder wie Aurelia es so schnell in die Türkei geschafft hatte.

Nach kurzem Zögern öffnete sie die Mail. Sie versuchte sich ihre Tochter auf dem Flug über den Atlantik vorzustellen, wo sie ihre Angstzustände mit Tabletten unterdrückte und Öl in die Nagelhaut ihrer Finger einmassierte (ihre Nagelhaut werde im Flugzeug wegen der trockenen Luft immer rissig, behauptete sie). *Diese Vertrautheit,* dachte Yvonne, *war ein Trugbild.* Sie kannte unzählige rührende Eigenheiten ihrer Tochter, wäre aber dennoch nicht in der Lage gewesen, sie einem Fremden genau zu beschreiben.

Sie öffnete die Nachricht, und ein Stein fiel ihr vom Herzen, als die ersten Sätze keine Katastrophenmeldungen, keine verzweifelten Hilferufe enthielten.

Mama,

Ich bin in Istanbul angekommen, und jetzt rate mal, wo ich bin? Ich wohne bei Deiner Freundin Özlem! Ich habe die Nummer, die Du mir gegeben hast, vom Flughafen aus angerufen und sie hat mir sofort angeboten, bei ihr zu wohnen (was ganz besonders nett ist, nachdem ich mir die Hotelpreise in der Stadt angesehen habe, die wirklich unverschämt sind). Ihr Haus ist echt cool. Direkt am Bosporus. Sie schwärmt in den höchsten Tönen von Dir, hat mir aber auch erzählt, dass Du vielleicht gar nicht in Datça bist?!!!

Sie sagte, dass ich Dich fragen soll, wo Du Dich aufhältst, und wenn ich bis heute Abend nichts von Dir höre, wird sie mir sagen, wohin Du gefahren bist. Sie sagte, sie will Dir die Möglichkeit geben, mir alles selbst zu erklären, aber sie möchte jedenfalls nicht, dass ich morgen früh wie geplant nach Datça fahre, wenn Du ohnehin nicht dort bist.

Was ist passiert, Mama? Ich verstehe das nicht. Wir wollten doch Matt in zwei Tagen mit dem Boot treffen, und jetzt weiß ich nicht, was ich tun soll. Ich bin sehr dafür, Dir ein Handy zu besorgen, das auch im Ausland funktioniert, wenn Du Dich weiter so rar machst. Ich weiß, ich weiß. Ausgerechnet ich schlage Dir so etwas vor. Genau das würde jetzt jedenfalls Dad sagen. Aber heute kann ich Euch ein bisschen nachfühlen, was für Ängste Ihr ausgestanden haben müsst, solange Ihr nicht einmal wusstet, wo ich eigentlich stecke.

Was ich damit nur sagen will, ist: Bitte verrate mir, was los ist und wo ich Dich finden kann! Ich möchte es von Dir selbst hören. Ich kann mir nur vorstellen, dass Du Dich vielleicht in irgendeinen Türken verliebt hast und abgehauen bist, um zu heiraten! Entweder das oder Du sitzt im Gefängnis, ha ha ha. Was davon stimmt?

Küsschen, A

Yvonne las die E-Mail ein zweites Mal. Sie konnte sich keinen rechten Reim darauf machen, wie Özlem und Aurelia in Verbindung getreten waren. Das alles kam ihr so unmöglich vor. Aber andererseits hatte sie Aurelia Özlems Nummer gegeben. Warum hätte Aurelia sie also nicht anrufen sollen? Yvonne war verwirrt, dass sie das überraschte. Vielleicht, weil Aurelia plötzlich so kontaktfreudig, so selbständig war? Aurelia und Özlem waren zusammen in Istanbul und kamen bestens zurecht, während sich Yvonne in einer Mondlandschaft aus riesenhaften Termitenhügeln mutterseelenallein fühlte.

Als Koray das Gespräch mit den Italienern beendet hatte, wandte er sich Yvonne zu und notierte etwas auf einem Zettel, den er Yvonne reichte. »Viele von den Yildirms sind weggezogen«, sagte er. »Aber einer ist noch hier«, fügte er hinzu und zeigte auf die Adresse. »Mustafa kann Sie hinfahren.«

»Ja, vielen Dank«, antwortete Yvonne und nahm den Zettel entgegen. Sie wusste nicht, wer Mustafa war.

»Warten Sie hier«, sagte Koray.

Mustafa war ein schlaksiger Mann um die zwanzig mit gegeltem, schwarzem Haar. Er ging vornübergebeugt, als ob er sich gegen einen starken Wind stemmte. »Madame«, sagte er und zeigte zur Tür.

Draußen folgte sie ihm zu seinem Auto. Er öffnete die Beifahrertür, und sie nahm Platz.

Nachdem er sich auf die Fahrerseite gesetzt hatte, hielt sie ihm den Zettel von Koray hin.

»Ich weiß«, sagte er, ohne den Zettel zu nehmen.

»Ist es weit?«

»Nein«, meinte er. »Sie könnten zu Fuß gehen, aber Sie würden es nicht finden.«

Eine Tätowierung mit Atatürks Namen umspannte seinen wenig ausgeprägten Bizeps. Er merkte, dass sie daraufstarrte und krempelte den Ärmel hoch. »Seine Unterschrift«, sagte Mustafa und deutete auf den eintätowierten Namenszug des ersten Präsidenten.

»Sehr hübsch«, kommentierte Yvonne und kam sich sofort lächerlich vor.

Im Auto war es stickig, und es stank nach Zigarettenrauch. Sie ließ das Beifahrerfenster herunter. Sie fuhren an weiteren merkwürdigen Formationen vorbei – pyramidenförmige Gebilde mit Felsbrocken auf der Spitze. »Haben die einen Namen?«, fragte sie.

»Feenkamine«, sagte Mustafa.

»Wie bitte?«

»Sie sehen wie die Kamine von Feenhäusern aus«, erklärte er. »Die Vulkane kommen, und dann macht der Wind solche Formen aus der Lava. Wir haben hier sehr starke Winde, die durch das Tal ziehen. Die Winde sind wie in einem Kessel gefangen. Wissen Sie, hier gibt es nichts Grünes, keine Pflanzen. Es ist wie in einer Wüste.«

Sie fuhren an einer Schule vorbei, deren Schulhof verlassen dalag. *Wahrscheinlich hat Ahmet diese Schule besucht*, dachte Yvonne.

»Eine Mädchenschule«, sagte Mustafa.

Sie wusste nicht, ob sie darüber enttäuscht war oder nicht. Einerseits wollte sie alles über Ahmets Leben wissen, aber andererseits wollte sie glauben, dass er in dieser Stadt und bei seinen Leuten keine Spuren hinterlassen hatte.

Das Auto hielt vor einem großen Haus, das in einen Hügel hineingebaut war. Mit seinem imposanten Balkon und den schweren Holztüren wirkte es viel vornehmer als die übrigen Häuser, die sie gesehen hatte. Eine kleine Menschentraube stand vor dem Haus und fotografierte. *Es wurde schon in den Nachrichten gesendet*, dachte Yvonne.

Und nun kamen Menschen aus ganz Kappadokien angereist, die sehen wollten, wo der Junge gelebt hatte. Sie stellte sich nächtliche Mahnwachen mit Kerzen vor, in deren schwachem Schein die Tränen der Frauen aufschimmerten.

»Sie möchten aussteigen?«, fragte Mustafa.

»Ja, gern«, sagte Yvonne.

Hätte Mustafa nichts gesagt, hätte sie ihn genauso gut bitten können, weiterzufahren. Diesen Menschenauflauf hatte sie nicht erwartet. Würden sie ihr Gesicht aus dem Fernsehen wiedererkennen? Sie sah ihrem Passfoto nicht mehr ähnlich, das vermutlich das Bild war, das die Journalisten für den Fernsehbericht aufgetrieben hatten.

Mustafa erklärte, dass er auf der anderen Straßenseite parken und auf sie warten würde. Er zeigte auf einen Platz neben einem großen Bus – einem Reisebus. Eine derartige Szene hatte sich Yvonne jedenfalls nicht vorgestellt. Sie hatte erwartet, allein zu sein oder allenfalls in einem kleinen Kreis, wenn sie Ahmets Familie besuchte, um ihnen ihr Beileid auszusprechen. Nun aber wurde ihr klar, dass es Zeugen geben würde, Menschen, die ihr Verhalten beurteilten, genau wie an jenem Tag am Strand.

Als Yvonne sich dem großen Tor des Hauses näherte, trat ihr eine Frau mit stark geschminkten Augen in den Weg. Sie war etwa in Aurelias Alter. Die Frau sprach Yvonne an. Sie hielt etwas in der Hand – etwas Schwarzes, dünn wie ein Stift. Eine andere Frau in der Nähe kreischte. Auch sie hielt einen kleinen, stiftähnlichen Gegenstand in der Hand. Mit einer Hand schützte Yvonne ihren Hals und mit der anderen ihr Herz. Die erste Frau stand nun dicht vor Yvonne, sprach noch immer und streckte ihre Hände zu Yvonnes Augen aus. Yvonne spürte etwas auf ihren Augenlidern, etwas Stechendes, doch sie wehrte sich nicht, stieß die Finger der Frau nicht von sich. *Ich habe das verdient*, dachte sie. *Welche Buße oder Strafe auch immer mir hier für Ahmets Tod auferlegt wird, ich habe nichts anderes verdient.* Die Hände der Frau rochen nach Minze.

Plötzlich schien die Sonne wieder auf Yvonnes Gesicht, und daran merkte sie, dass die Frau einen Schritt zurückgetreten war. Sie öffnete die Augen. Sie war nicht geblendet worden. Die Frau lächelte, nickte. Sie griff in ihre Tasche und holte einen kleinen Spiegel heraus, den sie Yvonne vors Gesicht hielt.

Schwarzer Eyeliner umrahmte die beiden Augenlider.

»Gefällt Ihnen?«, fragte die Frau.

Yvonne wusste nicht, was sie sagen sollte, und so nickte sie. Die Frau lächelte. Yvonne stellte fest, dass alle Frauen vor dem Haus ähnlich geschminkte Augen hatten. *Ein Trauerritual*, vermutete sie. Ihr war übel.

Sie lief auf die Haustür zu. Niemand hinderte sie daran. Erst kurz vor der Schwelle bemerkte sie, dass die Tür nur angelehnt war. Zaghaft klopfte sie an. Eine Frau von ungefähr sechzig Jahren mit hochhackigen Schuhen kam, um zu öffnen, und sagte etwas auf Türkisch. Sie trug eine teure Seidenbluse und ein Perlenhalsband.

»Mrs. Yildirm?«, fragte Yvonne.

Die Frau schien verwirrt zu sein.

»Ach so«, sagte sie nach einer ganzen Weile. »Sie suchen Aylin?«

Ihr Englisch war exzellent. Yvonne verspürte eine unbeschreibliche Erleichterung.

»Ich suche jemanden aus der Familie Yildirm«, sagte sie.

»Aylin Yildirm arbeitet hier. Aber im Augenblick ist sie nicht da. Jemand in ihrer Familie ist gestorben.«

Yvonne senkte den Kopf.

»Aber sie wollte heute noch vorbeikommen und ein paar Sachen abholen«, sagte die Frau. »Sie wird am Nachmittag gegen fünf da sein.«

»Danke«, sagte Yvonne und wandte sich zum Gehen. »Dann komme ich später noch einmal.«

Sie kehrte zu Mustafas Auto zurück. Wer war Aylin? Ahmets Mutter? Was arbeitete sie für diese Frau? Mustafa stand am Auto, unterhielt sich mit einem anderen Mann und rauchte. Beide hatten ihre Winston-Zigarettenpackungen auf den Kühlerhauben ihrer Autos abgelegt.

»Ist es nicht offen?«, fragte Mustafa. Er warf ihr einen seltsamen Blick zu. Yvonne hatte das Gefühl, dass etwas mit ihrem Gesicht nicht stimmte, bis ihr der Lidstrich einfiel.

»Was ist nicht offen?«

»Das Museum. Sie bleiben nicht?«

»Museum?«, fragte Yvonne verwundert und drehte sich zu dem Gebäude um. Abgesehen von einer kleinen goldfarbenen Tafel neben der Eingangstür, gab es nirgendwo einen Hinweis darauf. »Was für ein Museum?«

»Hier wurde die Fernsehsendung *Asmali Konak* gedreht. In diesem Haus. Sehr berühmt. Und jetzt gibt es ein Museum.«

»Hier wurde eine Fernsehsendung gedreht?«

»Sehr beliebt. Es geht um eine Familie mit sehr viel Geld. Menschen sehen gern, wenn reiche Leute unglücklich sind.«

Vielleicht war Ahmets Mutter ja eine Art Schauspielerin.

»Jetzt gibt es andere Sendungen. Viel mehr skandalös. Verheiratete Frauen verlassen ihre Ehemänner. Jeden Donnerstag schauen alle Frauen in ganz Türkei Fernsehen. Wollen sehen, was für Möglichkeiten türkische Frauen haben.«

Yvonne fiel Özlem ein.

»Wohin soll ich fahren?«, fragte Mustafa. »Zu anderem Museum?«

Yvonne versuchte noch immer, das Puzzle zusammenzusetzen. Das Haus war ein Museum für eine inzwischen abgesetzte Fernsehserie. Und jemand aus Ahmets Familie arbeitete im Museum.

»Nein, kein Museum«, sagte Yvonne. »Gibt es noch mehr zu besichtigen? Können wir uns die Feenkamine ansehen … oder etwas anderes?« Ihre Stimme klang flehender als beabsichtigt. Eigentlich war es ihr egal, wohin sie fuhren, solange sie nicht zurück in ihr Zimmer musste.

»Am Nachmittag ist es zu heiß, um die Feenkamine zu besichtigen«, sagte Mustafa. »Sie werden sehen. Es wird sehr, sehr heiß.«

Sie betrachtete seine Finger auf dem Lenkrad und bemerkte, dass seine Hände zitterten. »Ist alles in Ordnung mit Ihnen?«, fragte sie.

Er sah sie an, und sie deutete mit dem Kinn auf seine Hände.

»Das ist ein Problem, was ich habe«, sagte er. »Ich war früher Kellner und wurde am zweiten Tag rausgeschmissen.«

Yvonne nickte. Peters Hände hatten zu zittern begonnen, als er Anfang vierzig war. Er hatte versucht, sie zu verstecken und sich wie ein Kind auf sie gesetzt.

»Ich kenne einen Platz, der interessant ist für Sie«, sagte Mustafa. »Es sind Höhlen.«

Auf dem Weg zu den Höhlen prasselte Sand gegen die Windschutzscheibe. Mustafa schaltete die Scheibenwischer ein und lehnte sich weiter vor, um besser sehen zu können. »Wir warten, bis der Sturm aufhört«, sagte er schließlich und hielt an einem Restaurant, dessen Besitzer Bekannte von ihm waren. Das Restaurant hatte drei Geschosse; im Erdgeschoss und der ersten Etage waren alle Tische leer. Aber in der zweiten Etage saßen viele Gäste beim Mittagessen: Männer in Anzügen und große und kleine Touristengruppen. Yvonne und Mustafa setzten sich an einen Tisch unter ein gesticktes Porträt von Atatürk.

»Dieses Bild sieht man fast immer, weil er lächelt«, sagte Mustafa, dessen eigene Mundwinkel allerdings nach unten hingen. »Aber meistens hat er nicht gelächelt. Er wusste, dass er große Aufgabe vor sich hat.«

Mustafa erzählte weiter von Atatürk, von seinem Denken und Wirken und davon, wie sehr er verehrt wurde. Yvonne nickte oft; sie war froh, nicht sprechen zu müssen. Geschichten aus der Vergangenheit waren beruhigend – sie betrafen nicht sie.

Das Essen kam, sie aß und gab vor, zuzuhören. Ihre Gedanken verselbständigten sich, entschwebten in der Hitze.

Sie spielte die Sätze durch, die sie zu Ahmets Familie sagen wollte, aber keiner war angemessen. Sie dachte an die Frau, die vor all den Jahren an ihre Haustür gekommen war und daran, was sie ihr an den Kopf geworfen hatte: »Ich will Sie nur davon in Kenntnis setzen, dass meine Tochter wegen ihrer Tochter auf der Intensivstation liegt.« Yvonne hatte nicht gewusst, wie sie darauf reagieren sollte, und seitdem war kein Monat mehr vergangen, in dem sie sich nicht wünschte, mehr gesagt zu haben, als sie tatsächlich gesagt hatte: »Sind Sie sicher, dass es Aurelia war?«

Sie dachte an die Frau, die Peter getötet und der es ebenfalls die Sprache verschlagen hatte. Die nur gesagt hatte: »Ich muss gehen«, und dann verschwunden war.

Als Yvonne ihre Aufmerksamkeit wieder Mustafa zuwandte, erzählte er gerade, weshalb Atatürk nie Kinder hatte. »Er wollte keine Dynastie. Er wollte nicht, dass ihm jemand über seine Kinder Schaden zufügt. Jemand hätte seinen Kindern vielleicht etwas antun können, und das wollte er verhindern.«

Mustafa schwieg, wie um festzustellen, ob Yvonne ihm zugehört hatte.

»Ja«, sagte sie geistesabwesend. »Jemand hätte den Kindern etwas antun können.«

Yvonne bezahlte die Rechnung, und sie kehrten zum Auto zurück. Der Wind hatte sich gelegt, und die Hitze des Tages hatte den Höchststand erreicht.

Mustafa fuhr ein paar Kilometer weiter und parkte den Wagen vor einer Reihe überdachter Verkaufsstände, die vorwiegend Teppiche und bestickte Blusen im Angebot hatten. Er und Yvonne folgten den Hinweisschildern zur

Höhle. Die Schilder waren in viele Sprachen übersetzt – Yvonne erkannte das italienische Wort *grotta*.

»Ich muss Ihnen etwas sagen«, bemerkte Mustafa, als sie vor dem Eingang standen. »Ich kann nicht mit Ihnen hineingehen. Ich kann nicht da drin sein.«

»Klaustrophobie?«, fragte Yvonne und hielt die Hände an ihren Kopf, um ihm zu verdeutlichen, was sie meinte.

Er nickte. Und sie war erleichtert, dass sie allein sein konnte. »Ich warte hier auf Sie«, sagte Mustafa.

Yvonne wandte sich einem Torbogen in einem kleinen Berg zu. »Was gibt es hier zu sehen?«

Mustafa trat neben sie. »Sie werden die unterirdische Stadt sehen, wo Christen lebten und sich vor den Arabern versteckt hielten. Einige verbrachten ihr ganzes Leben dort; sie kamen niemals nach oben.«

Yvonne folgte den Touristen, die vor ihr liefen: ein kleiner Mann mit seiner hochgewachsenen Freundin. Sie sprachen offenbar Deutsch. Yvonne zog den Kopf ein, als sie die Stufen eines unterirdischen Gangs hinunterstieg, der in eine Reihe tiefer gelegener Höhlen führte. Je tiefer sie kamen, desto niedriger wurden die Decken, und sie musste sich gebückt fortbewegen. Nachdem sie vier Ebenen hinuntergestiegen war, wurde die Luft merklich dünner. Yvonne musste tief durchatmen. Einige Touristen neben ihr traten den Rückweg an. »Ich habe genug gesehen«, hörte sie eine Amerikanerin zu ihrem Mann sagen. »Immerhin habe ich jetzt eine Vorstellung davon.«

Yvonne setzte ihren Weg durch die Gänge fort, deren Decken zunehmend niedriger wurden. Sie durchquerte einen Raum, der früher einmal eine Küche gewesen war, wie ein englischsprachiger Fremdenführer seiner Gruppe erklärte. Über ihrem Kopf sah Yvonne den Ruß an der Decke. Gebückt durchquerte sie einen weiteren Raum, vermutlich die Kirche. Die in die Hauptwand eingeritzten Kreuze waren noch immer zu erkennen. Hier bemerkte Yvonne mit einem Mal, dass sie allein war.

Sie musste kurz verschnaufen, bevor sie weiterlaufen konnte. Sie setzte sich auf den Boden und zog die Knie an die Brust. Es war nun deutlich kälter. Sie hörte Stimmen in ihrer Nähe, konnte die Entfernung aber nicht abschätzen. Es war fast völlig dunkel. Was hatte sie hier eigentlich verloren? Sie befand sich sieben oder acht Ebenen unter der Erdoberfläche, hatte sich in einem Sandsteinlabyrinth verlaufen und war allein. Sie war in Kappadokien, in einer Gegend, die auf keiner ihrer Reiserouten vermerkt war. Sie war in die Türkei gereist, um etwas wiederzufinden, was sie Jahrzehnte zuvor mit Peter erlebt hatte – und als ihr das nicht gelungen war, hatte sie sich mit einem Jungen angefreundet. Mit einem kleinen Türken, der kein einziges Wort ihrer Sprache beherrschte. Und nun war er tot, und wieder suchte sie nach einer greifbaren Erinnerung an jemanden, den sie verloren hatte. War sie selbst jemals so verloren gewesen? Diesen Eindruck musste sie jedenfalls bei Özlem, Ali und Mustafa hinterlassen haben. Eine traurige, alternde Frau ohne festen Halt. Die in unterirdischen Höhlen umherirrte.

Yvonne atmete tief ein, aber es gab ihr keine Kraft. Sie versuchte abermals Luft zu holen und spürte nichts. Panik ergriff sie. Sie rief, hörte aber nur ihr eigenes Echo. Sie gehörte hier nicht hin. Sie musste wieder ans Tageslicht. So schnell sie konnte, rannte sie durch einen der aufwärtsführenden Gänge und stieß sich dabei den Kopf an. Sie berührte ihre Stirn und spürte Blut. Mit einer Hand an der Stirn folgte sie immer dem nächstbesten Weg, der nach oben führte. Wie weit unten war sie gewesen?

Es wurde heller. Sie stolperte weiter. Während sie sich über die glitschigen Stufen hinaufkämpfte, sah sie immer mehr Menschen. Schließlich taumelte sie keuchend und hustend aus dem Höhleneingang heraus. Sie rang so heftig nach Luft, dass ein fremder Mann ihr seine Wasserflasche anbot und eine Frau ihr den Arm auf den gekrümmten Rücken legte. »Geht es wieder?«, fragte sie.

»Ja. Danke.«

»Mit wem sind sie hier?«, fragte die Frau.

»Äh«, murmelte Yvonne. Sie war mit niemandem hier. Sie schaute auf und sah Mustafa am Eingang zur Höhle stehen.

»Mit ihm«, sagte sie und war so erleichtert, diesen Mann zu sehen, den sie gar nicht kannte.

Er streckte ihr seine zitternden Hände entgegen, und sie lief darauf zu und hielt sie fest, bis ihre und seine Hände sich beruhigt hatten.

Mustafa besorgte Eiswürfel für ihren Kopf, die sie so lange an die Stirn hielt, bis sie zu schmelzen begannen. Um fünf Uhr fuhr Mustafa sie zum Museum. Sie war noch immer zu keinem Entschluss gekommen, was sie zu Ahmets Verwandten sagen wollte. Erst als sie an das Tor zum Museum klopfte, wurde ihr klar, dass sie nicht einmal einen Einleitungssatz parat hatte.

Eine junge Frau erschien an der Schwelle. »*Merhaba*«, sagte sie und anschließend noch etwas. Es hörte sich wie eine Frage an.

»*Merhaba*. Ich würde gern Madame Yildirm sprechen.«

»Ja«, sagte die junge Frau. »Ich bin Madame Yildirm.«

»Ach so.« Yvonne war überrascht. Die Frau war zu jung, um die Mutter des Jungen zu sein. »Ich glaube, es handelt sich um ein Missverständnis. Ich suche jemanden aus der Familie von Ahmet Yildirm.«

»Ja, ich bin seine Schwester.«

Yvonne schwieg und starrte in das schmale Gesicht der Frau. Sie hatte den gleichen Mund wie Ahmet.

»Kann ich etwas für Sie tun?«, fragte sie.

»Entschuldigen Sie: Mein Name ist Yvonne.«

»Mein Name ist Aylin. Was kann ich für Sie tun?«

Yvonne holte tief Luft. »Ich kannte Ahmet. Aus Knidos.«

Aylins Gesicht wurde fast noch schmaler. Sogar ihre Ohren sahen plötzlich spitz aus. »Kommen Sie herein«, sagte sie. »Wir können uns hier drin unterhalten.«

Yvonne folgte ihr in ein kleines Zimmer, ein Wohnzimmer. Außer einem burgunderfarbenen Plüschsofa befanden sich unzählige Spiegel in dem Raum, die in reich verzierten, schmiedeeisernen Barockrahmen steckten. Die Fotos an den Wänden zeigten, wie Yvonne vermutete, die Familienmitglieder aus der Fernsehserie. Die Männer trugen feine Anzüge mit Seidenkrawatten, die Frauen schwarze Kleider und Diamantschmuck. Ihre Augen waren von dicken Lidstrichen umrahmt. Nun verstand

Yvonne, weshalb die Frau vor dem Haus sie geschminkt hatte: Yvonne sollte so aussehen, als hätte sie bei der Serie mitgewirkt. Aylin nahm auf der Couch Platz, und Yvonne setzte sich auf einen Stuhl mit goldfarbenen Armlehnen.

»Meine Eltern sind momentan dort, in der Nähe von Knidos. Sie wollen seine Leiche abholen und zur Beerdigung hierher überführen.«

Seine Leiche.

»Wie haben Sie ihn kennengelernt?«, fragte Aylin.

»Nun, hauptsächlich habe ich ihm Muscheln abgekauft.«

Aylin stand auf und setzte sich dann wieder. »Sie sind das also«, stellte sie fest. »Meine Großmutter hat mir von Ihnen erzählt.«

»Sie mochte mich nicht.«

»Sie mag niemanden«, sagte Aylin.

»Ich bin hier, um mich zu entschuldigen«, erklärte Yvonne.

»Wofür?« Aylins Ohrringe, winzige Diamanten, funkelten.

»Ich habe das Gefühl, dass ich daran schuld bin.«

»Weil Sie ihn dafür bezahlt haben, dass er Muscheln holt?«

»Ja.«

Aylin sah sie einen Augenblick lang an und lachte dann kurz auf. »Ihr Amerikaner.« Sie strich den Rock unter ihren Beinen glatt.

»Wie meinen Sie das?«

»Ihr glaubt, dass sich alles immer nur um euch dreht.

Dass alles – ob gut oder schlecht – immer von euch ausgeht.«

»Aber ich habe ihm Geld für die Muscheln gegeben. Ich war seine Auftraggeberin.«

»Sie haben ihm also Geld gegeben. Er braucht kein Geld. Er macht sich nichts aus Geld. Für ihn ist es ein Spiel. Ich will ihnen etwas über Ahmet erzählen. Er schwimmt immer zu weit ins Meer hinaus und springt von hohen Klippen. Er macht, was er will. Deshalb haben sie ihn zu meiner Großmutter geschickt. Er hat meinen Eltern schon immer Kummer bereitet. Sie, Sie bilden sich ein, Sie seien jemand, der Einfluss auf das Leben eines anderen Menschen hat. Auf das Leben eines kleinen, türkischen Jungen.«

Das Gespräch nahm eine vollkommen unerwartete Wendung, ganz anders als all die Szenarien, auf die Yvonne sich vorbereitet hatte. Sie spürte die Polsterung des Sofas unter sich. Ihr Kopf war wie betäubt, sie rührte sich nicht.

»Weshalb sind Sie hergekommen?«, fragte Aylin.

»Weil – weil ich weiß, wie das ist«, sagte Yvonne. »Ich habe vor zwei Jahren meinen Mann verloren. Und ich mochte Ihren Sohn – ich meine, Ihren Bruder. Ich weiß, was Sie durchmachen müssen.«

»Sie wissen nicht, was ich durchmache. Woher wollen Sie das wissen? Jeder geht mit seiner Trauer anders um.«

Yvonne schloss die Augen, um gegen die aufsteigenden Tränen zu kämpfen. »Es tut mir leid.« Sie stand auf, um sich zu verabschieden.

»Mir tut es auch leid«, sagte Aylin. »Ich wollte nicht so …«

»Sie haben wirklich keinen Grund, sich zu entschuldigen«, sagte Yvonne. »Wirklich nicht. Ich hatte damit gerechnet, dass Sie wütend sind. Eigentlich glaube ich, dass ich deshalb gekommen bin, um mich Ihrem Zorn zu stellen. Das würde mir fast mehr helfen.«

»Damit kann ich Ihnen nicht dienen«, meinte Aylin. »Aber ich werde meiner Familie sagen, dass Sie hier waren. Ich bin sicher, dass sie sich freuen werden, das zu erfahren.«

Yvonne brachte kein Wort heraus. Sie lächelte, und die Tränen übermannten sie. Sie trat aus der Tür, eilte zu Mustafas Taxi und verschwand.

Zurück im Hotel wurde sie von Koray begrüßt.

»Ich habe eine Frage«, sagte sie. »Wie weit ist es nach Datça?«

»Um irgendwohin fliegen zu wollen, müssen Sie über Istanbul reisen. Von dort gibt es täglich viele Flüge. Etwas über eine Stunde nach Istanbul und dann nach Datça. Ich weiß nicht. Eineinhalb Stunden vielleicht. Wollen Sie dorthin?«

»Nein«, sagte Yvonne.

Koray schaute hinaus in den Himmel, und Yvonne folgte seinem Blick. Drei Wolken bildeten eine Reihe von Punkten: Auslassungspunkte.

Bevor sie sich für die Nacht in ihr Zimmer zurückzog, loggte sie sich am Hotelcomputer ein und schrieb an Aurelia.

Aurelia,

Wie schön, dass Du Özlem aufgesucht hast. Es bleibt dabei, dass ich Dich und Deinen Bruder auf dem Boot treffen werde. Momentan bin ich nicht in Datça, werde aber rechtzeitig da sein. Versprochen.

Liebe Grüße

Mama

Sie war versucht, mehr zu schreiben. Aber wie sollte sie ihre Freundschaft mit Ahmet und seinen Tod in einer E-Mail erklären? Wenn sie Aurelia auf dem Boot traf, würde sie ihr alles erzählen.

Ihr Höhlenzimmer war kalt. Im Spiegel sah sie, dass ihr Augenmakeup verschmiert war. Sie war gerade dabei, sich das Gesicht zu waschen, als das Telefon klingelte.

»Ach gut, Sie sind es.« Es war eine weibliche Stimme. »Alle Wege führen über Mustafa.«

»Wie bitte?«, fragte Yvonne nach.

»Jeder kennt Mustafa. Er sagte mir, wo ich Sie finden kann.« Und nach einer kurzen Unterbrechung: »Ich bin's, Aylin. Ahmets Schwester.«

»Ja«, sagte Yvonne. Sie setzte sich aufs Bett.

»Ich wollte mich für meine Reaktion entschuldigen. Es war sehr freundlich von Ihnen, dass Sie gekommen sind.«

»Danke«, sagte Yvonne und spürte plötzlich wie ihr der Atem stockte. Sie wäre Aylin am liebsten in die Arme gefallen. »Bitte, was halten Sie davon … Könnten wir uns vielleicht noch ein wenig unterhalten? Ich weiß nicht genau, was ich sagen will, aber ich würde Ihnen gern von ihm erzählen, von Ihrem Bruder, wenn es Ihnen recht ist. Ich mochte ihn sehr. Er war ein ganz besonderer Junge. Ich könnte Ihnen etwas über seine Zeit in Knidos erzählen …« Yvonne kam sich lächerlich vor. »Ich sage das nur, weil ich selbst nach dem Tod meines Mannes alles über ihn erfahren wollte, jede Kleinigkeit, die irgendjemand wusste.«

Es gab eine lange Gesprächspause.

»Ja, das möchte ich auch«, sagte Aylin. »Sie könnten zum Museum kommen oder ich zum Hotel.«

Yvonne versuchte sich ihre Unterhaltung auf der Hotelterrasse vorzustellen, inmitten all der Gäste, die sich nach Kamelausritten erkundigten, oder an Aylins Arbeitsplatz im Museum unter den missbilligenden Blicken einer reichen, trauernden Familie. Yvonne fühlte sich eingeengt von Räumen, von Höhlen, von Leuten aus dem Westen, die wie Türken leben wollten und Türken, die wie Leute aus dem Westen leben wollten. »Können wir morgen vielleicht zusammen spazieren gehen?«

»Wir könnten in das Tal unterhalb des Schlosses laufen«, schlug Aylin vor. »Ich gehe oft dorthin. Es ist nicht weit von Ihrem Hotel.«

»Schön«, meinte Yvonne. »Und wann?«

»Acht Uhr früh?«

»Gut, dann bis morgen«, sagte Yvonne.

»Ja.«

»Danke, dass Sie angerufen haben«, setzte Yvonne noch hinzu, aber Aylin hatte schon aufgelegt.

Am folgenden Morgen erwachte Yvonne zeitig. Sie hatte am Abend zuvor nichts gegessen und war hungrig. Sie wählte ihr türkisfarbenes Kleid aus, das Missionarsgewand. Sie ließ die Kühle des Höhlenzimmers hinter sich und trat in die zunehmende Hitze des Tages. Am Horizont ging die Sonne gerade wie eine antike Münze auf.

Ein älteres Paar saß an einem Nachbartisch beim Frühstück. Beide hatten weißes, gleichermaßen kurzgeschnittenes Haar. Die Frau war mollig, der Mann dünn, mit langen, bleichen Beinen.

»Ich überlege mir gerade«, sagte die Frau, »ob wir, wenn wir nach Hause kommen, nicht orangene Blumen an die vordere Hecke pflanzen sollten.« Sie hatte einen leichten Südstaatenakzent.

»Warum ausgerechnet orange?«, fragte ihr Mann. Er aß Eier. Sie aß Joghurt.

»Weil ich es in einer Illustrierten gesehen habe«, sagte die Frau. »Die Farbe war überhaupt nicht … aufdringlich.«

»Ja, ich weiß schon: Du machst dir immer Sorgen, dass etwas zu aufdringlich sein könnte.«

»Ich dachte, orange wäre ganz hübsch. Vielleicht auch rot.«

»Ja, das sieht bestimmt noch besser aus«, sagte der Mann. »Bestimmt noch viel besser.«

»Du brauchst gar nicht so spöttisch zu sein«, sagte die Frau.

»Der Brunnen war ja auch ein voller Erfolg«, sagte der Mann.

»Ich habe es schon öfter gesagt, und ich sage es noch einmal: Mir gefällt er. Ich finde, er sieht hübsch aus.«

»Jedenfalls hört es sich so an, als würde jemand ständig in unseren Garten pissen.«

Die Frau wollte anscheinend noch etwas sagen, verzichtete dann aber darauf. Stattdessen zogen beide mürrische Gesichter wie Kinder, die man gerade bestraft hatte.

Yvonne konnte den Groll der beiden gut nachfühlen; das kam ihr sehr bekannt vor. Sie und Peter hatten zum Ende seines Lebens auch so miteinander gesprochen. Früher war es einfacher gewesen, ihre gegenseitigen Ressentiments damit zu rechtfertigen, dass Aurelia ihnen Grund zum Streiten gab. Aber als Aurelia mit einundzwanzig dem Alkohol endgültig abgeschworen hatte und sie sich noch immer nicht vertrugen, konnten sie niemanden mehr dafür verantwortlich machen als sich selbst. Und so stritten sie weiter. Sie stritten darüber, wie viel Trinkgeld in einem äthiopischen Restaurant angebracht war, darüber, ob ein Schüler der Schule verwiesen werden sollte, der beim Zulassungstest zum Studium gemogelt hatte. Sie stritten darüber, wo der Wohnzimmerteppich liegen sollte, über Yvonnes Marotte, überall im Haus halbvolle Gläser herumstehen zu lassen. Sie hatten sich so daran gewöhnt, stets aneinanderzugeraten, dass sie nicht wussten, wie sie dem ein Ende setzen sollten. Und Aurelia konnten sie nicht mehr dafür verantwortlich machen.

Das weißhaarige Paar war mit dem Frühstück fertig. Ihre Stühle scharrten über den Terrassenboden, und Yvonne vermied es, sie anzusehen, als sie an ihr vorbei auf ihr Zimmer gingen. Sie betrachtete die Höhlenhäuser, die sich bis in die Ferne erstreckten. Sie wirkten baufällig, und

Yvonne wusste nicht recht, ob dieser Anblick an den Anfang oder an das Ende einer Zivilisation erinnerte.

Mustafa chauffierte Yvonne hinunter ins Tal. Sie fuhren durch eine Mondlandschaft. Alles war weiß und grau, und die Felsformationen mit ihren langen Schatten kamen ihr jetzt noch unfassbarer und irrealer vor.

»Soll ich hier warten?«, fragte Mustafa.

Yvonne schüttelte den Kopf. Sie kannte den Heimweg.

Ihr Blick wanderte zu den zahllosen Eingängen, die in die Berge gehauen waren. Über vielen Türen konnte sie türkische Flaggen erkennen. Dort lebten noch immer Menschen.

»Hallo«, sagte eine Stimme hinter ihr. Es war Aylin, die eine Seidenbluse und einen schwarzen Rock trug. Aurelia hätte die Seide bestimmt gefallen.

»Wollen Sie mit den schönen Sachen wirklich spazieren gehen? Ich möchte nicht, dass Sie sie schmutzig machen.«

»Es gibt ein Café in einem der Kamine«, sagte Aylin. »Wir könnten uns dort hinsetzen.«

Sie folgten dem schmalen, sandigen Weg.

»Ich glaube, ich muss mich dafür entschuldigen, dass ich gestern so unangekündigt bei Ihrer Arbeitsstelle aufgekreuzt bin«, sagte Yvonne. »Ich hätte Sie nicht so überrumpeln sollen.«

»Ich war nicht darauf vorbereitet«, bestätigte Aylin. »Aber ich hätte nicht so grob sein dürfen. Ich gebe Ihnen nicht die Schuld für das, was meinem Bruder zugestoßen ist. Aber ich wollte Sie fragen, wie Sie mit dem Tod umgegangen sind.«

»Mit Ahmets Tod?«

»Nein«, sagte Aylin. »Sie erzählten gestern, dass Ihr Mann verstorben sei. Mich würde interessieren, wie Sie es geschafft haben, damit zurechtzukommen. Wissen Sie, alle in meiner Familie sind gläubige Muslims. Sie haben ihre Moschee, und mein Vater wird dort vor der Bestattung die Leiche meines Bruders waschen. Sie werden Ahmet wie für seine Beschneidung einkleiden. Er wird einen Anzug und einen Hut tragen und dazu einen Stab. Und quer über seinem Körper wird eine Schärpe liegen, auf der *Masallah* steht, was so viel heißt wie ›Gott beschütze dich‹. Aber ich bin nicht religiös. Ich glaube nicht, was sie glauben – das habe ich schon vor langer Zeit beschlossen. Aber ihr Glaube gibt ihnen jetzt Halt. Antworten. Einen Weg, all das durchzustehen. Bei mir ist es anders. Ich habe keine Antworten.«

Aylin schwitzte in der Sonne, und auf dem Rücken ihrer Bluse bildeten sich dort, wo ihre Wirbelsäule den Stoff berührte, kleine, feuchte Stellen.

»Sollen wir uns setzen?«, fragte Yvonne. Selbst so früh am Morgen brannte die Sonne schon unbarmherzig vom Himmel.

»Ja, eine gute Idee«, sagte Aylin. »Dort drüben ist das Café.« Sie zeigte auf den Feenkamin zu ihrer Linken, und sie traten durch den bogenförmigen Haupteingang in das Gewölbe. Sofort wurde es kühler. Yvonne folgte Aylin über eine in den Stein gehauene Treppe, und sie traten in einen niedrigen Raum, dessen Wände mit Büchern gepflastert waren. Am Ende des Raums befand sich ein Balkon, wo sie auf einer Bank mit Sitzkissen Platz nahmen.

Ein junger Mann trat an ihren Tisch, und Aylin tauschte ein paar Worte mit ihm. »Kaffee?«, wandte sie sich schließlich an Yvonne, die nickte. Aylin sagte noch etwas zu dem jungen Mann, und er verschwand.

»Ich weiß nicht, wie ich Ihre Frage beantworten soll«, begann Yvonne. »Ich hatte eine Menge Unterstützung, als mein Mann starb.« Kaum hatte sie das gesagt, hörte es sich falsch an. Sie hatte nicht viel Unterstützung gehabt. Sie hatte nur Aurelia gehabt. »Von meiner Tochter«, fügte Yvonne hinzu, wobei sie den Gedanken erst während sie sprach entwickelte. »Sie hat mir geholfen. Sie brachte Ordnung in mein Leben. Sie war … wunderbar.«

Und plötzlich fiel es ihr wie Schuppen von den Augen: Es war Aurelia gewesen. Unmittelbar nach Peters Tod hatten Yvonne und Matthew sich auf Aurelias Reaktion gefasst gemacht. Die meiste Zeit ihres Lebens war für Aurelia selbst ein Strafzettel eine willkommene Ausrede gewesen zu trinken, zu stehlen, andere zu beschuldigen und auszurasten. Als Peter starb, hatten Yvonne und Matthew dafür gesorgt, dass Aurelia nie allein war. Nun, da ein realer Anlass gegeben war, trauten sie ihr alles zu.

Und dabei war es Aurelia, die Ruhe bewahrt hatte. Wer hätte ahnen können, dass Aurelia angesichts einer wirklichen Tragödie über sich hinauswuchs? Fast schien es, als sei sie nun, da alle anderen in einem Zustand von Schmerz und Leidenschaft versanken, der zuvor ihr eigenes Leben geprägt hatte, endlich mit sich selbst im Reinen. Matthew und Yvonne suchten bei Aurelia Trost. Es war Aurelia, die das Geschirr spülte, die Betten machte und in der Küche Tee, Milch und ein paar weitere Lebensmittel bereit hielt (das Einzige, was sie damals zu sich nehmen konnten, waren Brot und Reis, Krankenkost für Kinder). Es war Aurelia, die mit der Lebensversicherung verhandelte, die Fragen der Polizei beantwortete, die Vorbereitungen für die Beerdigung traf. Es war Aurelia, die die Fenster öffnete, um frische Luft hereinzulassen, und die Telefonverkäufer abwimmelte, die sich nach Peter erkundigten.

Nachdem Yvonne all das erzählt hatte, nickte die junge Frau ehrfürchtig, als hätte ihr jemand die Geschichte einer großen antiken Heldin erzählt. »Sie ist stark, Ihre Tochter«, sagte sie.

»Nein«, erwiderte Yvonne. »Nun ja, vielleicht schon. Früher war sie es nicht. Aber etwas hat sich geändert.« Erst in diesem Moment erkannte Yvonne, dass das stimmte. Ihre Tochter hatte sich schon vor langer Zeit verändert – noch vor Peters Tod. Nur Yvonnes Vorstellung von ihr war unverändert geblieben. Über Jahre hinweg hatte sie ihre Tochter nicht mit neuen Augen sehen wollen. Aurelia war kein gebrochenes Wesen mehr, dem man wieder irgendwie auf die Beine helfen musste. Sie war eine Frau, eine Persönlichkeit, und Yvonne brauchte sie.

Der Junge brachte ihnen Kaffee in kleinen Teetassen. Yvonne schaute zu den anderen Feenkaminen, sah andere Touristen, die auf anderen Balkonen saßen und sich von ebenjenen Menschen bedienen ließen, die diese bizarren Strukturen einst ihr Zuhause genannt hatten.

»Man muss nur darauf warten, dass die Zeit vergeht«, sagte Yvonne. »Es kann Hunderte von Tagen oder auch noch länger dauern, aber eines Tages werden Sie feststellen, dass die Trauer schwächer geworden ist. Dass man nicht mehr nur dunkle Wolken sieht.«

»War das bei Ihnen auch so?«, fragte Aylin.

»Ja«, antwortete Yvonne. Sie log. Dieser Tag war noch nicht gekommen, aber sie hoffte, dass er nicht mehr fern war.

Als sie den Kaffee ausgetrunken hatten, musste Aylin los. Yvonne wollte noch ein wenig im Café sitzen bleiben. Aylin griff in ihre Tasche, um zu bezahlen, aber Yvonne winkte ab.

»Sie kennen den Weg zurück?«, fragte Aylin.

»Machen Sie sich um mich keine Sorgen«, lächelte Yvonne. »Ich kenne den Weg.«

Zum Abschied küssten sie sich auf beide Wangen. Aylin roch wie Yvonnes Tochter: ein einfacher Geruch nach getrockneten Blumen. Yvonne atmete ihn ein, füllte ihre Lungen, bevor sie sich trennten. Vom Balkon aus beobachtete sie Aylin, die auf dem schmalen Weg darunter auftauchte und in Richtung Straße auf ihr kleines Auto zulief, das sie am Ende des Weges neben einem Stand geparkt hatte, an dem ein junges Mädchen Obst verkaufte.

Yvonne bezahlte den Kaffee und trat ebenfalls hinaus auf den schmalen Weg. Sie war noch unentschlossen, ob sie gleich zum Hotel zurückkehren sollte. Sie schlängelte sich zwischen den Steintürmen hindurch, berührte sie mit der Hand, hielt Ausschau nach Menschen hinter den verborgenen Fenstern. Flüchtig fragte sie sich, ob die Menschen schon immer hier gelebt hatten, ob Mütter, Söhne, Väter und Töchter dort herausgeschaut hatten, während der Wind die Mauern ihrer Häuser abschliff. Sie berührte die Wände, spürte die Narben von Jahren, von Jahrhunderten.

Während sie weiterlief, frischte der Wind plötzlich auf und fegte pfeifend um die Steinmauern. Die sandige Luft kratzte in ihrer Kehle. Sie konnte den Weg vor sich nicht mehr erkennen. Alles ging sehr schnell. Ihre Sicht trübte sich. Sie rieb sich die Augen. Sie war mitten in einem Sandsturm und konnte kaum einen Meter weit sehen. Sie versuchte, wieder zum Café zurückzukehren, fand aber den Weg nicht mehr, auf dem sie gekommen war. Der Sturm wurde immer heftiger.

Sie rannte auf einen der Feenkamine zu und sank an der Mauer zu Boden. Sie wollte den Sturm abwarten. Sie atmete in den Spalt zwischen ihrem Körper und ihren angezogenen Knien. Immer, wenn sie den Kopf hob, sah sie nur Staub. Was, um Gottes willen, war mit ihr geschehen? Nicht einmal in einer Landschaft wie dieser war sie in der Lage, sich gefahrlos allein zu bewegen. Ihr wurde bewusst, dass sie, selbst wenn sie aufstehen und losrennen würde, keine Ahnung hätte, welche Richtung sie einschlagen musste. Und so verharrte sie ungefähr eine Stunde lang, dem unerbittlichen Sturm ausgesetzt. Würde sie hier sterben? Ihr wurde klar, dass dieser Ort sie verschlucken könnte. Ihre Spur könnte sich hier verlieren, weil sie geglaubt hatte, den Rückweg zu kennen, weil sie, ganz Lehrerin, ganz Mutter, geglaubt hatte, nie die Hilfe anderer Leute zu benötigen. Dieser Meinung war sie viel zu lange gewesen. Sie konnte nicht auf andere Menschen hören. Es war so lange her, seit sie auf Menschen gehört hatte, seit sie denen, die ihr nahe waren, erlaubt hatte, ihr etwas Neues zu zeigen. Alles war seit langem festgeschrieben. Ihre Kinder! Sie hatte sie als unverrückbare Tatsachen betrachtet, als Figuren in einer unabänderlichen Geschichte – ein Lehrstoff, der ihr vertraut war und den sie vermitteln konnte.

Irgendwann erstarb das Pfeifen. Der Wind legte sich. Als sie den Kopf hob, war ihr Gesicht voller Sand und deckte ihre Tränen zu. Sie musste jemanden finden, der ihr half, sie zu einem Unterschlupf zu führen. Aber wen würde sie finden? Wer würde ihr helfen und wie? Sie war hier allein und würde allein bleiben. Sie öffnete die Augen. Sand klebte an ihren Lippen. Von weitem sah sie jemanden auf sich zukommen. Sie war sich im ersten Moment nicht sicher, ob es jemand war, der ihr zu Hilfe kam oder jemand, den der Sturm ebenfalls überrascht hatte. Sie stand auf und versuchte zu atmen. War es eine Frau oder ein Mann? Ein Junge oder ein Mädchen? Die Gestalt kam näher. Es war eine Frau. Die Gestalt war ihr vertraut. Yvonne erkannte sie an ihrem Gang. Es war eine Frau, die gekommen war, um sie zu retten. Sie kannte diese Frau. Sie hatte dieser Frau das Leben geschenkt.

»Mama«, rief Aurelia mit ausgebreiteten Armen. »Ach, Mama.«